绝境重生

影响贝尔一生的探险家故事

TRUE GRIT

Bear Grylls　　[英] 贝尔·格里尔斯 / 著　　高天航 / 译

金城出版社
GOLD WALL PRESS
中国·北京

图书在版编目（CIP）数据

绝境重生：影响贝尔一生的探险家故事 /（英）贝尔·格里尔斯著；高天航译. -- 北京 : 金城出版社有限公司, 2025.6
书名原文：TRUE GRIT
ISBN 978-7-5155-2619-5

Ⅰ. ①绝… Ⅱ. ①贝… ②高… Ⅲ. ①纪实文学－英国－现代 Ⅳ. ①I561.55

中国国家版本馆CIP数据核字（2024）第020564号

Copyright © Bear Grylls Ventures, 2013
This edition is published by arrangement with Peters, Fraser and Dunlop Ltd. through Andrew Nurnberg Associates International Limited Beijing
Translation copyright © 2025, by Gold Wall Press CO., Ltd

绝境重生：影响贝尔一生的探险家故事
JUEJING CHONGSHENG: YINGXIANG BEI'ER YISHENG DE TANXIANJIA GUSHI

作　　者	（英）贝尔·格里尔斯
译　　者	高天航
责任编辑	龙凤鸣
责任校对	李凯丽
责任印制	李仕杰
文字编辑	王博涵　谷　溪
开　　本	710毫米×1000毫米 1/16
印　　张	20
字　　数	265千字
版　　次	2025年6月第1版
印　　次	2025年6月第1次印刷
印　　刷	鑫艺佳利（天津）印刷有限公司
书　　号	ISBN 978-7-5155-2619-5
定　　价	59.80元

出版发行	金城出版社有限公司 北京市朝阳区利泽东路3号　邮编：100102
发 行 部	(010) 84254364
编 辑 部	(010) 84250838
总 编 室	(010) 64228516
网　　址	http://www.jccb.com.cn
电子邮箱	jinchengchuban@163.com
法律顾问	北京植德律师事务所 17600603461

献给我心目中的英雄 —— 无论曾经的还是现在的。
这些人经受过艰难险阻，我真正了解他们的所作所为，
将他们的精神牢记在心。
也献给那不多的年轻人 —— 他们此刻还不知道自己
将接受考验，成为明日英雄。

林中有一条岔路,而我
走了那条少有人至的。
此后,我走进了全然不同的天地。

—— 罗伯特·弗罗斯特

前　言

　　大家问我最多的问题就是：谁是我心中真正的英雄，谁对我的影响最大，谁给我带来过灵感和激励？

　　这个问题真是不好回答。

　　无疑，已过世的父亲在我眼中是位英雄，他勇敢、乐观又谦虚。他有多重身份——冒险家、登山者、突击队员和温柔的慈父。但是，更多时候真正驱使我从脑力、体力、情感和精神上挑战自己极限的并非父亲，而是其他不可思议的动力来源。

　　世界上发生过一些挑战人类极限的壮举，令人看后受到鼓舞，心生感动，并热血沸腾。在这本书里，我会拣其精华，为您道来。

　　可选择的故事有太多太多。其中一些您可能听说过，还有一些您不曾了解。除了本书中这些勇克艰难险阻的事迹外，世上还有成百上千个同样令人心痛或激动的真实冒险故事，与我所列的故事不相上下。

　　我之所以只将后面这些故事收入书中，不仅因为它们深深打动了我，还因为它们所覆盖的范围极广：从身处南磁极的白雪地狱，到危困于沙漠绝境；从无与伦比的战时英勇，到为了活下去而自断手臂……

究竟是什么促使一众男女如此彻底地投入，甚至不惜用生命去冒险呢？他们身上的坚忍品性、勇气和决心又是从何而来？是他们天赋异禀，还是我们后天也可以习得这些优点？

我要再一次说，上述问题是很难回答的。如果非让我用一句话来概括自己学到了什么，我只能说，没有所谓的"英雄练成模式"，他们每个人表现出的英勇各不相同。还有，在生死攸关的时刻，人们往往会爆发出令自己大吃一惊的潜力。

不过我确实在一定程度上发现，那些注定会成就伟业的人都具备同一种特性——他们会不断完善自己的性格，培养自己的勇气，而且他们在很小年纪就拥有了信念和理想。在危急关头，正是这份信念和理想在支撑他们。

这里可以引用著名登山者兼作家沃尔特·昂斯沃茨曾经对冒险家性格作出的总结：

对这些冒险家而言，越是够不着的东西越有吸引力。他们并非专家，只是他们的雄心和愿望足够强大，于是他们抛开了更谨慎的人会有的顾虑。决心及坚定的信念是他们最强大的武器。

我深信，我们都拥有干大事的能力和自己都难以相信的强悍，就像葡萄一样，若不使劲挤压它，你永远都不知道它竟有那么多汁水。

书中的故事有一个共同特点，就是每位主人公都被逼到了狭窄无比的生存死角，为了活命，他们必须迸发出前所未有的勇气、韧性和毅力。有些人不幸死在了与命运的搏斗中，活下来的都是幸存者。他们的努力都是有意义的，因为他们展现了人类最大的价值——凭借内心深处熊熊燃烧的火焰让自己超越生理极限。

前　言

　　我希望本书能够成为这种求生精神的化身,让挑战极限、超越自我之火常驻读者心中,永恒地发挥光和热。星星之火,可以燎原。我还希望这些故事能给读者以力量,在面对考验时表现得更加勇敢和坚强。

　　请牢记温斯顿·丘吉尔说过的话:"若身处地狱,就坚持向前走。"

　　现在请您坐下来,听我给您讲述英雄的故事……

目　录

01	南多·帕拉多：人肉的味道	001
02	朱莉安·科普克：炼狱	013
03	约翰·麦克道尔·斯图尔特：史上最牛探险家	025
04	詹姆斯·赖利船长：撒哈拉的悲惨黑奴	037
05	史蒂文·卡拉汉：眼睁睁地看着自己的肉体腐烂	051
06	托尔·海尔达尔：孤筏重洋	063
07	扬·巴斯路德：青史留名的潜逃	075
08	路易斯·赞佩里尼：坚不可摧	089
09	阿里斯泰尔·厄克特：生死大逃亡	101
10	南希·韦克：打不死的白鼠间谍	113
11	汤米·麦克弗森：他逮捕了两万三千个纳粹	125
12	比尔·阿什：冷藏室里的英雄	137
13	怀伯尔：赌上性命去登顶	149
14	乔治·马洛里：因为山在那里	159
15	托尼·库尔茨：死亡之墙	171

16	皮特·司谷宁：绳索之上	185
17	乔·辛普森：割断绳子，还是一同赴死	197
18	克里斯·穆恩：一条腿的马拉松	211
19	马库斯·勒特雷尔：地狱周	221
20	阿伦·罗尔斯顿：一百七十二小时	233
21	约翰·富兰克林爵士：葬身北极	247
22	斯科特船长：真是可怕的地方	259
23	罗阿尔·阿蒙森：最伟大的南极探险家	273
24	道格拉斯·莫森：白雪地狱	285
25	欧内斯特·沙克尔顿：我遇到的最执着、最顽固的男孩	297

| 拓展阅读 | 309 |

01

南多·帕拉多：人肉的味道

NANDO
PARRADO

这里没有英雄主义,也没有冒险精神,这里是地狱。

——南多·帕拉多

对年仅二十二岁的南多·帕拉多而言，一开始那次旅行不过是一次合家欢乐游。

当时他为乌拉圭的一支橄榄球队效力，要随队飞去智利的圣地亚哥参加表演赛。走之前，他邀请自己的妈妈尤金妮娅和妹妹苏茜同行。这意味着，他们将来一次乘坐双引擎涡轮螺旋桨飞机跨越安第斯山脉的旅行。

1972年10月13日，那天正是个"黑色星期五"，他们母子三人登上了乌拉圭空军571航班。当时球队里几个伙伴还开玩笑，说今天可不是个飞越大片山脉的好日子，很可能会有坏天气作祟干扰飞行员驾驶。譬如说，热空气从山脚下一直上升到雪线，在那里与冷空气相撞，导致旋涡气流的产生，这对飞机绝对是糟糕的消息。

这只是随口说说的笑话，因为天气预报表明，当天天气还是很有利于飞行的。

然而山区天气一向变幻无常，尤其是他们要飞越的这条山脉。飞机才起飞两个小时，飞行员便不得不将它迫降在了山麓小镇门多萨。

他们在那里过了夜。次日，飞行员犹豫不决，不知道是否还应该继续飞行。乘客们则一心想着橄榄球比赛的事情，于是对飞行员施加压力，逼着他继续前行。

他们真是太失策了。

在飞过普兰琼山口时，这架涡轮螺旋桨飞机被湍流击中，疯狂地颠簸了四次。飞机上有些乘客竟兴奋地欢呼，仿佛是在玩过山车。南多的母亲和妹妹感到非常害怕，她俩把手紧紧地握在一起。南多张开嘴巴，想要安慰她们，可惜他的话还没来得及说出口，飞机就骤降了近百米。

这一回，再也没有人敢欢呼了。

飞机疯狂地颤抖着，有些乘客开始害怕地尖叫。坐在南多旁边靠窗的那位乘客指着窗外。顺着他手指的方向，南多看到离机翼不到十米的地方，是巨大的覆盖着白雪的岩石峭壁。

南多的邻座吓坏了，哆哆嗦嗦地问，咱们离山体这么近正常吗？

南多没有回答他。他全神贯注地倾听着尖锐刺耳的引擎声，那说明飞行员正在竭尽全力地使飞机升高。此时，这架飞机抖动的剧烈程度，让人感觉它马上就要散架了。南多看到妈妈和妹妹惊恐的眼神。就在这时，惨剧发生了。

飞机先是剧烈地颤抖了一下子。接着，一声可怕的刺耳巨响，是金属撞击岩石的声音。飞机撞上了半山腰，被撕裂成两半。

南多抬起头，飞机顶被掀翻了，他看到了天空。冰冷的空气扑面而来。飞机的座间通道上面云雾缭绕。他只觉得有一股可怕的蛮力把他从椅子上拉扯起来，四周则全是恐怖的、震耳欲聋的噪声。

南多·帕拉多几乎确信他这回死定了，而且会死得狼狈、痛苦又悲惨。

然后，他眼前一黑，就什么也不知道了。

* * *

飞机失事后，南多昏迷了整整三天三夜。他没有看到同机乘客受伤的惨状。一位男士被飞机上的钢管刺穿腹部，当他朋友试着把钢管取出来时，一截肠子流了出来。还有一位男士，小腿上的肉被从骨头上撕了下来，绕在了腿骨上。腿骨暴露在外，他的朋友只好先帮他把扯下来的小腿肉又贴回骨头上，然后包扎起来。一位女士被卡在一堆座椅中间，没人能把她解救出来。

她的腿断了，痛得呼天喊地，大家却无能为力，只能任凭她的生命一点一滴地流逝。

南多的头已经肿成篮球大小。他还有呼吸，但大家已对他的生还不抱希望。三天后，他却出乎同机乘客的意料，醒了过来。

南多躺在已经残破的机身里面，幸存者们都聚集于此。死者都已被挪到外面的雪地里了。飞机的机翼折断了，机尾也掉了。他们此刻身处覆盖着白雪的悬崖峭壁之中。那里除了阻挡视线的高耸山峰外，一无所有。但现在，南多无暇顾及这些，他只想知道妈妈和妹妹怎么样了。

不幸的是，南多得到了一个坏消息——妈妈已经遇难。

南多万箭穿心，但他强迫自己不要哭出来。他深知，眼泪会带走体内的盐分，而盐分的流失会加速人的死亡。虽然才从昏迷清醒过来几分钟，他已下定决心，绝不放弃自己的生命。

无论如何，他一定要活下去。

截至目前，已经有十五个人死于这次空难。南多马上想起了妹妹。苏茜虽然活着，但也仅剩一口气了。她满脸血污；又因为遭受无数内伤，仅仅是轻轻挪动一下就疼痛难忍；她的双足已经因为严重冻伤变黑了。神志不清的她喊着妈妈，求妈妈带他们兄妹回家，她不想再受冻了。这一天剩下的时间里，南多都紧紧地抱着妹妹，连夜里也不松手，希望他身体的温度能让她有生还的希望。

随着时间流逝，越来越多的危险向他们露出了狰狞的面目。

在这座山里，夜间温度奇低，甚至达到-40℃。在南多昏迷期间，其他幸存者用行李箱和积雪堵住了机身残骸上的破洞，以帮助伤者抵御致命的寒风。就算如此，南多从昏迷中醒来时，还是发现自己的衣服已经冻在了皮肤上，而且，身边每个人的头发和嘴唇上都结了一层白霜。

此时，落在巨大冰川之上的这截残破的机身是幸存者们唯一的庇护。尽管他们所在的位置已经很高了，但若想要看到周围群山的山峰，他们仍需要仰起脖子。此处的空气太稀薄了，他们的肺像着火一样疼。太阳的直射令他们的皮肤起疱，白雪反射的阳光令他们眩晕甚至失去视力。

如果他们是迫降在海面上或沙漠中，活下去的机会还能够大一点，因为那两个地方是有生物存活的。这里却是个不毛之地。没有动物，也没有植物。他们竭尽全力才从大家的行李箱和机舱里翻出一点食物，然后进行定量分配。可是这点吃的实在太少了，很快就被吃光了。

天色渐暗，他们又进入了冰冷的黑夜，然后，再挣扎着开始新的一天。第五天开始的时候，四个最强壮的幸存者决定试着爬出山谷。几个小时后他们折返回来的时候，已经严重缺氧、疲惫不堪，这次大逃亡以惨败告终。

根本不可能走出去，他们这样说。

对于在绝境中求生的人而言，"不可能"实在是个可怕的致命词汇。

***

飞机失事后的第八天，南多的妹妹在他怀里死去了。南多悲痛欲绝，但他又一次忍住了眼泪。

南多把妹妹埋在了白雪之下。现在，他已失去了一切，除了父亲。乌拉圭的家里还有父亲。南多默默地对自己许愿：一定不能死在安第斯山脉里的这片冰雪荒原中。

因为覆盖着厚厚的白雪，这里到处都能够找到淡水。但是，由于天气干冷，他们的嘴唇都干裂流血得厉害，很快吃雪就变得令人难以忍受了。很多人死于口渴，直到有幸存者用一片铝板造出了融雪装置。他们将雪堆在铝板上，依靠太阳光来融化它。

但是，再多的水也无法将他们从饿死的边缘拯救回来。

他们那点吃的只勉强支撑了一周。在高海拔地区，由于极寒，人体会比在平地上更需要营养，现在他们一点吃的也没有了。很快，他们开始消耗身体里存储的能量。如果没有蛋白质的话，他们毫无疑问会失去生命。

现在，他们只剩下唯一一个食物来源了。

遇难者的遗体还躺在外面的雪地里。由于温度一直保持在零下，他们的肉体并未腐烂。南多第一个提出以这些人为食的建议。如果不吃掉这些同类，他们就只有等死一条路了。这是南多绝对不愿意走上的绝路。

于是，他们从飞行员吃起。四名幸存者在机身残体中找到了玻璃。他们用这些玻璃把飞行员的遗体切割成肉条，南多拿起其中一条，它被冻得梆梆硬，而且还泛出奇怪的灰白色。

南多紧盯着自己手里的肉。在他身边，其他几名幸存者也做着和他同样的事情，还有一些人已经把人肉塞进嘴巴里，开始艰难地咀嚼。

只是一块肉罢了，他告诉自己，没什么的。

他将那条人肉塞进干裂的嘴唇，用舌头接住了它。

什么味道也没有，只是质地非常坚硬结实。南多用力咀嚼几下，然后强迫自己把这块人肉咽了下去。

他并没有感到十分罪恶，只是很生气，恨自己的人生竟然会凄惨到如此境地。虽然这一口人肉并未使南多摆脱饥饿带来的痛苦，却给了南多实实在在的希望。他们不会饿死，他们一定能够坚持等到救援的。乌拉圭的每一支救援队都会极力搜救他们的，不是吗？他们不会长时间靠吃人肉为生的，不是吗？

一名幸存者在飞机残体中找到了一台小小的晶体管收音机，然后，他设法修好了它。开始吃人肉的次日，这些幸存者用收音机成功调出了新闻节目。

可惜的是，他们听到了最不想听到的消息。搜救他们的行动已被取消。他们的迫降地条件太恶劣，官方认为根本就不可能会有人幸存。

*　　*　　*

在得知这个消息之前，每当被绝望攫住的时候，幸存者们都会提醒自己："保持呼吸，只要能够呼吸，我们就还活着。"然而现在，所有获救生还的希望都落空了，他们真不知道自己还能再喘多久的气。

冰川之上的幸存者还要面对更多恐惧。首先就是持续了整整一夜的雪崩。无数吨积雪在冬季风暴中从山上滑落下来，落进飞机的残骸里，覆盖在南多等人的身上。他们只能闷在结冰的毯子里忍受寒冷，有六人陆续死去。

后来，南多将这种感觉形容为被困在海底、闷在潜水艇里。风暴咆哮怒吼着，他们不敢冒险出来，也不知道到底有多厚的雪压在他们头顶。他们很有可能就永远地长眠在这冰雪坟墓里了。

因为冰雪遮挡住了太阳，他们的融水设备也不能用了。他们唯一的食物来源就是最新死去的难友们。

之前，只有负责帮难友们切人肉的人才不得不面对那些死去的人，而现在，幸存者寥寥无几，每个人都必须面对死去同伴的遗体。刚刚死去的那六位难友，他们的遗体尚未被太阳晒干，所以吃他们的肉和之前吃的感觉大不相同。肉不是干硬的，而是软乎乎、带着油性的。

生人肉，新鲜湿软的人肉。它还流着血，而且布满了软骨。这肉可不是没味道，南多和其他幸存者要用尽所有的力气才能强迫自己吞下这些人肉。更何况他们周围都是溃烂的人体组织和黏糊糊的脂肪，其发出的恶臭令人作呕。

*　　*　　*

终于，暴风雪结束了。那些幸存者花了整整八天的时间，才把雪从他们容身的飞机残骸周围清理干净，让自己重见天日。

幸存者们知道，在飞机尾部上有一些电池可用，如果巧加利用，他们或许可以让飞机上的电台工作，然后利用电台呼唤援助。于是，南多和他的三名难友开始了一次长达数小时的跨越冰雪寻找电池的痛苦旅程。幸运的是他们找到了。接下来的几天，他们试图修好飞机上的电台，却最终失败了。

在这段修电台的时间里，坠机现场逐渐成为一个非常恐怖的地方。

一开始，这些幸存者只允许自己吃一点点遇难者的肉来维持生命。有些幸存者拒绝吃人肉，但当发现自己别无选择时，多数人便想通道理，开始吃人肉。随着时间推移，他们进食方式的残酷摆在了大家面前。在他们藏身的坠机现场，尸骨遍地，到处都有断手断脚，上面带着还没有被吃掉的肉。这些残肢堆在他们飞机残骸的入口处，这里成了一个方便取食、但看起来无比阴森的人肉储藏室。他们把大块的人体脂肪铺在机身顶端，等阳光晒干。幸存者们从只吃人肉变为开始吃死人的内脏：肾、肝、心、肺。他们甚至还敲碎死者的头骨吃掉脑浆，然后就把那些破碎的头颅丢在雪地里。出于对南多的尊重，大家从不会打其中两具遗体的主意——南多的母亲和妹妹。但南多知道，她们是上好的食物，那些幸存者不会忍太长时间的。随着时间的推移，生存的需要会战胜对他人的尊重。他必须拼尽全力，在被迫献出家人的遗体之前联系上救援。他现在是要和大山搏斗。

他知道他的努力可能会害死自己，即使是这样也比束手无策地等着家人被吃掉好。

* * *

坠机六十天后，南多和另外两名幸存者罗伯托和丁丁一起出发，去寻求救援。但是他们根本找不到下山的路，只能先往上走，翻到山的另一面再下山。那时的他们还不知道，他们要翻越的是安第斯山脉中的最高峰之一，高度接近5200米。

即使是经验丰富的登山家，对于这样的极限攀登也会三思，并且他们绝对不会在饿了六十天、毫无极限登山装备的情况下进行尝试。

南多和他坚韧不拔的难友既没有冰爪、碎冰锥，也没有适用于极寒天气的装备，更没有安全绳或岩钉。他们只能穿着从行李里拼凑的衣服，虚弱不堪、饥渴难耐，还要强忍疲惫和强光的侵害。何况这还是他们第一次登山。没多久，南多缺乏经验的问题就暴露出来了。

没体验过高原反应的人根本无从想象那种痛苦的滋味。你会头痛欲裂，会晕得站不稳，还会疲惫不堪。海拔太高的地方会损伤你的大脑，甚至导致死亡。有人说，当你在高海拔地区，一天之内的攀登高度最好不要超过300米，你必须给身体一个适应过程。

可是，南多和他的两名同伴根本不知道这些。第一天上午他们就往上爬了600米左右，他们的血液因为需要节省耗氧量变得黏稠。他们气喘吁吁，渴得要死。

但他们仍坚持向前。

他们唯一的补给就是几小块人肉，那是他们死去难友的肉，他们把它装在袜子里随身带着。对现在的他们来说，吃人肉已不是什么难关了，如何翻过面前这座大山并找到救援才是最大的难题。

由于缺乏经验，他们一行三人竟选择了最难走的一条路向上爬。南多给大家带路，因此他不得不先行学会许多登山技能。他得不断寻找往上走的路，路又陡又有坚冰覆盖，几乎无法行走。南多必须躲开致命的峡谷，还得努力横跨过又窄又滑的岩架。后来，他们来到了一面岩石峭壁前，那面峭壁高达上百米，全部覆盖着冰雪。可是，南多没有放弃。他拿出一个尖头冰锥，在峭壁的冰层上凿出了一道阶梯。

夜里的温度低得要命，把他们的水瓶都冻裂了。就算在白天，这三个人也因非人的极寒天气和极度疲劳而瑟瑟发抖。后来，他们终于排除万难翻过了这座山的山顶，可是，残酷的安第斯山脉还安排了更艰难的困境要他们去克服。南多以为在山顶可以看到远处的山下环境，可是，即使是站在这座已然高得令人难以置信的山峰之上，南多还是只能望到一座又一座山的山峰。

没有植物。

没有人类文明。

没有救援队。

只有白雪、坚冰和岩石。

在为生存而战的时候，斗志是你可以凭借的一切。虽然感到失望，可南多绝不允许自己灰心。他能够看到两座比较矮小的山，顶上并未覆盖冰雪。这是不是一个好兆头呢？也许，它们就是山脉的外缘了？不过据南多估计，这两座山至少在80千米外。他们带的人肉已经不够支持三个人都走完这段旅程了。因此，他们让丁丁（他们中最虚弱的一个）返回坠机地，这样南多和罗伯托就可以继续前行了。丁丁沿着山壁向下滑，只花一个小时就到达了难友们的身边。

现在，南多和罗伯托开始走下坡路了，他们穿过云层，一路要承受大山的挑战，还要接受重力的摆布。

在往下走的过程中，南多摔倒了，跌进了坚冰环绕的沟壑之中，他瘦小虚弱的身躯伤得不轻。但是他仍然选择了与罗伯托一起前行，强迫自己一步一步地往前走，强忍着身体的疲惫。

由于他们所处的海拔不断降低，而温度越来越高，他们藏在袜子里的人肉开始解冻，甚至腐烂。那股臭肉味儿非常恶心，更糟的是腐烂的肉是不能食用的。如果他们不能尽快找到救援，他们很可能就会饿死。

幸而，就在他们踏上征途的第九天，幸运降临了——他们遇到了一个人。

第十天，那个人带来了救援人员。

并且，这个人还给他们带来了食物补给。在坠机后的第七十二天，他们终于吃到了热乎乎的饭菜。更重要的是，他们获得了通知当地警察的机会，他们越过安第斯山脉想要传递的信息终于可以发出了："我所乘坐的飞机坠入了群山中……目前，这架飞机上还有十四位幸存者，但他们都受了伤。"

多亏了南多和罗伯托不甘屈服于命运，顽强地与命运搏斗，终于，在12月22日到23日的两天时间里，一架直升机将这次空难的所有幸存者都送到了安全地带，他们刚好赶上了圣诞节。

那架死亡飞机一共坐了四十五人，最终有十六人幸存下来。外界觉得最不可思议的是，这些幸存者都活下来了，没有在等待救援的过程中死去。

* * *

很多人听说了南多·帕拉多和他的难友的故事之后，只觉得听到了一个可怕的蚕食同类的故事，有些人甚至还会诟病南多他们所作出的决定。

但是，这些人错了。

在最艰难的时刻，南多和其他幸存者彼此之间作出约定——无论谁死了，他们都允许难友吃掉自己的尸体。他们知道，在这种情况下吃人肉绝非对生命不敬。相反，他们这样做恰恰表达了他们对生命的无限珍视。生命太珍贵了，为了活下去，他们愿意做任何事情，在那般恶劣的环境中，尽最大努力维持生命。

我认为，571航班上的幸存者表现出了巨大的勇气、求生力，以及尊严。他们表现出了生命最原始的真理：当死亡几乎已成必然时，人类一定不会坐以待毙，而是与命运搏斗到底，直至取得胜利。

02

朱莉安·科普克：炼狱

JULIANE
KOEPCKE

我坠落下来,在离地面大约 3 千米的高空向下猛冲……

——朱莉安·科普克

02　朱莉安·科普克：炼狱

那是 1971 年的平安夜。一个年仅十七岁的女学生与母亲并排坐在飞机上。这位女生出生在秘鲁，不过父母都是德国人。她和母亲要从秘鲁的利马飞到普卡尔帕去。这是一次短途飞行，一个小时就能到达。

不过，朱莉安的这次旅途可比预想的一个小时长多了。

这是一架洛克希德公司的"伊莱克特拉"涡轮螺旋桨飞机，巡航高度一般在 3048 米。朱莉安第一次在地面上看到它的时候觉得它太酷了，当时她并不知道，这架飞机主要用于沙漠观光，完全不适合在安第斯山脉中飞行——它应对不了山区的气流。

朱莉安更不会知道，这架飞机马上就要飞进风暴眼。

几分钟之前，机舱外还洒满阳光，现在却黑得像深夜一样。透过舷窗，朱莉安看到漫天的闪电正在狂暴地撕裂天空。

飞机抖了起来，就好像有某种外部力量在摇晃它，犹如孩子在摇晃一个小玩具。在地面上，这架飞机看起来那么孔武有力，可是此时，在高空之中，在大自然更强大力量的攻击之下，它成了一只微不足道的小苍蝇。

头顶上的行李柜突然开了，行李纷纷滑落出来。食物撒得遍地都是。乘客们都尖叫起来。

朱莉安和妈妈都努力让自己保持冷静，妈妈试图安慰朱莉安，告诉她不会有什么事情发生的。

但是，灾难还是发生了。

一道灼热的白光让朱莉安睁不开眼，飞机右翼肯定发生了异常状况。是雷击吗？很难说。一阵令人呕吐的颠簸后，飞机前部开始向下坠。乘客们尖叫得越来越厉害，但与震耳欲聋的引擎轰鸣声比起来就相形见绌了。飞机正越来越快地冲向地面。在乘客的尖叫和飞机的轰鸣中，朱莉安听到妈妈在对她说话。她平静地说看来遇难已是必然。

飞机在朱莉安身边逐渐解体了。就在一瞬间，朱莉安发现自己身边一个乘客也没有了，她甚至连飞机的影子也看不到了。发动机的轰鸣也好，乘客们的尖叫也好，此时都消失了。

朱莉安唯一能听到的，就是风在耳边呼啸的声音。

此时，朱莉安仍被安全带绑在飞机座椅上，只不过这椅子已经从四分五裂的机身上掉下来了。此时，朱莉安离地面还有3048米。她正以极快的速度向地面坠落。

出人意料的是，朱莉安壮丽如史诗的求生故事才刚刚开始。

* * *

后来，朱莉安·科普克曾回忆过安全带是如何把她牢牢地捆在椅子上，并且深深地陷进她的肚子里，把空气从她的肺里全部挤压出去的。她根本没时间感到害怕，就那么一会儿清醒一会儿糊涂地往下掉。在某个清醒的瞬间，她感觉到自己正头朝下，飞速旋转，在空中不断向下坠，而下方丛林的林冠也向她旋转着袭来。然后，她眼前一黑，又晕了过去。

再次醒来时，朱莉安发现自己正躺在一片热带雨林里，飞机座椅还压在她的身上，但安全带已经松开了。

她看了一眼表，此时是上午九点。

朱莉安正想尝试着站起来，一阵眩晕忽然袭来，她再次跌倒在丛林的泥土里。她觉得锁骨部位有点异样，用手摸了摸，竟发现锁骨断了——两节断骨向上戳着，好在尚未刺破皮肉。她的左腿上有一道深深的伤口，奇怪的是伤口没有流血。朱莉安的眼镜摔没了，脑袋也因为脑震荡而晕晕乎乎，因此，她根本没法看清楚几米之外的东西。

过了一会儿她才想起来发生了什么事。现在，她彻彻底底是孤身一人了。她一个劲儿地喊妈妈，却没有回应，能够听到的只有热带雨林的自然之声。她已经在不可能存活的事故中存活了下来，而现在，她要继续活下去，但这里真是地球上最不宜人类生存的地方之一了。

这里只有原始茂密的丛林，连个人影也没有。

* * *

如果一个人想走出自己的舒适区，不妨去丛林里生活试试。

这里常年又热又湿，充足的阳光和水资源意味着这里有世界上最复杂的生态系统——遍地都是动植物，那些动物四下爬走，用爪子抠着、用牙齿咬着灌木丛穿梭；还有的动物蹲坐在树上或顺着树枝滑行前进。这里美得让你忘记呼吸，但也可能转瞬间就置你于死地。

朱莉安·科普克当然知道这些。对她而言，丛林并非完全陌生的地域。她的双亲都是动物学家，在她小时候，他们就曾带她进入过热带雨林。

因此，朱莉安也深知，虽然孤身一人还受了伤，但是她最不能有的情绪就是恐慌。她必须头脑冷静、思维清晰，并时刻保持警觉，作出的每一个决定都要小心谨慎。如果她放任自己的恐惧，可能连一天都活不下来。

她意识到自己脚上只剩一只鞋了，另外那只肯定是在半空中丢掉了。以前她到热带雨林里来，都会穿上胶靴，以免被毒蛇咬伤。要知道，毒蛇和蜘蛛有可能出现在任何地方，它们很会伪装自己，非常不容易被人发现，然而一旦有人打扰，它们立刻就会发起攻击。不过朱莉安很快想开了，有一只脚穿着鞋总比双足裸露要好得多。

朱莉安不光丢了一只鞋，身上穿的也是薄薄的夏装连衣裙，且都被撕坏了。这样的衣着显然很不适宜丛林生活。

然后，朱莉安感到了口渴——忽然间她渴得要命。她四下寻找了一番，只见阔大的绿叶上满是露珠，她便靠吮吸叶片上的水解渴。

想要在热带雨林中行走是需要技术的，当然也很考验体力，这还是在装备齐全、鞋袜适宜的情况下。在热带雨林中，哪里的景致都差不多，如果不是受过特殊训练，你的眼睛就只能看到一片模糊、肮脏、臭烘烘的绿色，又热又嘈杂。

朱莉安以前的经验是，要用刀在树干上砍出记号来，以确保她不会在原地打转，可是现在她没有这些工具。因此，她只好仔细地查看了周围的环境，牢牢记住这里有一棵特别高大的树，这棵树成了帮助她确定方位的固定坐标。然后，她蹒跚上路，开始寻找这次空难的幸存者。

尤其是要找到妈妈。

在坠落地附近，她只找到了一罐水果硬糖。虽然这比她所期待的差了好多，但也聊胜于无。

透过茂密的丛林顶端，朱莉安可以听到上方有飞机盘旋的声音。她知道这意味着什么——救援队正在搜救幸存者。但由于遮挡他们根本没法看到她，这令朱莉安万分沮丧。

如果想要离开这个鬼地方的话，她只能凭借自己的努力。

这条求生之路充满了艰难险阻。

不过，在所有千奇百怪的嘈杂声之外，朱莉安还能够听到一种声音——那是流水的声音！

她想起父亲曾经告诉过她的一个求生法则：如果你在丛林里迷路了，首先就要找到水源，并且沿着水前进。无论这条水源有多细，它都能让你看到一线生机。因为很可能它会遇到其他小水源,汇集在一起,形成小溪,然后小溪融汇就会形成河流。一旦你找到了河流,就很有可能会遇到什么人。

朱莉安找到了水流声的源头,是一条细细的溪流,还不断被倒下的树木阻挡住去路。不过她顺流而下,发现这条小溪渐渐变宽了,足有半米宽。虽然她筋疲力尽又迷失了方向,但朱莉安还是坚持跟着水前行,她相信这样会走向安全之地。

下午六点左右,夜幕急速降临——这正是热带雨林的特点。彻彻底底的黑暗包围了朱莉安,丛林夜间特有的各种怪异声音不绝于耳。之前朱莉安看过父母如何钻木取火,火能帮她暖身且有驱赶猛兽的功能。然而,此时却无法做到钻木取火,因为正值雨季,丛林里的一切都被雨水浸透了,况且她连用来砍树枝的工具都没有。

热带雨林的夜晚是非常可怕的,但朱莉安累到不觉害怕,她只是筋疲力尽地靠在一棵树上,颓然跌入梦乡。

* * *

第一晚的睡眠丝毫没有减轻她的疲累,因为这种疲累是惊恐和脑震荡的后遗症。但朱莉安知道自己必须忽略这点不舒服。

她顺着昨天的那条小溪,小心翼翼地用穿着凉鞋的那只脚迈出了前行的第一步。涓涓细流蜿蜒而下,穿过灌木丛,所走的路途比直线距离长得多。朱莉安走得越远,越觉得体力消耗很大。即使如此,她也不敢冒险去寻求捷径。没有了眼镜,她无法看到很远的地方,也不敢离开这条小溪。因此她只能继续费力地跟着小溪绕远,不断消耗着自己的体力。

一旦在热带雨林里迷路了,你一定要知道,人类不是唯一需要捕食找水的生物。所有的动物和植物都会和你抢夺资源。一条小溪可能成为你赖以为生的源泉，它也同样是吸引危险动植物的磁石。

朱莉安看到了一只食鸟蛛。那是世界第二大的蜘蛛，生有毒牙，可以很容易地刺穿人类的皮肤。她小心翼翼地绕过了它，但这只蜘蛛远非热带雨林里最可怕的生物！不久之后，朱莉安听到了一种不祥的声音——很缓慢的扑打翅膀的声音，比任何鸟拍翅膀的声音都悠长响亮。朱莉安吓得直犯恶心，因为她知道自己听到了王鹫的声音。

她很清楚王鹫以什么为食。

腐肉，它专吃腐肉！

在小溪的拐弯处，朱莉安看到了飞机上的一排三连椅，那椅子来自朱莉安之前坐的飞机，有两男一女被安全带捆在这三把椅子上。

他们大头朝下，头栽进了丛林的泥土里，腿断了，残肢非常难看地朝向天空。

接着朱莉安便看到了那些秃鹫。它们藏身于大树之上，观察着、等待着。此时三名遇难者的肉还太新鲜，不能够满足它们的口腹之欲。过不了多久，它们就会飞下来，从遗体上叼下腐肉。

朱莉安四下看了一圈，想找找附近还有没有更多尸体，但一无所获。视线所及，只有一些飞机的金属残骸散落在泥土里。于是，朱莉安继续急匆匆地上路，想要迅速离开这三名遇难者和那群紧盯着人肉不放的秃鹫。

朱莉安可不是腐肉，至少现在还远远不是。

* * *

朱莉安根本不敢吃任何东西。

在热带雨林里，雨季是很不利于觅食的季节，因为大多数水果都是在旱季成熟的。事实上，不管在任何时候，热带雨林都有很充足的食物来源，问题在于人们不知道什么东西可以吃。这里的很多植物看起来很诱人，却含有剧毒。

朱莉安知道棕榈芯或植物根茎可以吃，但她没有可以剖开它们的工具，她也没有捕鱼或打猎的工具，所以当她吃掉最后一颗糖后，就一无所有了。

至少她身边还有水。但是她一直追随的这条小溪上有棕色的泡沫漂浮着。以前朱莉安在热带雨林里只喝煮开的水，只有这样，才能够保证未知水源中的细菌都被杀死。但现在，她根本没法生火。

朱莉安不得不喝下大量脏水，一是为给身体补充水分，二是为了充饥。喝脏水当然是有风险的，但她身处绝境，只得孤注一掷了。

她想要努力记住日子，却很难做到。这里早上六点出太阳，到了晚上六点，天就会准时黑下来。第一夜，由于脑震荡的缘故，朱莉安睡得很沉。第二天之后，她开始遭受失眠的折磨。长夜漫漫，她被蚊子围攻，它们似乎想把她生吞了一般。这害得朱莉安满身都是蚊子叮咬的又痒又痛的包，直到一场大雨倾盆而下，她才终于好受一点。

大雨带来的可不光是慰藉。雨季的夜晚非常寒冷，冻雨打透了朱莉安的棉布裙子，把她身上所有的热量都吸走了。在这些漫长痛苦的深夜里，朱莉安感觉自己在慢慢放弃希望。

她的处境困难至极，忍饥挨饿、脑震荡、骨折、衣裳湿透、满身被蚊子叮咬的包，在这种条件下她失去时间的概念也不足为奇。所以，某一天当她听到一声麝雉叫时，她弄不清到底进入丛林的第五天还是第六天。她记得麝雉这种鸟会在宽阔的河面上做露天的窝。于是，她开始钻进灌木丛去寻找鸟窝，哪怕是被划伤皮肤也在所不惜，最后，她终于找到了一条宽阔的河流。

但是这里丝毫没有人类居住的痕迹。

这条河的河边杂草丛生，朱莉安根本没处下脚。因此，她只能手执木棍在水边蹚着水走。她很聪明，一边用木棍来探路，一边吓跑藏在淤泥里的黄貂鱼。

她感觉自己一直在往淤泥里陷，很快她就决定放弃走路，改为游泳前进。在这里游泳是很考验勇气的一件事，因为水里不仅有食人鱼，还有凯门鳄——这种鳄鱼是短吻鳄的南美近亲，成年凯门鳄足有4米长。

朱莉安别无选择，只有鼓足勇气去面对它们。她只能暗自祷告。

她慢慢顺流而下。后来，夜幕降临，她爬上岸来，开始又一个令人痛苦不堪的漫漫长夜。

***

朱莉安的右臂被划伤了，她没法看到伤口，只是觉得那里特别难受。于是她拼命扭动身体，想要看一下那里究竟怎么了。

有蛆！

看来是有苍蝇在朱莉安的伤口上产卵了，而现在，蝇卵已经变成了足有1厘米长的蛆。由于它们的侵袭，朱莉安的伤口变得更大了。

朱莉安想要把蛆虫挑出来，可惜，她失败了。

其实她知道这些寄生虫不会伤害她，它们只吃烂肉，反而会帮助她保持伤口清洁。但是，朱莉安的伤口暴露在外，无法包扎，这会增加感染的可能性。在热带雨林里，暴露的伤口一旦感染，致死速度可能会非常快。

朱莉安对此无计可施，她只能任凭蛆虫在伤口上蠕动寄生，然后再次跳进河里，冒着被食人鱼和鳄鱼吃掉的危险，继续向前游去。

日复一日，朱莉安能够感到自己的身体每况愈下。有一天，她觉得自己肩膀中间有一处剧痛，一摸竟沾了一手血。原来，由于她一直蛙泳前进，太阳把她的皮肤都晒伤了。她之所以流血，是因为太阳已经给她造成了二度烧伤。

由于疲惫加剧，她很快晕倒在了河岸边。待她醒来，她发现有几条小凯门鳄离自己只有不到几米远，它们身边还跟着母鳄鱼，它嘶叫着，嘴巴张得老大，正要准备发起进攻。

朱莉安纵身跳进河里，希望那条母鳄鱼因为要看着孩子而不会追上来。

很快，又有一个更加要命的敌人来攻击朱莉安了——那种饥肠辘辘的感觉。此时她已在热带雨林里坚持了一周多的时间，体力大不如前。她手脚并用地想要抓住一只青蛙当食物吃，只可惜，她并没有成功……

* * *

朱莉安在热带雨林中的日子就像一场噩梦，第十天，她像行尸走肉般在河上漂流，在她精神恍惚又万分痛苦之时，她看见了一样东西。

起初，她以为是自己眼花看错了，以为是极度的疲惫让她在濒死的边缘产生了幻觉。

过了一会儿，她回过神来，意识到自己真的看到一艘小船，它停在岸上。

朱莉安拖着伤痕累累的身子，游向了那艘船。可以看到一些脚印从船那里一直走到岸上。朱莉安跟着脚印也爬上了岸。虽然她行动的速度很慢，几个小时才走出不到100米，但朱莉安终于找到了一个简易的容身之所。她还找到一罐汽油，是为船的外置发动机准备的。她把汽油往自己生蛆的伤口上倒了点儿，虽然痛极了，却达到了预期的效果——大多数躲在伤口深处的蛆虫受到汽油的刺激，纷纷爬了出来，这样一来，朱莉安就可以很容易地消灭它们了。

她还找到一块帆布，用它把自己包裹起来，这样就可以免遭蚊子叮咬。这一晚，朱莉安在容身处呼呼大睡，后来她回忆说，当时觉得这个小空间堪比五星级大酒店。

次日，有三个人发现了朱莉安。她告诉他们自己是从飞机上摔下来的，已经在热带雨林里存活了十天。他们听了这话，大吃一惊，盯着她看了半天，不敢相信有人能经受住这样的考验，生存下来。

他们看朱莉安的眼光也带着惊恐，不是因为朱莉安后背上流血的伤口，也不是因为蛆虫在她的伤处蠕动，更不是因为她伤痕累累、遍布水疱和脓肿的皮肤，而是因为她的眼睛。由于空难发生时的急速下坠，朱莉安眼球上的血管全部爆裂开来，双眼向外渗着血。

* * *

从距离地面3200米左右的空中坠落下来却保住了性命，这是朱莉安·科普克的好运。但是在后面的丛林求生中，朱莉安凭借的就不是运气了。

在热带雨林里历经磨难的十天里，朱莉安运用了自己所有的求生常识，获得了一个好的结果。身处无比危险的环境中，她却能够保持冷静，努力去适应丛林生活。她相信自己的求生本能，无论情况多么危险无助、令人绝望，她都绝不放弃求生的希望。

试问，有多少人能够在朱莉安那种情况下不被吓坏？但她知道，恐慌会导致她丧命。因此，她一直保持冷静，努力前行去寻找救援。在这个过程中，她忍耐着一切痛苦，坚持按计划行事。最终，正是这种不屈不挠的求生精神挽救了她的生命。

她是一个真正有勇气的姑娘。

03

约翰·麦克道尔·斯图尔特：
史上最牛探险家

JOHN
MCDOUALL
STUART

我们一点也没有贬低其他探险家的意思,但约翰·麦克道尔·斯图尔特的探险,确确实实是澳大利亚发现史上最重要的一个篇章。

——威廉姆·哈德曼,《约翰·麦克道尔·斯图尔特行纪》一书编辑

03 约翰·麦克道尔·斯图尔特：史上最牛探险家

从苏格兰的法夫到澳大利亚内陆地区是一条漫漫长路，我指的不只是地理距离。

在夏季，内陆干旱地区的最高温度达45℃，冬季气温则降到0℃以下。沙漠是如此广阔，你可能在里面行走几天也遇不到一个人，甚至连动物也看不到。虽然现如今，到澳大利亚内陆地区旅行是件轻而易举的事情，甚至可以进行野外生存旅行，但在19世纪中叶，几乎没有人敢深入澳大利亚腹地。那时的人更愿意在沿海地区居住，因为那里土地肥沃、水源充足、气候宜人。

在那些想要开发澳大利亚内陆的探险家中，最执着的当数一位苏格兰人。他没有被严峻无情的内陆环境吓退，现在，这个国家很多古迹都以他的名字命名。

而且理由很充分。

这个人名叫约翰·麦克道尔·斯图尔特，他是历史上最强悍，也有人说是最怪异的探险家之一。

* * *

二十三岁那年，斯图尔特离开苏格兰，前往澳大利亚。

当时，他身高167厘米，体重还不到41千克。在临出发的时候，有人看到他在甲板上用一块沾满鲜血的手帕捂着嘴。按理说，这是肺结核的症状。其实是斯图尔特患有胃溃疡，后来这个病一直折磨着他的生活。

乍一见他，你很难想象他会成为澳大利亚这块殖民地上最坚忍的人之一。不过，强悍的探险家不是一个模子刻出来的，他们之所以能够成为强人，全仰仗他们在逆境中表现出强大的精神和坚强的决心。

斯图尔特正是如此。

到了澳大利亚，斯图尔特最先做的是测绘工作，他在半干旱地区为新移民划分出一块块土地。在这里，他渐渐爱上了澳大利亚更为偏远的内陆地区。

斯图尔特因其出色的生存技能赢得不少赞誉。正因如此，他收到英国探险家查尔斯·斯特尔特船长的邀请，请他参加1844年的内陆远征队。

当时的计划是探索新南威尔士州的西北部，然后继续深入澳大利亚中部。他们的探险队规模本就很小，队员们的健康还遭受了致命性的打击。在沙漠中，斯特尔特船长患上了急性坏血病，在继续前行的过程中，几近失明。幸好他身边有斯图尔特，后者可以凭借出色的测绘技术，详细画出他们走过地域的地图。

后来，斯图尔特也患上了严重的坏血病，更别说他的胃溃疡和脚气病还在不断加重。脚气病是很可怕的，它可能会致人瘫痪、呕吐和精神失常。当斯图尔特从远征返回时，已变得弱不禁风，瘦骨嶙峋，牙齿松动，牙龈不断地淌着血，身上几乎一点肉都没有了。他卧床几个月之久，他的主治医生都没想到他能挺过来。

也许你会以为，这样的遭遇会让他再也不肯去澳大利亚内陆禁地探险了。那你就猜错了。

斯图尔特喜欢那片禁地，在他人看来那不过是一块不毛之地，但他在那里看到了更多的景致。他学到了如何通过观察成群的飞禽，以及跟随岩石的缝隙来找到宝贵的水源。他还学会了如何用桉树搭建临时棚屋。在这里，他可以运用自己的测量技术，利用罗盘方位和地标准确导航，他可以敏锐地察觉到细微的景色变化。就好像他天生就与这个恶劣艰苦的环境融为一体似的。

03 约翰·麦克道尔·斯图尔特：史上最牛探险家

日复一日，年复一年，斯图尔特在丛林中度过的时间比在城镇中度过的时间更长。1858年5月，四十二岁的斯图尔特开始了他的第一次重大探险。

在南澳大利亚有一座名为奥拉图加的矿山，位于弗林德斯山脉之中，斯图尔特此行就是到矿山更南边，这是至今尚未有白人涉足的地方。

与此同时，另外一位名叫本杰明·赫舍尔·巴比奇的探险家也准备开始一场规模相近的探险，但他的物资充裕得多。巴比奇一行人的物资非常奢侈，他们带了20千克的巧克力、38千克的德国香肠、150只羊和两台22升容量的凝水器。

性格坚毅、饱经风霜的斯图尔特及其两位队友的东西少得可怜，他们一共只有六匹马、一个指南针和仅够维持四周的简单食物。

斯图尔特一行三人进入丛林。他们找到了一个大盐湖，即现在我们知道的托伦斯湖，它有200千米宽，30千米长，气温酷热难耐。在这里，他们一滴可以喝的水也找不到。

这时他们遇到了巴比奇队伍中的一个人。巴比奇的探险并不太顺利，有一个队员被团队抛在了后面。

他已经死了。他的皮肤严重脱水，紧绷在骨头上，已经变成鼓面般的颜色。他死前已经被口渴逼疯了，他割断了三匹马的脖子，喝它们的血解渴。在他奄奄一息之时，他将一些话刻在了自己的金属水瓶上，表达了他最后的恐惧：

"我的眼前一片眩晕，舌头感觉烧得慌，我看不到出路。主啊，帮帮我吧，把我从地上拉起来吧……"

这里就是这样一个地方，如果不够强悍，你就会丧命于此。

斯图尔特在这样恶劣的环境中待了足足四个月，跋涉了2400千米。因此，他回到文明社会之后声誉渐隆，还被人们称作最牛探险家，也就不足为奇了。

不过事实是，他真正的探险还远未开始。

* * *

斯图尔特是一个饱经风霜、坚如磐石的男人，就和他所处的环境一样。他绝非彬彬有礼的绅士，喜欢喝烈性朗姆酒。曾有记者报道说他"不仅是最惹人生厌的酒鬼，也是我曾打过交道的最肮脏的人"。或者，用一个曾与他有一面之缘的十四岁小男孩的话来说："他是个搞笑的小个子，总是醉醺醺的……每结束一段探险，他就会把自己关在房间里，大醉三天。"

他的形象无疑会让人觉得他是一个疯子，而且是越来越疯狂的那种。但他丝毫不在乎别人的看法。他不合群，喜欢独处，他就是一个为探险而生的人。

当时，南澳大利亚与北部海岸全无联系，根本是一片荒无人烟的野地。没有贯通南北的道路，更没有电报系统。

如果有人能够规划出一条海岸线到海岸线的路径，比如从南部的阿德莱德到北部的达尔文，就可以修建公路和电报线了。这就意味着南澳大利亚与北部可以建立联系，进而与世界上的其他地方建立联系。

找到这条贯通南北的路径，成为斯图尔特一生追逐的目标。大多数探险家如果刚刚完成斯图尔特在1858年深入内陆的那种探险，都会给自己一段相当长休养生息的时间。身上的创伤需要时间让它痊愈，精神上的也是一样。

但是斯图尔特没有那么多时间和心思去顾及如何恢复和休息，他想的是再次出发。就这样，几个月之后，在1859年，他对澳大利亚内陆再次发起冲击。在这次探险中，他为自己找了个副手——威廉·凯克威克。

早先，在斯特尔特船长的团队中，斯图尔特学到很多如何成为一名领导者的经验，或者说，如何不成为一名领导者。举个显而易见的例子，直到他们的远途探险结束，斯特尔特都不知道斯图尔特的教名是什么。

至于斯图尔特，当他和凯克威克在艾尔山附近发现一处无人到访的清泉时，他用自己副手的名字为它命名。也许在城市里，斯图尔特是最惹人生厌的酒鬼和浑身脏臭的家伙，但他知道如何照顾他的水手。他进行了那么多次深入澳大利亚内陆的探险，可是他的团队中没有一人中途死去，这应该很值得骄傲吧！

不过，有很多次，他自己差点丢掉性命。

在1895年，斯图尔特马不停蹄地远行了三次，每一次都是刚回来，气也没来得及喘一口便又出发了。到了1860年，他也只在一次前往荒漠前给自己放了两个月的假。在此期间，他让凯克威克帮他集结10名可靠的男子同行，可最后凯克威克只带回了一个人，还是一个看不出适合这份工作的貌不惊人的男人，名叫本·黑德。

再没有别的人如此大胆，敢于尝试这般疯狂举动。

但是斯图尔特不会因为缺少一支理想的团队而推迟探险计划。轻装前进，迅速出击，这是斯图尔特与众不同的探险理念。因此，他们三个人就这样出发了，向澳大利亚最深的腹地挺进。

在别人看来，这绝对是一次受到诅咒的探险。一场意外的大雨夺走了他们的食物补给，这意味着他们以后每顿饭都只能吃个半饱了。本·黑德本来是身材壮硕的小伙子，一下子就瘦掉一半的体重。与此同时，水成了稀缺资源，而且斯图尔特又一次患上了坏血病，右眼逐渐失明。虽然有诸多不幸，他们却真正进入了非常靠近澳大利亚中心的地带。但他们知道若想活命，就不能往更北的地方走了。于是，这一行三人到此为止，打道回府了。

回去听着轻松，其实过程非常艰苦危险。

当时他们的处境糟糕透了。首先是缺水，他们必须走上几千米去寻找泉水；然后是极度的疲累，斯图尔特累得从马上跌下来，肩部严重摔伤；再有就是坏血病的打击了,三人全部被传染,他们的皮肤变黄,再变绿,最后变成黑色。

除此之外,他们还需要对付一些原住民。这些人一旦发现斯图尔特一行人走进他们的领地,就会立刻攻击。

通常情况下,斯图尔特在历险中和澳大利亚的原住民相处得很好。这一次情况却大变样了。在他们最虚弱不堪的时候,他们来到了瓦鲁孟古部落。这里的原住民对他们发动了疯狂攻击,摧毁他们的茅屋,偷走他们的物资。原住民还往探险者的马匹身上投掷武器,甚至点燃他们营地旁边的干草堆。

他们三人唯有趁活着逃跑为上。

在饥肠辘辘、坏血病缠身且缺少补给的情况下,他们挣扎着穿越干旱的荒漠。他们从未放弃,更不肯被沙漠击垮。最后,他们终于带着一口气回到了文明社会。

不出所料,仅仅两个多月之后,斯图尔特再次出发了。

* * *

现在,这位疯狂的探险家已经声名在外,因此南澳大利亚的政府部门愿意给他资助,支持他开辟从南部海岸到北部海岸的路线。凯克威克尽最大努力,以保证自己这位总是醉醺醺的头儿在出发之前保持清醒状态。后来,斯图尔特带着十一名队员、额外的几匹马和一只名叫托比的狗出发了,一路北行。这是他迄今为止最大规模的探险行动。

天气热得不像话,完全不符合时令。很快,由于温度太高,有几匹马和小狗托比相继死去了。不服输的斯图尔特将他几个水手遭送回去了,他看出他们在这样的环境下根本无法坚持到底。

剩下的人则继续北上,走过澳大利亚的中心地域,来到了距离北部海岸线不到500千米的地方。在九周的时间里，斯图尔特亲自率领团队进行了十一次探险，希望能够突破干旱的平原，向北进发。可是十一次他都失败了，每一次都为保命而被迫撤退。

最后，斯图尔特不得不认输了。他回到了南部海岸线，满心都是愤怒和屈辱。这里的地形把他彻彻底底打败了。

但是他可不想当太久的失败者。

在澳大利亚开辟一条贯通南北的路已是他生命中至高无上的目标，没有什么能够阻挡他的追求。对他而言钱不是问题，甚至日益恶化的身体状况也不是问题。

他是一个肩负重任的人！我很了解那种感受。任何障碍都不要紧，在前面等着他的艰难困苦也没有关系。实现目标就要全身心投入。

再次出发前，他只给自己一个月的时间休养生息。

1861年10月，他带着十个人和七十一匹马前往内陆。出发时，大多数队员都喝醉了，送行的人看着他们摔下马来取乐。这帮人真的能够开辟出贯通澳大利亚南北的路吗？

他们真能做到前人无法实现的事情吗？

从他们出发时的情形看，他们能做到这些就怪了，就连他们的头儿斯图尔特也醉得跌下马来，还被另外一匹马踩到手。那匹马的力量非常大，导致他的手严重抽筋脱臼，甚至还感染了。有那么一段时间，斯图尔特的手看起来就像需要截肢一样。

没想到那只手竟然康复了，至少康复到可以让这支探险队重新出发的程度。他们穿过了澳大利亚中部，但是，每次他们试图突破北部海岸线时，恶劣的气候和匮乏的水源又害得他们不得不撤退。就这样，一连五次他们都失败了，直到第六次，斯图尔特在那里挖了几个储水洞，以便他的队友们补充水分。

喝完水后，他们又发起了新的进攻，很快便来到阿德莱德河的一条支流附近。斯图尔特心里清楚，他们的探险已到了最后关头。之前的一些探险界前辈已经描出了这里的地图，既然他们能够穿过这片区域，他当然也可以。

他们在内陆地区艰辛跋涉了六个月之后，终于突破重重障碍，来到了北部海岸线。斯图尔特是世界上第一个穿过这片原始沙滩，并在这里用印度洋的水洗手洗脸的人。

最后的最后，他们终于胜利了。可是斯图尔特并没有因此停下来休息，更没有飘飘然。仅仅是 24 小时之后，他便转身踏上了回程。这条路，他要走 3100 千米。

直到这时，他要面对的问题才露出狰狞的面目。

* * *

一个人把自己置身于这般残酷极端的险境中，不可能不承受巨大的身体压力。虽说斯图尔特有令人难以置信的韧性，但他与澳大利亚内陆的苦斗还是不可避免地开始了。

苦斗的重点不仅在于日益缺少的口粮，还有一路南下过程中不断死掉的马匹，更成问题的是斯图尔特右肩上的伤。剧痛渐渐蔓延至他的全身，连呼吸都变得十分困难。

由于这几年强烈阳光的暴晒，斯图尔特的眼睛本来就不行了，如今更是濒临失明。因此，这位方向导航大师只能依靠底下人带路前行（幸亏，这些水手有斯图尔特之前漫游时就画好的十分详尽的地图）。

终于，他们的饮用水没有了。他们经常要连续三天不喝水。在这么热的地方，三天不喝水会使身体开始自行分泌毒素，更何况还有灼烧的喉咙和肿胀的舌头所带来的剧痛！他们已经达到了人类的极限，离死亡只有一步之遥。

据说在绝望之下，他们曾用手帕包着黏土使劲挤，希望能够挤出点水来。

斯图尔特的腿已经发黑了。由于可怕的高烧，他浑身发抖、大汗淋漓。与此同时，坏血病已经蔓延到斯图尔特的牙龈，长出一片一片的脓包，流血不止。他吃的每一口东西都是就着鲜血咽下的。

后来，食物开始急剧减少。正在这时，他们找到了一窝刚出生的小野狗。想要活命就得狠心，他们煮食了这窝小狗。

斯图尔特已经到了失语和死亡的边缘，他终于同意杀掉一匹马，这可是前所未有的事。斯图尔特的水手们做了一道相当滋补的马肉汤。这给了斯图尔特足够的力量，让他可以继续坚持下去，历时四十四周的探险后，他们一行人终于凯旋，回到了南部海岸。他们创造了奇迹，这是一个由勇气、韧性和忍耐造就的奇迹。

这时斯图尔特已经病入膏肓，医生严令他卧床休息，否则就会性命不保。但是这并未影响阿德莱德地区的人为斯图尔特组织了一个盛大的街头派对，来庆祝他的胜利。

斯图尔特有勇气、耐力，又拥有生存的技巧，才得以在探险中取得成功，这样的探险是其他人不太可能经受得住的。不过，这次荣归之后，他的探险生涯就彻底结束了。为了实现最终的目标，他已付出了自己的所有，现在，他的身体再也承受不住了。

十八个月之后，他永远地离开了澳大利亚，返回故里。

悲剧性的是，斯图尔特五十岁时便孤零零、身无分文地死在和妹妹合住的伦敦寓所里。死前他的身体已经完全垮了。

只有七个人出席了斯图尔特的葬礼。

如今他长眠于肯萨尔绿野公墓，这里距离记录他伟大探险壮举的大洋洲有半个地球之遥。他的探险史诗没有给他带来巨大的财富，也没有在他自己的国家里为他赢得名声，但对他而言这都是蜗角虚名。他完成了自己真正想做的事情，而且做得很出色。

斯图尔特在澳大利亚青史留名，成了全澳大利亚人民心目中永垂不朽的英雄。从阿德莱德到达尔文的高速公路便是以他的名字命名的，叫作斯图尔特高速公路；还有斯图尔特山亦是如此，因为这座山是他发现的。除此之外，斯图尔特的雕像和纪念馆更是遍布澳大利亚的各个角落。

简而言之，如今斯图尔特的成就总算得到了公众的认可。他之所以能够取得这么大的成就，皆因他能够在勃勃雄心的召唤下作出相应的巨大牺牲。此外，这样伟大的成功者也往往是别人眼中的怪人。

我对他佩服得五体投地。对他的怪癖、他的缺点和他的不循规蹈矩，我都心怀敬意。

一个人，若想实现大目标，就必须拥有大胸怀。约翰·麦克道尔·斯图尔特就是这样一个大人物。

我想，他会愿意举起一个脏脏的杯子，里面装满朗姆酒，庆祝自己的大度。

04

詹姆斯·赖利船长：
撒哈拉的悲惨黑奴

CAPTAIN
JAMES
RILEY

主啊！不要再折磨我们，让我们在这样的窘境中生活了！

——摘自詹姆斯·赖利船长的日记

04 詹姆斯·赖利船长：撒哈拉的悲惨黑奴

1815年8月28日，非洲大陆西海岸。

美国船"商务号"已经在海上度过了将近三个月的时光。这艘船来自康涅狄格，中途曾在新奥尔良短暂停留，之后又横穿大西洋，来到直布罗陀。如今，船正按照预定路线向南航行，准备途经加那利群岛西侧，最后抵达佛得角，从那里弄到珍贵的食盐，运回美国。

返航途中，必须注意不要靠近西撒哈拉的荒漠地带。如很多故事里讲的，在西撒哈拉地区，基督徒水手一旦被捉住，会被各种虐待，凄惨得连狗都不如。

"商务号"船长是詹姆斯·赖利，他在家中是丈夫和父亲，在外是职业水手。他把水手人的安危利益看得与自己的一样重。多年之后，他成为一位直言不讳的批评家，专门抨击惨无人道的全球黑奴贸易。之所以会这样做，他有十分充足的理由。

因为赖利船长差点儿也成了奴隶。

船上的这些水手，都险些变成奴隶。

***

在19世纪，帆船航行最常遇到的两个危险是导航错误和海上风暴。在1815年8月末的一天，"商务号"从直布罗陀出发后沿着非洲海岸线航行时，这两种危险同时降临了。

这一日，风急浪高，将帆船推离了原本的航线。帆已经撑满，桅杆都吱吱作响起来，甲板上溅满咸涩的海浪，迷得人睁不开眼睛。

此时正值深夜，四下一片漆黑。在无法看清船离岸边有多近的情况下，赖利船长下令将船往东南方向开，然后令人始料不及的灾难发生了。在一阵令人魂飞魄散、肝胆俱裂的大颠簸之后，"商务号"搁浅了。

凶猛的巨浪将这艘船卷起来，撞到岩石上，把它撞碎。水手们无计可施，只得抛船上岸。赖利要求水手们尽可能多地抢救水和食物，装到救生艇上去。然后，他们勇敢地进入狂野的大海，希望能够把救生艇划到岸上去。

谢天谢地，他们总算把船划过去了。不过，他们的处境仍旧异常艰险。他们遭遇海难的地方是撒哈拉西海岸，这里是世界上最热、环境最恶劣的沙漠之一。还有比沙漠更可怕的游牧奴隶贩子。

在这个地狱般的地方，异教徒白人可不会被当作人看，在本地的部落原住民眼里，这些水手都是奴隶，得到的待遇甚至不如牲畜。

凶残的撒哈拉沙漠原住民不可能热情欢迎他们。

果然，随着黎明的到来，一个人影出现在海边的沙滩上，朝着水手的方向走来。他肤色较深，长了一张满是皱纹的粗糙面孔，打结的胡子一直拖到身前。

为了和这个陌生人攀交情，赖利还拿出一些船上的补给来给他。可是，这人只挑了自己想要的，就迅速走开了。

水手们非常担心，怕他是去找帮手。很不幸，他们猜对了。

更多的部落原住民来了，有男有女。他们手执尖刀、斧头和长矛，想要从水手这里抢走一切。

赖利企图和他们谈判，可他们并无此意。那伙人的首领抓住赖利船长的头发，用力往后拉，使得他仰了过去，然后用一把可怕的锋利弯刀抵住他的喉咙。赖利心中认定这人一定是要把自己的头砍掉了。没想到，他只是划破了赖利的衣服。

因为赖利一伙人死了,对当地人一点好处也没有。

赖利船长急中生智,告诉那伙人,他们在沙子里埋了些硬币。然后,趁着这些人抢着去挖钱,赖利一行人飞快逃跑了。他们游泳穿过波涛汹涌的大西洋,回到已经撞坏的"商务号"上。

但是,一个岁数大的水手安东尼奥·米歇尔落在了后面。赖利等人在"商务号"上心碎地看到,那伙部落原住民把安东尼奥打得头破血流。

然后,他们看到部落原住民把刚刚抢到的物资堆放到安东尼奥的背上,让他背着,就好像他是个运货的牲口一样,还野蛮地殴打他,安东尼奥已然是个奴隶了。就这样,他们目睹安东尼奥被部落原住民驱赶着,爬过沙丘,消失在视野里。

现在,他们有两个选择。一个是回到陆地上,任凭野蛮的部落原住民捉住他们,拿他们当奴隶使唤;或者努力修好"商务号"附载的大艇,寻求机会从海上逃走。

他们选择了从海上逃走。

***

赖利一伙人都挤在大艇里。一共十一个人,却只有一小罐水、十二瓶葡萄酒和一头从海难中幸存下来的猪。

在艇里,他们挤得跟沙丁鱼罐头似的,更何况这艘艇不仅漏水,连舵都没有。没办法,他们只好整日拼命划船与洋流搏斗,同时还要不停地舀水出来,以免沉船。

补给少得可怜。他们这么多人,每天只有一瓶水,分到每人嘴里,只有一口的量。至于食物,每人每天只有一片咸猪肉。

他们一路向东划，希望能够抵达加那利群岛。不料大风和洋流一直与他们作对，船前行得艰难极了。

第三天，他们切断猪的喉咙，待血一流出来，水手们立刻小心翼翼地把它接在桶里，喝了解渴。然后，他们狼吞虎咽地把尚流着血的猪肝生吃掉了。

这也只是杯水车薪，酷热和艰苦的航行令他们严重脱水，当水瓶喝空时，他们便把自己的尿液灌进去一路带着当水喝。

日复一日，他们的舌苔愈厚。因为干渴，舌头已变得毛茸茸。由于耳朵内部过于干燥，他们的听力也严重退化。挤在救生艇里，水手们时时刻刻都在忍受着高烧和饥渴的折磨。

太阳赤裸裸地直晒，他们的皮肤都被灼伤了，划桨时需要和木桨与海水接触的地方生了疮，疼痛难忍。每一天，他们都会拿出少得可怜的已经开始腐烂的猪肉分食。淡水也越来越少，他们只喝一点尿，能够润喉便好。

他们的尿液在身体和水瓶之间不断循环，变得越来越浑浊了。如果不加以稀释的话，已经成了稠乎乎、臭烘烘的"毒药"。赖利形容这玩意儿是"令人作呕的救命水"。

这恶心的尿液毕竟是他们唯一的淡水资源。苦涩的海水和炙热的骄阳都在拼命击垮他们。

在大艇上，大家的处境实在太糟糕，当他们再次看到陆地的时候，陆地便成了救赎。水手们摇着桨，直奔那里，他们深知当地原住民的残忍，但他们认为，没有什么比海上这种无情的折磨更可怕的了。

然而，他们错了。

***

他们的大艇被冲上了一片又小又荒芜的沙地，谁也不知道这是哪里（事实上，他们已经向南漂流了300多千米）。从这里开始，他们决定一路向东，走进环境恶劣的撒哈拉大沙漠。

次日一早，他们上路了。

地球上没有多少地方比这里更不适宜人类生存了……在东西长4828千米、南北宽1931千米的撒哈拉沙漠里，空气湿度最低时只有5%。水手们根本没办法找到任何植物、动物，甚至是一滴水。一路蹒跚着穿过这片恐怖的荒漠，犹如在一步步接近死亡。因为口渴，他们开始产生幻觉，干裂的嘴巴开始出血，他们宁可付出生命的代价去换一小口水来喝。

后来，他们终于看到远处的一点火光。别无选择，他们朝着那儿走去。虽然知道原住民"欢迎"他们的方式绝不可能友善，但大家还是觉得与其死在灼热撒哈拉沙漠的沙丘上，不如试试运气。

他们一起祷告了一番，便朝着火光前进。

火光处有一个男人、两个女人和几个孩子，他们围坐在一口井边。男人一看到他们，就立即挥起弯刀，强迫船员乔治·威廉姆斯和阿龙·萨维奇脱光衣服。接着，他一个箭步抢到另一个叫德斯莱尔（水手中的第四把手）身边，强迫他拿着那堆刚刚脱下来的衣服。这一行为已经清清楚楚地说明，这四个水手已经是他的人了。

这时，两个女人要求其他人也脱光了。就在这时，忽然一阵尘土飞扬，随之而来的是另一个部落的原住民，他们有的走路，有的骑着骆驼，轰隆隆地朝着他们奔来。然后本地原住民打得不可开交，弯刀闪闪，鲜血四溅，他们拼命地争抢着这十一名新来的奴隶。

一个小时后，打斗平息了，"奴隶"们也被瓜分了。赖利和德斯莱尔现在属于他们最初见到的那个游民——默罕默德，那两个女人是他的妹妹。默罕默德拖着他的新奴隶往井边走，他的两个妹妹则拎着粗大的棒子，不断往赖利二人瘦弱脱水的身躯上打。

另外一些女人给他们端来了几碗放了很久的水，那些水看起来龌龊不堪，可对于这些快要渴死的人来说，就如同甘露一般。

长期脱水之后，第一次喝水不能喝得太快，否则你的身体会无力处理这么多的液体摄入。赖利明知如此，却根本控制不了自己，一直往嘴里灌水。他和德斯莱尔都是大口大口地一饮而尽，几乎是水一喝进去，他们的胃便痉挛起来，然后腹泻，大便顺着赤裸的双腿流了下来。

其他的水手也成了奴隶，并且在猛喝水之后都出现了类似情况。而且，他们还不断出汗，汗水嘶嘶地刺痛着他们已经烧焦的皮肤。然后，游民们便骑着骆驼，准备领着新奴隶离开这口井。水手们被一个接一个地带走，离开原本的同伴。最后，只剩下赖利和另外四名水手还在一起。

游民立刻给他们五个派了活儿——从水井里汲水喂骆驼，之后便强迫可怜的水手随他们一起走进沙漠。赖利与同伴此时虚弱不堪，走几步就跪倒在地。一开始，那些游民只是嘲笑他们，后来便开始用粗树枝抽他们赤裸的背部，直到把他们早已灼伤的身体抽得皮开肉绽。

游民对待这些新奴隶犹如最低贱的畜生，不过，当他们发现这些新奴隶确实没力气徒步穿过沙漠时，便命令他们也骑上骆驼，坐在驼峰后面。新奴隶们浑身是伤，被皮糙肉厚的骆驼摩擦着，难免会鲜血淋漓。血顺着赖利的小腿内侧流下来，不断地滴在下面的沙地上。

赖利很想找到一块石头砸死自己，只可惜找不到。没办法，他只好这么跟着走下去。

第二天，他们又被迫徒步行走，鲜血染红了他们赤裸的双脚。而游民们并不在意这些，现在水手们对他们而言不过是私人财产，他们想怎么对待就怎么对待。

＊＊＊

三五成群地游荡，这是沙漠原住民的生活习惯。不过他们有时会加入其他游民的队伍。这样一来，倒给了赖利一些机会，能够看到过去的水手同伴。他们的处境和赖利一样悲惨，乔治·威廉斯身上垂着脱落的皮，而下方，新的皮肤正红肿发炎。此后，每次赖利看到乔治，都发现乔治的情况越来越坏了。

乔治的最表层皮肤早已被完全晒坏。曾有一个游民把骆驼脂肪涂在他身上，企图救他一命，殊不知完全没效果，那层油脂在太阳光下被烤得直响，把这可怜水手的肉都煎熟了。面对奄奄一息的同伴，赖利一筹莫展，只得任凭威廉斯被他的奴隶主带进沙漠，永远地消失了。

＊＊＊

赖利被不同部落的人倒卖着，但奴隶主都是一样残酷无情。他们戳奴隶赤裸的皮肤，在奴隶们的哀号中哈哈大笑。并且，奴隶们都是忍饥挨饿，处于饿死和渴死的边缘，就算是看到骆驼尿尿，赖利都会迫不及待地把手拢过去接住。骆驼尿味道很怪，但至少是新鲜的，尚未繁殖出细菌，更重要的是——它是液体。

他们靠喝尿活着，脱水体征愈来愈严重。由于液体减少，他们都有关节疼痛的症状，并且无法分泌眼泪和唾液。

奴隶们都听说过撒哈拉沙漠住着食人族的谣言。几周过去，他们自己变成了"食人族"。每当烧伤的皮肤从他们的四肢上脱落下来，他们就会狼吞虎咽地把它吃掉。换言之，他们就是靠吃自己活着！

通过一个偶然的机会，赖利得知和他在一起的几个奴隶绑架了一个阿拉伯孩子。这些被饥饿逼疯了的可怜人打算杀掉孩子当食物。

赖利及时地阻止了他们的屠杀行为，他试着说服他们，作为奴隶，他们若是死了对主人是没有好处的。无论如何那些主人不会饿死他们，因为只有他们活着，才能被继续贩卖。

从理论上讲，赖利说得很对，问题是，那些游民似乎只是漫无目的地在寸草不生的沙漠里游走，就连他们自己的食物和水都渐渐变得不够了。

由此看来，到了关键时刻原住民会先舍弃牲口，保住他们自己。

至于奴隶，则是可以比牲口更先舍弃的东西。

在赖利看来，想要走出这片被世人遗忘的荒蛮大漠，他们只能期待奇迹发生。

可是，有时候，奇迹真的会披着奇怪的伪装从天而降。

* * *

这日正值正午时分，赖利的主人躲在帐篷里，避免被炙热的阳光灼伤。这时，两个男人从沙漠中走来，他们皮肤伤痕累累，还都带着步枪。

按照沙漠原住民的习俗，赖利的主人邀请他俩进帐篷来坐坐。这两位中的一个名叫西迪·哈迈特，陪着他的是他的弟弟。

西迪·哈迈特看起来比赖利的现任主人和气点，他甚至给了赖利一口干净的水喝。

赖利看到了一个机会。这些沙漠游民是贸易商，对他们而言，任何东西都可以标价出售。赖利身无长物，唯一值点钱的就是他的一条命，那些至今仍在赖利旁边的水手同伴也是如此。

于是，赖利走到了西迪·哈迈特身边，用混合了阿拉伯语、法语和西班牙语的语言，对西迪·哈迈特说清了他们这群水手的遭遇，他还告诉西迪，自己尚有妻儿在等他回家。令他惊讶的是，西迪·哈迈特竟听得落泪，原来，西迪·哈迈特也是有家庭的人，他能够了解赖利的心情。

这是不是意味着，赖利在这片恐怖荒漠之中，终于找到了些许仁慈？

一开始赖利对西迪·哈迈特说的都是实话，后来他开始撒谎了。他说自己有个朋友住在沙漠边上的思维拉城里。如果西迪·哈迈特能够买下赖利和尽可能多的其他水手，这个住在思维拉的朋友会以五十倍的价格再把他们买过去。

"你那位朋友叫什么？"西迪·哈迈特问。

"孔叙尔。"赖利如是说。

西迪接受了这笔交易，但他提出了一个条件："如果你对我说谎的话，我不但会割断你的喉咙，还要把其他水手再卖掉以弥补我的损失！"

他们就这样成交了。西迪·哈迈特买走了赖利和另外三名水手。

但这并不意味着他们就安全了。远非如此。

* * *

到思维拉城要走几百千米，必须有食物才行。西迪·哈迈特便买了一头老骆驼以便路上屠宰。

当夜西迪便杀了骆驼，他把骆驼的脖子一直向后扯到驼峰，然后一刀割断了它的喉咙。他把骆驼血接进一口大锅里，然后用火把锅加热到血液凝结。之后，他便让赖利四人每人舀出一大勺骆驼血吃。

在身体消化骆驼血的过程中，他们感到口渴难耐。于是西迪又给他们喝了点奇怪的绿色液体，那是从骆驼的胃里流出来的。

这无疑是真正的荒漠求生！

后面的路途艰苦得令人难以置信。赖利四人和西迪不同，他们对沙漠环境并不适应。因此，他们的身体状况在不断恶化。赖利在日记里这样写道："我们后背、大腿和小腿内侧剩下的肉都被打得稀烂，几乎没有一点肉了。"

偶尔他们会找到水源，一旦这种好事发生，他们便会尽量多喝。如果找不到水的话，他们便只能凑合喝骆驼尿了。最可怕的是骆驼由于缺水不尿尿的时候，他们就完全没得喝了。

他们也会遇到一些游牧原住民，那些人有的愿意和他们分享食物，也有的会出售一些动物供他们屠宰。奴隶们大快朵颐刚拿出来的、尚未经过清洗且仍带着羊的体温的羊肝。有时他们可以吃到骆驼血，但是这样的好事过后，他们可能一连走上几百千米也遇不到一个人，满眼只有布满砂石的荒蛮大漠和沙丘，找不到一点可供吃喝的东西。因此他们很快就又得饿肚子了。

除此之外，沙漠里还有其他可怕的土匪。尽管身体状况糟糕，但赖利四人仍是颇有价值的"货物"。因此，西迪·哈迈特要保护自己不被土匪杀掉，否则土匪还会偷走奴隶，将他们带入绝望的生活。

对于目前的他们而言，所拥有的不过是一线希望。在长途跋涉穿越沙漠的过程中，游民遭受的痛苦和奴隶几乎一样多，令人惊讶的是，他们最终真的到达了思维拉城。

这时，一件奇怪的事情发生了。此时西迪·哈迈特与赖利这对主奴已经变成了朋友，但也只是一定程度上。哈迈特仍然坚持过去讲好的原则，一旦他们发现赖利根本没有住在思维拉的愿意高价买走四个水手的朋友，他就会一刀割断赖利的喉咙。

赖利知道，哈迈特说的话是当真的。

也就是说，如果稍有不慎，他一定会被杀死。于是，赖利写了封信给当地的领事威廉·威尔希尔。

威尔希尔做得很成功。他筹到钱，帮赖利四人换取了自由。就这样，在经历百般磨难之后，他们终于重获自由。

在赖利的央求下，威廉·威尔希尔又尽其所能，找到并释放了另外一个被奴役的水手阿希巴尔德·罗宾斯，他的经历也同赖利四人一样悲惨。但是，剩下的那些水手，再也没能联系上。谁也不知道他们能活多久，也猜不到他们受了什么样的侮辱与磨难。他们一定是在令人无法忍受的痛苦中苦苦挣扎，直到死神降临才终于解脱。

* * *

后来，赖利船长终于重返美国，发表了名为《非洲苦难》的回忆录。这本书荣登畅销书榜单，即使是可以蓄奴的地方，比如南部各州，都很受读者欢迎。书中白人男子被当成奴隶的遭遇，对蓄奴制是一个莫大的讽刺。赖利所受的那些非人折磨难道一点意义也没有吗？有的。林肯总统年轻时曾读过这本书，后来他说，赖利的这部作品对他产生了非凡的影响。

有时候我们喜欢从结果往回看一件事，这样更容易了解到这件事情的意义所在。赖利自身的经历让他明白了，南方的蓄奴制正如何残害着无数的男女。就如后来他说："就算是黑皮肤的人，也不能当畜生看待。"

在尚且保守的年代，这是个颇有争议的观点。

如果不是因为赖利的求生欲望强烈，他根本不会有机会活下来给我们讲他的故事。

罗宾斯是当时的水手之一，他也同样经受了为奴的苦痛。后来他曾写下这样的话："'商务号'上的人似乎肩负着一种使命，就是牺牲自己，以推动人类世界的进步。"

毫无疑问，赖利的求生故事已经逼近了人类忍耐的底线，从那时起就一直激励着许多人。

包括我，也是深受感动的一员。

05

史蒂文·卡拉汉：
眼睁睁地看着自己的肉体腐烂

STEVEN
CALLAHAN

那是一种被丑陋的恐惧感所包围的美丽。我在我的日志里写道：我犹如坐在地狱里仰望天堂。

——史蒂文·卡拉汉

05 史蒂文·卡拉汉：眼睁睁地看着自己的肉体腐烂

为什么有的人偏要梦想着乘一叶小舟横穿大洋？小舟很容易被滔天巨浪打碎，不是吗？

为什么他们要去忍受人类无法习惯的那种无情的孤独？

是要好好问一问才对，毕竟，有不少人都做出过这样的选择。

世界七大洋都曾有人只身横渡过，他们中的任何一个人都有资格在这本书中占有一席之地。就比如米克·道森和克里斯·马丁，他们用一百八十九天的时间划船横渡了太平洋——足足走了7242千米！还有劳拉·德克尔，年仅十四岁的她不仅要与大洋展开搏斗，还要和法院斗智斗勇，因为法院认为她需要父母的共同监管，这会阻止她成为世界上最年轻的单人横渡者。

开头的这个问题，不同的人会给出不同的答案，不过最富有诗意的答案应该来自史蒂文·卡拉汉。他说，在大海上航行，是为了让自己看清楚人类在大自然面前有多么渺小。对他而言，这就是亲近上帝的机会。

1981年，二十九岁的史蒂文驾驶一条小船出海，遇到了海上最糟糕的情况。那一次，他没能亲近上帝，而是与死神擦肩而过。

※ ※ ※

史蒂文的船名叫"拿破仑·索洛"，这条长6米、制作精良的船是他自己造的。史蒂文在船体里面设置了若干个防水的空心密闭容器，在遭遇恶劣天气的时候，这些容器会增大船的浮力；而风和日丽之时，它们又足够轻，不会耽误船快速前进。

水手与船之间总会有种特殊的联系，史蒂文和"拿破仑·索洛"正是如此。史蒂文深谙这条船的方方面面，而这条船也是他的一切。他曾与一名伙伴一起驾驶这条船从西向东横渡大西洋，那一次，"拿破仑·索洛"表现良好。

不过，史蒂文一直有独自从东向西横跨大西洋的梦想。他并不是第一个这么做的人，而且，很多不如"拿破仑·索洛"的船都做到了这一点。不过史蒂文不介意这些。他不是为了打破什么纪录才这样做的，他只想检验"拿破仑·索洛"和自己的能力，看看自己的船设计得是否完美，制作得是否精良。因此，他报名参加了一场名为"迷你横跨大西洋"的比赛，主办方会把他从英国送到安提瓜去。

最起码，当时的原计划只是如此。在比赛的第三天，天气一下子变坏了。船被推到3米多高的浪尖上，然后又重重地摔下来。风厉声呼啸着，船在海上忽高忽低地挣扎，发出的声音震耳欲聋，海水就这样涌了进来。

船体已然破裂，史蒂文知道，用不了多久，大海就会利用这个小破口把船彻底撕成碎片。因此，他别无选择，只能在西班牙靠岸。他的比赛以失败告终。

史蒂文花了四周修船，然后便往加那利群岛去了。他原本是想在特内里费岛过冬的，不料仍抵御不住大海对他的召唤。于是，他又出发了，想要再次横跨大西洋。此时，他已经退出比赛了，但这并不意味着他不能自己去做这件事。1982年1月29日，在一个晴朗的夜晚，他再次踏上征途。这一次，他的目的地是加勒比海。

头一周，海面平静，风和日丽。他胃口不错，行船也很顺利，每天都可以享受到被蓝天和大海包围的寂静。但是，在2月4日那天，情况发生了变化。海上起了大风，接着乌云也翻滚着来了。海上变成了一个风雨飘摇、大浪滔天的世界。

不过，天气虽然恶劣，倒也不至于完全不能前行。史蒂文决定坚持一下。夜幕降临了，可风浪越来越大。每一个大浪里究竟包含了多少吨的海水？史蒂文努力不让自己再纠结这个问题了。他蜷缩在甲板下安慰自己：我以前也曾经历过这般风浪，不都是有惊无险吗？

史蒂文正想着，忽然之间传来一阵震耳欲聋的巨大噪声，有什么打中了他的船。当时他还不知道究竟是什么东西，但他后来断定，那一定是一条鲸鱼，只有鲸鱼会有这么大的力量。

史蒂文听到了船体破碎的声音。一转眼工夫，海水淹没了他的头顶。

船要沉了。如果不是史蒂文跑得快，他也会跟着船一起沉没的……

* * *

甲板上有一只救生筏。史蒂文冲出舱口奔到甲板上，想要拿到它。他原本想先让救生筏下水，然后再给它充气的，可此时此刻根本做不到，那筏子在船上像一匹脱缰的野马。史蒂文只好猛拉绳子，在一个大浪打来之际给救生筏充上了气。然后，他跳进筏子，任凭浪头把他掀下甲板，翻滚着冲向汹涌的大海。

救生筏和船之间有一条升降索相连，可史蒂文没有弄断它。因为他对自己的船有感情，也因为那里装着他的应急物资。无论如何，在船沉没或被浪头击碎之前，他得把那些东西拿出来，否则，他该怎么活下去呢？

不过，想要拿到那些东西的话，必须重返那艘即将沉没的船。

虽然浑身湿透，冷得要命，眼睛被海水里的盐分刺痛着，但他凭借着自己强大的求生意志，把自己拉到正在下沉的船边，奋力爬上了船。

他不顾大浪滔天，俯下身子，又一次钻进了船舱。一声巨响，舱门在他身后重重关上了。

一时间,船舱里异常安静,只听见他的喘息声。然后,他开始摸黑寻找他的应急包。终于摸到了!他挣扎着打开舱门,把应急包抛到救生筏上。然后,他又冒着被淹死的危险,回到船舱里,想要找到他的睡袋。

回到救生筏上之后,他拼命抓起他能看到的一切从船里飘出来的东西——卷心菜、一箱鸡蛋、一罐花生……其实船上还有更值钱的东西,比如37.85升淡水,足够维持80天的生存口粮,以及一件厚厚的橡胶救生衣。

只是这会儿他太累了,实在没力气再回去。就算想要鼓起勇气再回船上一次,他也得等到明早了。此时此刻,他躺在有点像帐篷的圆形充气救生筏上,这条小船可以保护他,让他免受汹涌大浪的不断拍打。

后来,就在天亮之前,救生筏和船之间的绳索断掉了,它们渐行渐远……史蒂文又累又冷,浑身疼得不得了。为了逃离小船,他把自己弄得遍体鳞伤,之前他都没有注意到这些。

风暴仍在肆虐,拼了命地往救生筏里灌入又冷又咸的海水。史蒂文只好动用了他的海锚——那是一种水下降落伞,可以帮助人下降。这样,在从浪尖滑下的时候,他就不会翻船了。不过,即使如此,他的处境仍然十分危险。史蒂文知道,这玩意儿随时会断,只要有一次翻船,他就有可能被抛出去摔死。

天亮了。

大风仍在呼啸。

* * *

史蒂文有一个紧急无线电示位标,其光线射程长约400千米,电池能够连续使用72小时。他将其打开,但内心深处,他深知这玩意儿一点用也没有，因为此时他距离最近的出货码头足有700多千米远，而且此地也没有飞机经过。他迷路了，孤零零的一个人，没人能听到他的呼救声。

夜幕再度降临，他把自己紧紧裹在湿漉漉的睡袋里，想要躲避外面刺骨的寒冷。就在他躺进睡袋的那一刹那，背部、膝盖和屁股上的伤口一起剧痛起来，这些地方都布满了创口和伤痕。湿睡袋所含的盐分渗入他的皮肉。

白日里，史蒂文会写些关于设备的日志，同时他还要一遍遍地试着计算，想要算出他的补给物资够他坚持多少天。最后他得出结论，估计最多能撑14天，不然就会脱水而死。在他的应急包里有几个太阳能蒸馏器，能够利用太阳的热能过滤掉海水中的盐分，再将纯净水冷凝收集起来。但是，在此时波涛汹涌的海面上，它们毫无用处。

如果天气一直这么坏下去，他就只能依靠他在救生筏上的4.55升应急配给水，以及他设法收集的雨水维生。

海上风暴还在持续，每6个小时，史蒂文才允许自己喝一口水。他绝对不能喝海水，因为海水的盐度太高，会伤害他的肾脏。周围都是水，对他而言，此地却干渴得跟沙漠一样。

3天后，风暴终于停歇了。但是，在海上，还有另外一种天气情况也很让人忧心，即隐藏在海面之下的潜伏性天气状况——洋流在水面下高速流动。一旦救生筏不幸进入了这么一条洋流，就只能听凭它的摆布了。

救生筏既没有帆也没有发动机，根本无力逃出洋流。忽然，史蒂文发觉自己已经进入洋流了！他希望这股洋流最终能够把他送回陆地上。问题是：他还能活那么长时间吗？

第四天，史蒂文发现有鱼鳍正在接近自己。一开始，他担心那是一头鲨鱼，然后他才意识到，他是被一大群剑鱼跟上了。那是一种又大又强壮、行动特别轻盈的鱼类，同时它们也是很好的食物。史蒂文藏了一把射鱼枪在应急包里，此时，他想等剑鱼一接近，就开枪射杀它们。

如果你曾经用过射鱼枪就会知道，这枪相当难用。一是鱼游得快、又狡猾，二是水会折射光，给你造成视线误差，所以它们永远都不在它们看起来所在的位置上。

史蒂文失手了，而且是连连失手，鱼游走了。贪婪的饥饿感现在成了他的常伴，继续啃噬着他的内脏。

他腿上的伤口原本已经开始结痂了，可每当大浪冲进救生筏，打湿他的双腿，这些痂又脱落了。随着他一路向西，白天的温度越来越高，最高可以升到大约32℃。可是，他的太阳能滤水器滤出的仍是咸水。为了降温，史蒂文把海水浇在自己身上。他竭尽全力地想要忘记伤痛、口渴和饥饿。

他一次又一次地尝试捕鱼，直到第十一天，他终于成功了。但在他把鱼拉上船的过程中，那条鱼从他无力的双手中逃脱了。

他的饮用水也在减少。他开始挨饿了，动作也愈发缓慢和笨拙起来，他的肌肉开始萎缩。

情况越来越不妙。

* * *

想要当一个真正有勇气的人，光有忍耐力是不够的，还要有智慧才行。

史蒂文有一个特百惠便当盒和几个空水罐。他设法把这些东西拼凑成一个太阳能蒸馏器，它能真正生成淡水，而不是盐。后来，他还捉到了一条小小的扳机鱼。这种鱼对人而言是有毒的，味道也非常糟糕，所以连鲨鱼也避而远之。事到如今，史蒂文顾不上这些了。他用牙齿把坚实的鱼肉撕下来，连苦涩的鱼血也被他吮吸掉了。那味道恶心死了，他直想吐。他用牙齿咬碎了鱼眼睛，吞下鱼的肝脏和其他内脏，然后把剩下的鱼肉挂起来风干，为以后储备食物。他有水了，也有了一点食物，情况似乎开始好转。

只可惜，好景不长。

鲨鱼到来的时候，海面相当平静，史蒂文也还在梦中。他忽然感觉到有厚重粗糙的皮肤正在摩擦救生艇的底部。如果那东西的牙齿刺破了救生艇，他就完蛋了！

史蒂文试图用矛戳死那条鲨鱼，可是长矛被鲨鱼坚韧的皮肤反弹回来。这头"野兽"优哉游哉地游走了，到了晚上，史蒂文正要睡觉，另外一头鲨鱼又来了。它差点弄翻救生筏，幸亏史蒂文竭尽全力把它赶走了。这件事给史蒂文提了个醒——看似平静的海面下，没准儿隐藏着大危机。

在接下来的几周里，史蒂文需要击退更多鲨鱼，因为它们试图攻击他的救生筏，还追捕他赖以为生的剑鱼群。

后来他终于抓到了一条剑鱼。他把它拖上救生艇，把肉切成一片一片的，放在阳光下暴晒，这就是他以后几天的口粮。然后，他把不可食用的部分尽可能远地扔出去，这是因为鲨鱼有追逐血腥的习性，这么做，是为了让它们尽可能远离自己的救生筏。

* * *

第十四天，他看到远方有一艘船。他赶紧放了几个信号弹，可惜船上的人没有看到。在这段考验耐力的航行中，类似的事情已经发生过好几次了，每一次，信号弹都是毫无用处地消失在天空中。

绝望应该是至痛的一种感受。看着原本能够救命的船在自己眼前消失，史蒂文绝望到了极点。

救生筏已经有要瘪掉的趋势了。他不得不用一个应急手泵不停地给筏子打气，可是，海水里的盐分、阳光的暴晒和剑鱼的撞击，都会使得救生筏漏气、进水。史蒂文有个小型修理工具，但救生筏表面上是湿的，不适合现在修理。史蒂文凑合着用海绵堵上救生筏的漏洞，或者是用绳子把破了的地方紧紧绑住，以防漏气。

很显然，救生筏是有寿命的，它只能在海上连续使用四十天。如今，四十天过去了，史蒂文连个陆地的影子也没看见。

史蒂文的身体已经垮了。不管是腿上还是后背都已经没肉了。他浑身是伤，且伤口越来越大，感染化脓，最终变成了溃疡，还有越来越严重的趋势。

他靠吃晒干的剑鱼肉活着。令他担心的是，越来越大的痔疮让他很难受，但无论如何都没有大便的冲动，就像肛门被封住了一样。

他头发蓬乱、骨瘦如柴、浑身伤疤，像野人一样。日复一日，他还能这么苟且偷生多久呢？

他从空罐头盒里刮出铁锈撒在饮用水里喝掉，这样做是为了给自己的身体补铁。如果抓到的剑鱼肚子里碰巧有它没消化的其他鱼类，他会像吃珍馐美味般把它们一起吃掉，这简直就是买一送一的好事。

苦咸的海水给他带来了越来越大的伤害。他的胯下化脓，皮肤上满是疤痕。他的皮肤开始大块脱落，散发出令人作呕的恶臭味道。

后来，史蒂文的射鱼枪坏掉了，他只好又做了一杆小矛。但每打一条鱼，它都会有些轻微的变形。

其实，他自己又何尝不是这样，估计生命也不会比这小矛长多少。身上的伤痛刺激着他的神经，犹如过电一般。可怕的、灼烧般的剧痛在他濒临死亡的肉体上翻滚。救生筏坏得越来越厉害了，一个大浪打在临时搭建的太阳能蒸馏器上，把它打碎了。

现在的史蒂文，是个随时可能被淹死、饿死、腐烂而死的家伙。

可是，他想活下去！有时候，这种求生欲望会比大自然的力量更加强大。我最能体会那种感受，它从心底油然而生，用任何语言描绘都显得苍白无力。有人说这种求生欲就是指引我们前进的万灵之手。

史蒂文还在坚持做日常该做的事，从不放弃。赶上下雨，他就用折叠帐篷接雨水喝，他还成功地网住了几只落在他残破的救生艇上的海鸟。他吃掉它们的肉和内脏，连它们肚子里尚未完全消化的银鱼都成了他的美食。与此同时，他也还在坚持不懈地捕捉扳机鱼和剑鱼。

这就是残酷的现实。他要打一场硬仗，他要和广阔的海洋和残酷的自然之力搏斗。这一仗他必须赢，哪怕是胜算极小也没有关系，总之一定要赢得胜利才可以。

事到如今，他的身体和精神都已经快撑不住了。后来他在回忆起当时的情景时曾说过，觉得有海上失踪丧命的冤魂追赶他。

在独自漂泊了七十六天之后，史蒂文终于看到了远方的灯塔。那里，是加勒比海的瓜德罗普岛。

他深知自己的劫数尚未结束，洋流和巨浪仍会随时把他击碎在岩石上。他太虚弱了，根本无力保护自己。可是，这次幸运女神眷顾了他。

他一直把不能吃的鱼的内脏扔掉，因此总有成群的海鸟跟着他飞。

碰巧，几个渔民看到了这些鸟。他们知道，有海鸟的地方通常有鱼群，他们便动身去捕鱼了。

不料，他们看到的"猎物"却不是鱼，而是一个绝望地漂在海面上、随时有可能死在风口浪尖的人。

渔民们让史蒂文上了自己的船。此时，史蒂文已经减少了近三分之一的体重，至少要养六周才能走路。不过，和之前与死神搏斗的十一周相比，史蒂文总算是安全得救了！

* * *

海洋是浩渺无边的。如果没有单枪匹马地横跨过大洋，你永远也想象不出它究竟有多大。而且，那里还是自然之手创造的、极度荒凉的地方。人类是无法在大海里生存的，虽然海里有许许多多的生物，但很可惜，我们无法成为其中的一员。面对大海，我们尚且无力称王。

正因如此，史蒂文·卡拉汉的七十六天海上生存故事才会显得格外传奇。他的故事就是个里程碑，它记载着人类在身心都被推到极限时，所迸发出的巨大神力。

本书收录史蒂文·卡拉汉故事，不仅因为他在海上所度过的那段地狱般的日子，还因为从他的故事中可以得到一些经验教训。史蒂文承认，在"拿破仑独奏曲"沉没前，他和我们大多数人一样，对一些无关紧要的抱怨耿耿于怀。他和我们一样，误解了我们需要的东西和我们想要的东西之间的区别。

人类都喜欢钵满盆满的富足感，而且还深信，这些物质财富决定了我们是否幸福。但是，有时候幸福会被逆境所掩盖，直到我们失去了曾经拥有的舒适生活，我们才会意识到关于幸福的简单真谛：人生中最珍贵的东西是无法用金钱买到的。

自尊、喜悦、安详、简单，还有我们的至爱亲朋，这些才是我们所拥有的宝贵财富。

06

托尔·海尔达尔：孤筏重洋

THOR
HEYERDAHL

所谓进步，即拥有了化繁为简的能力。

——托尔·海尔达尔

托尔，这是北欧雷神的名字。

在挪威，凡是叫这个名字的人，都意味着他很有能力，也很有担当。现在，我们来看看托尔·海尔达尔的故事。

在能够摧毁大多数人的悲惨逆境中，有些人会表现出真正的勇气——征服恐惧，完成凡人无法做到的事情。

托尔·海尔达尔就是这些勇敢者中的一员，甚至，他比他们做得更优秀。他的所作所为并非忍受疼痛、考验耐力或逆境求生，但他的经历亦有其独特的恐怖之处。他经历了许多我们绝大多数人不可逾越的困难。

读过托尔·海尔达尔和他的航海探险故事之后，我想，你会明白我所说不假。

* * *

孩提时代，托尔·海尔达尔就有一颗探险家的心。更为可贵的是，他还很有胆量。在母亲的鼓励下，他在爸爸的啤酒厂里建立了一个小小的动物学博物馆。这个博物馆里最具吸引力的展品是一条毒蛇标本，那是托尔自己捉来的。

在认识了头发花白的老隐士奥拉后，托尔对自然的热爱愈发强烈了。奥拉在附近的山谷里过着孤独的生活，所住的房子不过是个旧羊圈罢了，里面也没有能够称得上家具的东西，只有些木头、石头，来了人就往那上面坐。

除此之外，他就在小火堆上给自己烧点简单的饭菜。

和奥拉在一起的时光教会了托尔很多东西。他懂得，生活的本质十分简单，是人类把它给搞复杂了，其实，我们真正的生存所需是很少的。

尚在年幼时，海尔达尔就知道了海上存在的一些危险。后来他曾给别人讲过他自己的一个故事。他说在他五岁那年，他看到几个大哥哥在冰上玩耍，就也想要试一试。不料，他一失足，把自己都埋到冰下面去了。

他浸泡在冰水里，拼命挣扎，想要回到冰面上去。渐渐地，他失去了方向感，找不到自己掉下来的冰窟窿在哪里。他的头在坚冰上一下下地撞，即将被冰水呛死，肺部灼烧般疼痛，他只觉得天旋地转……

忽然，他尖叫着爬回了冰面上，有个大哥哥趁机捉住他的脚踝，把他拉了上来。他得救了。

也许读者会觉得，这件事会吓坏了小托尔，让他从此都怕水吧？但是，他不是那种会向恐惧感屈服的人！

年轻时，托尔曾在奥斯陆大学念过生物学和地理学。1936年他和丽芙结为夫妻，两人一起去了波利尼西亚群岛旅行。他们在法图伊瓦岛上住了一年，那是波利尼西亚群岛中最与世隔绝的岛屿，几乎是坐落在南太平洋中心点上，从那里往西是南美洲，往东可到达亚洲和澳大利亚。

初来乍到之时，这里犹如天堂。他们可以不用穿衣服，用竹子和棕榈叶盖了座小房子，还从甘凉清澈的小溪里捉小龙虾吃。几个月后，他们开始慢慢认识到丛林生活的艰辛残酷。

所谓"艰辛残酷"，并非指蛇或巨大有毒的千足虫，而是指——蚊子。每逢雨季，蚊子犹如一团厚厚的乌云般一拥而上，落满这对夫妇全身，这帮蚊子如饥似渴地吮吸着他们的鲜血，害得他们满身是蚊子包。丽芙满腿大包，一旦挠破了，伤口便会溃烂成一片溃疡，令人疼痛难忍。

后来他们才知道，他们很可能是被某种蠓虫传染上了丝虫病，因为其症状就是所谓的"象皮肿"。

还有，麻风病。

他们的野外天堂，如今已沦为地狱。

他们决定离开此地，到群岛中另外一个蚊子少的地方，那里的原住民过着简单淳朴的生活。为此，托尔特意与一个原住民攀上交情，从他那里学到了一些深刻的东西。所谓的"文明人"自认为比那些仍然遵循部落生活方式的人先进得多。但是我们不该如此否定他人的文化，如果我们能够更好地了解他们，也许对我们进一步了解自己也大有裨益。

慢慢地，这位坚忍、粗犷的自然学家也成了一个十分专业的人类学家。再慢慢地，托尔·海尔达尔在这一领域也有了威望。

就在这时，托尔来到了临近的希瓦瓦岛。在这里，他发现了一个令人费解的谜团。

* * *

在希瓦瓦岛的热带雨林里，坐落着一组古老的石像。没有人知道这些石像是怎么回事——它们建于什么年代，是谁建的？人们都不知道。但是，托尔发现了一个奇特的现象，就在大海东边的南美洲哥伦比亚地区，分布着与此非常相似的石像，两地足足相距 8000 千米。

这就奇怪了！大多数人认为，波利尼西亚原住民最初是乘独木舟从亚洲来到南太平洋这一偏远地区的。

难道，是专家们推测错了吗？

年轻的探险家托尔认为很有可能！

但是，第二次世界大战的爆发中断了托尔的研究但是，战争一结束，他就马上恢复了科学家和探险家的身份，继续研究关于波利尼西亚人祖先的问题。

他的理论几乎被所有人嘲笑，但他仍不改初衷。他想，就算大多数人和他想法不同，也不能说明他是错的！

托尔努力想要弄清楚，南美洲的早期原住民是如何搞定他们壮阔如史诗般的大迁徙的。人类学家一致认为，南美原住民比较喜欢的海上交通工具是轻筏。不过，你曾经徒手拿起一片轻木吗？它确实很轻，但是，它也很脆弱，你甚至可以毫不费力地用手折断。用这样的材料真的能够做出那么厉害的船吗？

专家还说这种木头会很吸水。如果是这样的话，这种船沿着海岸线行驶可能没问题，可在南太平洋上航行8000千米，专家们认为它绝对做不到。从理论上讲，四分之一的路程就够让它解体了。

这样的观点托尔不敢苟同。在他看来，人类——就算是原始人，也有能力做出特别伟大的事情。因为人类有超凡的忍耐力和令人难以置信的创造力。

可惜的是，他太年轻，也太默默无闻了，尚是个无足轻重的小角色。专家们嘲笑他的荒谬想法——他认为有人真的可以驾驭那种不宜航行的轻木小船，平安地在南太平洋上航行8000千米。

于是，托尔决定亲自试一试，证明给那些专家看。

"康提基号"探险队因此诞生。

* * *

1947年，托尔来到了秘鲁。在这里，他开始制作他的轻木木筏。

为了证明自己的观点，他决定只用500多年前的那些早期南美原住民所能弄到的材料——轻木横梁加麻绳，竹子甲板、船舱，还有一根用红木做的约8.84米的桅杆。

首先,他得先找到轻木。这种树生长于厄瓜多尔的安第斯山脉中的高山热带雨林中,每个人都告诉他,在雨季是不可能搞到这种木头的。

托尔很不喜欢"不可能"这个词。他和一个朋友一起去了热带雨林深处。

他们"勾搭"上了几个当地人,一起艰苦地跋涉在热带雨林里。在这种地方,雨大得要命,竟把通往安第斯高原的土路都变成了湍急的河流。

最恐怖的是,这里还有土匪!他们会毫不犹豫地打劫然后再杀掉受害者。

除此之外还有毒蛇,它们和毒蝎子一起,潜伏在任何意想不到的地方,托尔的一个朋友就被毒蝎子刺伤了腿。

后来,他们终于找到了那种树,并且在当地人的帮助下砍走了所需的木材。但是,他们又该怎么把这些木头运回秘鲁呢?

刚刚砍下来的木头仍保有水分,所以十分沉重,在马匹的帮助下,他们拖着这些木材,穿过茂密的丛林,来到一条大河边。他们用攀藤植物坚韧的藤把木头捆在一起,做了一个简陋的小筏子。然后,他们就乘着这小筏顺流而下。

这条河里住满了短吻鳄。停在岸边过夜的时候,他们就会听到野生猫科动物的嘶叫。从他们为木筏采集原料开始,"康提基号"那史诗般壮阔的冒险便已经拉开了序幕。

最终,他们顺着湍急的河流,通过了大暴雨和丛林中种种危险的挑战,回到了文明之地。在这里,托尔开始精心打造他的木筏。

20世纪所有伟大的远洋客轮的建造方法,他都通通拒绝,甚至再早之前的木壳战舰也不可以。他的船上没有电线,甚至连绳子和钉子都没有。

这样一来,如果他在太平洋中间遇到了危险(那里离陆地几千千米远,叫天天不应,叫地地不灵)不会有人能够帮到他 —— 不过这都是他自找的。

还有另外五个人也成了"康提基号"探险队的队员，他们都是和托尔一样超有耐力、坚强勇敢的男人——他们必须这样才行，因为在接下来的三个月里，他们需要在无情的大洋上、在物资匮乏的情况下苦苦求生，而那片大洋，是人类本不该生活的地方。

1947年4月28日，"康提基号"探险队在洋流和盛行风的推动下向西航行。一开始，一切都很顺利。但是，一旦海浪翻滚起来，他们真正的考验也就会随之来临……

海上的暴风骤雨非常恐怖，甚至是一种致命性的天气状况。太平洋里的狂风和巨浪能够击碎比"康提基号"坚固许多的船！想想看，只有这么一艘用轻木做的弱不禁风的小船，他们又能在狂风巨浪中有何作为呢？这个问题，就连造船的疯狂的挪威人托尔也无法回答……

三个月里，托尔一行遭遇了两次特别严重的暴风雨。毫无疑问，那些对托尔的冒险行为持反对意见的学者安坐于书桌之后，巴不得狂风骤雨能够害托尔的探险队全军覆没。

幸亏，这样的事没有发生。

托尔和他的队友们沉着地面对风暴，包括一场持续了整整五天的狂风暴雨，他们与天气展开了殊死搏斗。滔天白浪淹没了他们的木筏，为了活命，他们只好死死抓住竹桅杆。几乎所有的时间，他们都在和大风大浪抗争。

虽说反对者们曾预言托尔一行绝对不会有好结果，但事实证明这个小团队的力量足以抗衡如此恶劣的环境。虽然大浪打来海水就会没过木筏，可是水会从一条条轻木的间隙流走。托尔的"轻木筏可以穿越太平洋"理论被证明是正确的。

当然，能够排水并不能说明他们可以凭借一艘木筏在南太平洋里生存。更重要的是，木筏上的人要能够活下去才行。摆在他们面前的最大危险就是跌下木筏丧命。毕竟，小木筏就是小木筏。神奇的是，在经历了一场场的恐怖暴风雨之后，6名船员都安然无恙地留在了木筏上。

只是，即使海面上风平浪静，危险也随时有可能会降临。毕竟，平静的海面之下的大千世界是我们都不曾了解的。那里住着许许多多能要人命的动物，比如鲸鱼和鲨鱼。"康提基号"一路西行，避免这些海洋生物袭击船员，它们只要用巨大的身躯一顶，便可以把整条船抛向空中。

好在什么也没发生。"康提基号"探险队的运气真是很好，而且好运气一直与他们相伴。

他们随身带了水，但这点水可不够，对此他们心知肚明。

在整个航程中，托尔一行人都会收集雨水以补充他们的饮用水供给。还有，如果能够捉到鱼，他们也会用鱼的体液来滋润一下自己焦渴的身体。

生鱼是用来给身体补水的好东西。比如，你可以吃掉鱼眼睛（如果不喜欢那股味道的话，尽量整个吞下去就好），你也可以从鱼的其他部位，比如鱼骨和淋巴中挤出水来，托尔他们正是这么做的。也有时候，他们把鱼肉包在一块布里往外挤水。

如果天气热得实在受不了，他们便会跳进水里给自己降降温，然后穿着湿衣裳躺在木筏的篷子底下，尽量让自己少出点汗。之后，他们还得慢慢地擦干身体，这样才不会患上湿疮。

不过探险家们还是很快就意识到，他们的水远远不够解渴的。由于出汗太多，他们的身体需要补充盐分。于是，他们便把少量海水和饮用水混合着喝下去，以缓解喉咙灼烧般的干痛。

后来，他们甚至还学会了捕捉鲨鱼。

这些鲨鱼都已经成了他们的忠实伙伴，每天跟着他们的船走。起初，托尔等人是想要用鱼叉叉住它们，很可惜，鱼叉根本刺不破鲨鱼厚厚的皮肤。如果他们想要捉到鲨鱼的话，恐怕还得想出更好的办法才行。

他们用船上几只死掉的海豚做捕鲨诱饵——用几个最大的鱼钩钩住海豚

腹部的肉，鱼钩上拴着结实的渔线，然后让它"漂"在海里引诱鲨鱼。

一开始这招非常奏效。有一只鲨鱼吞下了那块海豚肉，然后被里面的鱼钩卡住了。托尔他们赶紧把鲨鱼拖到了木筏上，任凭它扭动扑腾，强壮的身体做着垂死的挣扎，直到它因离开了水而窒息死去。鲨鱼终于死掉了，探险者们把它的肉用盐水浸泡，这样还稍微能下咽一点，然后，他们吃掉了这些鲨鱼肉。

凭着几个歪点子和少得可怜的几样工具，托尔竟然掌握了征服大海之王鲨鱼的方法。

有时候，为了排解寂寞和无聊，他们甚至自娱自乐，发明了一些更惊险的捕鲨方式。如果能够抓住鲨鱼的尾鳍并把它拎出水面，就可以让鲨鱼彻底瘫痪掉（不过，如果你技术不够高明，就会很惨）！

捕鲨的操作方法如下：坐在木筏边上等着强大的海洋野兽，它们一来就赶紧跳进海里，抓住其尾鳍拖出水面。一旦鲨鱼僵直瘫痪，他们就算胜利了。

这样的求生方式需要一些真正的勇气去练习。

最终，在海上漂泊了一百零一天以后，木筏在一个名叫拉罗亚的小岛上岸了，这里是波利尼西亚群岛的一部分。一周后，小岛另一边的当地人发现了他们，并表示欢迎。

这一次，托尔·海尔达尔并没能证明波利尼西亚原住民是来自南美洲。他只是证明了这种推论有可能成立。不过，这一次探险可以证实另外一些东西——当别人都认为你活不下去的时候，你的决心和自信就是帮助你活下去的唯一利器。

*　*　*

托尔·海尔达尔的极限探险式航海并未因"康提基号"探险队的任务圆

满完成而结束。

据说，古埃及人曾用纸莎草建造出了超级大船，但大家公认的理念（按说这理念倒也无懈可击）是这船走不了多远的路。这种船确确实实没法横跨大西洋，因为纸莎草会在船有机会登上陆地之前就散架。

但是，人类学家早已发现，秘鲁和墨西哥那里的古代文明与地中海沿岸和北非地区非常相近，这两种文明是独立发展的，还是如托尔所猜测的那样，这种纸莎草做的船其实比现代那故步自封的"专家"的理论更坚实牢固？

那些古埃及人如此老谋深算，如果这种大船连航行都勉强的话，他们又怎么会费劲造出来呢？

不用猜我们也知道，接下来托尔要做什么了。

托尔·海尔达尔把自己建造的第一艘纸莎草船命名为"镭"。和"康提基号"一样，"镭"在制造过程中只使用了当时的材料和技术，他甚至找到并采用了当时使用的高浮力芦苇束。1969年，"镭"号从摩洛哥萨菲启程，它此行的目的地是巴巴多斯。

这次航行，"镭"距离成功只有一步之遥。

出事前，"镭"已经顺利地在太平洋里航行了5000千米。"镭"遇到的问题是它失去了跨越海浪的弹性，而且高浮力芦苇束也散下来了。出了这样的问题，船员们只好弃船，乘坐救生艇逃生了。到这时为止，"镭"在海上航行了五十四天，如果能再多坚持七天的话，他们就能到达巴巴多斯了。

托尔灰心了吗？才没有！如果一个人想要做点新鲜事、难度高的事、需要逞英雄的事，一定会遇到挫折的。想要成事，关键是要肯加倍努力，而且还要有从零开始的勇气才行。

托尔·海尔达尔就是这么做的。一年后，"镭Ⅱ号"——一艘新的改良版纸莎草船起航了。这艘船只有12米长，仍是用古代的原料、按照古代的方法建造而成的。

五十七天后,"镭Ⅱ号"在巴巴多斯靠岸了。

"镭Ⅱ号"布满了累累伤痕。用托尔的话说:"鲨鱼都爬上来过",况且他们靠岸前的最后几天竟是坐在竹子船篷上度过的。

无论如何,他们成功了。

托尔·海尔达尔向来不肯言败。因此,在第一次失败之后,他绝对不肯放弃努力。

于是,再一次地,他证明了那些反对他的专家是错的,再一次地,他向大家展示了,如果有决心做一件事,就一定能够成功。

* * *

乘一叶轻舟,漂泊在茫茫大洋之中,托尔·海尔达尔的探险虽如史诗般壮丽,却也是异常危险的。和所有的伟大探险者一样,托尔是在具备了足够的认知之后才去和大自然搏斗的,因为那些学识在任何时候都可能会帮到他。在探险过程中,他唯一的武器便是人类的智慧,以及他百折不挠的精神和坚定不移的决心。

对我来说,那些英雄般的旅程,虽然令人惊叹,但并不是他最令人印象深刻的成就。在故事一开始我便提到,托尔能够做到许多在常人看来不可能完成的难事,事实也确实如此。在生活中,我们经常会被他人告知,我们的想法蠢不可言,或者纯属做梦,在面对这般打击时,我们很容易放弃自己的想法。但托尔·海尔达尔并没有放弃。因此,我们应该向他学习,坚持自己的想法才对。

当别人告诉你什么事肯定做不成时,你千万不要相信他!他所谓的"做不成",不过是指他自己没能力做到罢了。

这并不意味着你也做不到啊!

07

扬·巴斯路德：青史留名的潜逃

JAN
BAALSRUD

他是这样一个人 —— 在其他九十九个人都已被杀死的情况下,他依然拒绝束手就擒,一定要做唯一活下来的那个。

——《纽约时报》

浑身充满了冒险气质的扬·巴斯路德是一名年轻的挪威士兵，格林公司看上了他这一特质，要培养他做卧底人员。当时纳粹打入了挪威军队，格林公司正要上演一出"无间道"，他们认为扬是最合适的人选。

1943年3月，年仅二十五岁的扬乘坐一艘小渔船，抵达了挪威沿海诸多小岛中的一个。事实上，这是一艘全副武装的盟军船只，船上有八名船员、数挺机枪、八吨高爆炸药，还有杨本人和他所在部队的另外三名突击队员。

他们都是受过高强度秘密间谍训练的人，训练他们的机构名为秘密特别行动委员会（SOE），地点在苏格兰。事到如今，是他们真刀真枪地实战的时候了。他们要执行的任务一方面是破坏重要的空中交通控制塔；另一方面要大量招募当地的人，加入挪威反纳粹组织。

这两项任务艰险异常，如果被纳粹抓住了，他们就会被严刑拷打逼供，而且难逃被枪毙的命运。

他们准备充分，对自己的能力也充满了信心。就算如此，只要想到自己面临如此险境，还是会觉得紧张。

3月29日晚上，一架小飞机接近了他们所在的小岛，然后，他们这一行动小组的组长西格德·埃斯克兰乘坐小艇前往海岸线附近。上级给了行动小组一家当地商店的联系方式，商店店主是要在执行任务期间协助他们的人。

但是，过时的情报会让行动前功尽弃。

埃斯克兰与店主取得了联系，透露了突击队及其船只的存在。但是，当埃斯克兰到那里才发现他早在几个月前已经去世了。

新店主和老店主一个姓，却远不及老店主忠诚。他很怕纳粹。他知道帮助盟军会被处以死刑，所以便把自己获得的消息汇报给了纳粹。埃斯克兰报告完消息，就回到了直升机上。他万万没有料到，第二天，最糟糕的事情发生了：一艘德国军舰出现，并向他们开火。

埃斯克兰等人在弃船之前毁掉了他们手中的绝密密码，然后火速乘坐救生艇往岸边开去。出发前，他们还在之前乘坐的渔船上安置了一个延迟引信雷管炸药。

扬驾驶的小艇一直在德国纳粹的船附近晃悠，用冲锋枪向德军射击。但是，这点小反抗犹如杯水车薪，德军只稍作停顿，便又冲向了他们。

德国纳粹的全部枪口对着他们，把小船的侧面炸出巨大的洞，小船开始下沉。士兵们没有别的选择，待在原地等德国纳粹的炮弹把他们炸成碎片，或者游到岸边。

这里离海岸尚有60米的距离，海岸边海水冰冷，上面漂浮着坚冰。他们还是朝着岸边冲去，同时也做好了随时有可能被子弹从后面打碎头骨的准备。

他们终于安全上岸了！但就在扬等人在岸上奔跑时，一个小组成员的头被子弹打了个洞，鲜血喷涌而出，那个人倒在了沙滩上。

扬深知绝对不能为了那个人而停下来。他用百米冲刺的速度冲向一堆岩石方停下来回转身。与此同时，组里的其他成员都已经脸朝下地死在沙滩上了。他环顾四周，知道纳粹军在一定距离外把自己包围了。而且，他们的包围圈在渐渐缩小。

***

扬根本没时间细想，就飞奔到了一个被白雪覆盖的沟里，想以此作为掩护来与纳粹对打。盖世太保也追上来了，枪声追在扬身后。扬掏出他的自动手枪，开枪打死了第一个出现在他视野里的纳粹。

他又开了一枪，又打伤了一个纳粹兵。之后，他便继续在雪沟里疯狂挣扎。

他好不容易到达了顶端，那里有一处可以暂时庇护他的地方，他看到了下面那艘战舰。

扬回头看了看海岸边，那里已经挤满了德国纳粹兵。他又低头看了看自己，在往岸上游的时候他掉了一只靴子，这只没有鞋的脚又挨了一枪，被打掉了大脚趾。鲜血从断指处汩汩涌出，把周围的白雪都染红了，他的脚都僵掉了。他的黑制服映着白雪，身后留下了一条红色的血迹。

他是个很容易被捕捉的猎物啊！他知道，德国兵随时都有可能包抄上来。所以他唯一能做的事，便是逃跑。

* * *

扬的脚又僵又冷，还流着血，满脑子都是疯狂的恐惧，但他仍拼了命地穿岛而去。在东边，他看到了另外一座岛，不由暗想自己是否能够游过去。事实上，他当时也别无选择了。在此地，他藏不了多长时间就会被德国人找到。于是，他拖着疲惫不堪、冰冷僵硬的身躯，与冰封的北冰洋展开了搏斗。这次游泳简直要了他的命，他几乎想要放弃。最终，他借着海浪之力在东边那个岛上了岸。在那里，有两个小姑娘发现了他，并把他带到了她们的妈妈那里。

小姑娘的妈妈听说了他的遭遇后，知道纳粹兵很有可能会翻遍周围岛屿寻找扬。如果让他住在自己家里，就会害死她们全家人。事到如今，扬只能祈求他们的怜悯。这位母亲比那个新店主坚强得多。在这种情况下，她帮扬包扎了脚上的伤口，并且给了他干衣干鞋和热汤热饭。她和扬都很明白，这里只有几个小时的安全，明天一早，纳粹兵就会来此地找他。

这些小岛本就不是藏身的好地方，扬需要赶紧转移到挪威大陆上去，然后再南下进入中立国瑞典。正因如此，这位母亲的儿子一回家，马上便把扬介绍给他们的邻居，那位邻居正计划着要去特罗姆瑟，也许可以捎扬一程。

扬和邻居家的儿子摸着黑出发与那位邻居汇合。到了地方才发现，那位邻居已经提前走了，他的妻子给了扬一些食物。事到如今，扬只能南下到另一个岛上去，从那儿找条路回挪威大陆。事实上，他根本不知道那里是个什么情况，只能硬着头皮走了。

* * *

那是个群山环绕、白雪皑皑的岛。扬穿着一双不合脚的胶靴，痛苦不堪，脚趾被冻得生疼。他在浓雾中行走，衣服一直潮乎乎的。

岩石上积着厚厚的雪，但他仍一瘸一拐地从上面走过，尽量避开容易发生雪崩的山谷以及冰封的高山。此时扬已下定决心，无论如何都不能倒下去，就算每迈出一步都很辛苦也不要紧，只要一步一步地走下去就好。毕竟，这是他逃脱纳粹魔爪的唯一机会。

凭借着顽强的毅力和坚定的决心，扬终于到了南边的那个岛上。富有同情心的当地人给他提供了住处，并把他带到了当地电话局老板的家里。那个人答应帮他回挪威大陆。

那个人履行了自己的诺言。不光是他，他七十八岁高龄的老父亲也帮了忙。那是一位坚毅的老水手，在深夜里顶着暴风雪在大海上航行约16千米，也不考虑如果他们的行动被纳粹行刑队发现会有什么危险。这对勇敢的父子把扬送到了挪威大陆上，给了他一套滑雪板，然后又转身冲进茫茫暴风雪之中，踏上了归程。

***

幸运又一次降临，一个富有同情心的当地人给扬提供了住处过夜，扬把自己想要一路南下去瑞典的计划告诉了他。当地人说，想要避开纳粹往南走的话，就只有一条路——跨越高大、危险、酷寒的阿尔卑斯山，那里滴水成冰，山头上覆盖着皑皑白雪。但只有疯子才会在每年的这个时候尝试做这样的事，因为这是不要命的行为！可是，扬留在此处也会没命。

于是扬夹着他的滑雪板，信心满满地往阿尔卑斯山里去了。

这一路上，他需要通过一个德军的驻地，在那里，道路两边都驻扎了德军，根本躲不开。幸而，扬是个滑雪高手，他风驰电掣地消失在了一排德国兵的视线中，给了他们一个措手不及，就连子弹都追不上扬的速度！德国兵狂追不止，但扬是个强悍、擅长滑雪的挪威人，把那些纳粹大兵远远甩在身后，滑雪进了山区。

开头一切顺利，他以每小时约30千米的速度高速前行。后来天气骤变，扬一下子被极冷的大雾笼罩了。此时，能见度也就四五米，他只能脱下滑雪板，改为徒步前进。风吹着碎雪扑面而来，扬不得不闭紧双眼和嘴巴，防止被雪迷住眼睛或冻伤喉咙。他的身上、胡子上都冻了一层冰壳。虽然不知道该走哪条路，但是他深知自己绝对不可以停下来，因为一旦停下脚步，他就会睡着，在这般酷寒中，一旦合上双眼，就意味着再也没办法醒过来了。

他只好漫无目的地在冰冷恐怖的山峰之间游走，这一走，便是整整四天四夜。然后，他遇到了雪崩。

扬从山上坠落，速度越来越快。茫茫白雪几乎把他呛死，他觉得自己要被摔碎了。想要在这样的大雪崩中存活下来，真是天方夜谭啊！可是扬做到了！

他的手脚全部冻僵了，几乎被雪迷瞎了眼睛，滑雪板摔零散了，携带的小包吃的也丢掉了，但他仍坚持前行。因为几乎失明的缘故，他根本不知道自己身处何处，而且他还产生了幻觉，眼前不断出现种种可怕的景象，幸亏，残存的理智鞭策着他，不要停下来，更不要睡着。

后来，他终于交了好运，在不经意间找到了一个小木屋。他推开门，跌跌撞撞地出现在正在吃饭的一家人面前。

* * *

幸运之神再次降临！他撞进的这间小木屋，里面住的竟是当地反抗纳粹军的领袖马里厄斯。在这里，一个小小的北极村住满了德国人，扬竟找到了一个愿意冒着生命危险救自己一命的男人。

在扬睡着之后，马里厄斯一家轻轻为他按摩脚部以治疗冻伤。渐渐地，冰冷僵硬的四肢似乎又有了点血色，可依然伤得非常严重。这一家人还给他吃东西，让他在谷仓的角落里藏身。他在那个角落里昏昏沉沉地躺了一周，手足疼痛难忍，幸运的是，他渐渐恢复了视觉。对于马里厄斯一家而言，扬的存在犹如定时炸弹般危险，毕竟，他们生活在德军的包围圈里，他们必须把扬送走才成。

问题是，扬现在根本没办法走路。

于是，马里厄斯把这个"秘密病人"的事情告诉了两个至交好友。有天深夜，他们一起抬了个简易担架，把扬送出了村庄，用一条小船把他送到了另外一间废弃的木屋里。那儿距离小村子足有6.44千米远。他们希望，扬能够在这里度过一阵子安全时光。

马里厄斯朋友三人把扬独自留在了小木屋里，告诉他说每隔两天会回来看看他。扬每天只是吃吃睡睡，希望身体能够复原，也希望胳膊腿能够结实到让自己继续逃跑。事到如今，他离瑞典只有40多千米了，但就他目前的状况而言，瑞典虽然已近在眼前，却仍是个远在天边的地方……

只要看一眼，就知道他的双脚的情况已经恶化了。他的脚趾已经变黑，既没法动弹也没有知觉，一摸皮肤就脱落，甚至还会流出恶臭的黑水。

两天过去了，马里厄斯却没来。

三天过去了。

四天过去了。

扬的精神又混乱起来。即使陷入了谵妄状态，他仍保留着意识。疼痛从脚开始，蔓延到腿上，他想，脚趾里的血液应该是已经有毒了，现在，那毒血正在往身体其他部分流淌。

他想，如果真是这样，必须得止住血流才行。

扬的手上没有外科手术器具，唯一有的只是一把小刀。他用刀上稍微锋利点的那部分扎破了腐烂双脚上的皮肤，黏黏糊糊的脓血从他受伤的下肢中流出来，那脓血流得小床上到处都是。

他痛苦地躺着，在死亡边缘徘徊着，暗忖着马里厄斯肯定是被德军杀害了。

事实上，马里厄斯并没有被德国人抓住。这段时间，他一直忙着替扬规划另外一条逃跑路线！这条新路也是要上山、从山里走。过了几天，马里厄斯终于来了，可惜的是，他发现扬的脚根本无力走这条新路。

此时的扬，皮肤苍白，双目无神，盖着腿的毯子上沾满了鲜血。马里厄斯尽自己所能，替他清理了血迹斑斑的双脚，然后用热汤热饭又一次把扬救了过来。做完这些之后，他又要离开了。因为，他必须再规划出一条路来帮扬逃走。

不久之后，马里厄斯就又有了新的计划。这计划十分大胆，甚至可以说有点癫狂，但这也是他们能想出的最好法子了。

马里厄斯开始行动起来。

* * *

他们要闯的第一关,是想办法把扬和一个大雪橇搬上914米高的冰山。那儿有另外几个人在等他们,这些人将拉着雪橇带扬下山,送他到瑞典边境线上。

拉一个受伤颇重的人下山非常艰难,但不如带他上山那般艰辛。扬实在太虚弱了,马里厄斯和他的三个伙伴都觉得,走这一次非要了扬的命不可。可若把他一直留在这木屋里,他也会慢慢死去。所以,逃走是扬活命的唯一希望。

他们用毯子把扬裹起来,再装进睡袋里,然后,把睡袋绑在了雪橇上。夜深人静之时,他们想要拉扬上冰山。山势很陡,他们只好把雪橇上的绳索绑得复杂些,这样一来前进的速度就会很慢。

扬躺在雪橇上,大头朝下,几乎失去了意识。等马里厄斯四人转变了雪橇的方向,把他旋成头朝上脚朝下的位置,血又会全部涌到他脚上去,挣破脚趾那里的可怕伤口,汩汩涌出。

扬满面痛苦,却强自忍耐着,营救他的那几个人都咬紧牙关坚持向前。他们穿越险峻的山壁和死亡的深渊,即使没有拖着沉重的雪橇,他们也几乎不敢涉足。他们把自己的身体推向极限,而扬仍在与疼痛、疲惫和恐惧苦苦斗争。

无论如何,他们总算是成功了。

直到爬到了914米高的冰川顶,他们才意识到自己的行为多危险。山顶荒凉至极,一直向东延伸到目光无法到达的远方。这里没有生命的迹象,更不要说人类了。这里有的只是岩石、白雪、坚冰。如果是个有勇无谋的人,很快就会丧命。

但是，本应该在这里等他们的人并没有出现，他们原本的一线希望此时变成了绝望。

他们把扬绑在雪橇上留在了这里，就四下寻找那几个人了，过了很久，他们仍然一无所获。他们计划中的这一环节出现了严重的漏洞！

马里厄斯已经离开家太长时间了，再不回去的话，就要被德国人发现了。而且，在送扬下山这个问题上，他们的体力也不够了。

扬也意识到了这些。所以，当马里厄斯答应扬自己会递消息出去，确保明晚有人来接他时，扬默许了。

其实，不管是说的人还是听的人，谁都不相信这是真的。

事到如今，扬也明白勇敢的马里厄斯等人唯有放弃他了。除了一点点食物和一瓶沉淀了很多渣滓的白兰地，他们也没办法给他留下什么。

在这个荒无人烟的地界上，他将被冻死。

* * *

在冰山之上，扬又一次变成了孤家寡人。他连路都没办法走，只能勉强苟活。

第二天晚上，没有人来营救他。

第三天晚上，也没有人来。

马里厄斯走之前，曾把扬放在一个雪洞里，并在他身边放了一点点食物。扬的容身之处颇像一个敞开的坟墓，但多少可以保护扬。这里超级冷，他的睡袋都湿透了，毯子也冻硬了，根本没办法睡觉。又下雪了，雪片拂过扬冻僵了的身子，他尽量把头部露出来，让头能够有点活动的余地，可是身体的其他部分都不得不包得严严实实。

雪一直都没有停，很快，扬的面孔就被雪盖严实了。虽然他还有呼吸，但显然很快就会死在雪地里了。他就这样在呼啸的寒风中等待死神降临。

一日一夜过去，一周过去。

他已经等了十天了。

马里厄斯再来的时候，根本没有指望扬会活着。万万没想到的是，他竟然没死！马里厄斯把他从那个"雪坟墓"里抬了出来，给他吃了点东西，然后告诉他，另外几个人是从山那边来，不想被那里的坏天气给困住了。等天气好点了，他们会再试着上山。只是，谁知道什么时候天气能好起来呢？

直到天气好起来为止，扬只能选择等待。

扬坚持着等待，即将来救他的人就是他的精神寄托。

扬又忍受了整整四十八个小时的寒冷和痛苦，终于等来了救他的人！他们把扬拉出雪洞，然后拉着半死不活的他下山了。

下山的时候，恶劣的天气不断地袭击着他们，一场大暴雪拦住了他们的去路，再往前走一步的可能性都没有了。显然，待在原地远比冒雪下山要安全得多。他们把扬拖到一块岩石后面，勉强帮他挡着点风雪，然后又给他留下了一些食物就走了，天气一好他们会回来接他。

他这一等，又是三周过去了。

* * *

现在他待的这地方和之前那个雪洞比起来，更加无法遮风挡雪，也就更冷。优点是空间相对宽敞，这样他就可以把腿从睡袋里伸出来，好好瞧瞧自己的伤脚。这双脚看起来伤痕累累，脚已经发黑，还流着脓，恶心得不行，让他想要呕吐。

如果真的能生还的话，他并不甘心失去双足。但目前他更担心脚趾上的坏疽会蔓延到他的腿上。只是，简单地挤出脓液已经不管用了，他得采取点过激手段了。

扬掏出小刀，用白兰地麻醉了伤口。三天之后，他慢慢地切开肌肉、切断骨头，把自己的九个脚趾活生生切了下来。然后，他把鱼肝油涂抹在截肢的地方，并撕了一条裹在身上的毯子，把脚包扎起来。

之后，扬·巴斯路德在这里等了整整二十七个昼夜。

他最终是被一位勇敢顽强的拉普兰人和他的驯鹿队救出来的，他们拉着雪橇，把他一路送到瑞典。就连他旅程的最后一段也充满了危险。因为，就在他们快到瑞典边境线的时候，一支德国巡逻队发现了他们，德国人一路追赶，还呼唤其他人包抄围堵，朝他们的方向发射了一连串的炮弹。虚弱而颤抖的扬被迫朝他们的方向发射自动手枪的子弹。

他们最终突破了层层关卡抵达了瑞典。在这里，扬进了瑞典红十字旗下的一家医院。

他失去了脚趾，甚至差点连命都搭上。可是，他的精神从来不曾垮掉——这也是扬的故事里最令人惊奇的一点。回到英格兰之后，他开始练习行走。此时，他最大的愿望不是安安静静地生活，而是仍然渴望着冒险。于是，他回到了挪威，继续他的潜伏工作，直到1945年战争结束。

凭借自己超凡的克服逆境的能力和付出一切代价也要活下去的决心，扬成了战争中的大英雄，他永不放弃生命的精神正是"真正的勇气"的体现。

08

路易斯·赞佩里尼：坚不可摧

有生命，就有希望。

——路易斯·赞佩里尼

08 路易斯·赞佩里尼：坚不可摧

勇气的表现形式多种多样。当命运偏离正常的航向时，忍受艰难险阻需要勇气；当面对恐惧时，直面心魔需要勇气；当战斗时，敢于拼搏也需要勇气。

勇气还有一种更为沉静的表现形式，却更难做到。那样的勇气是罕见的，当然不是人人都有，在读过路易斯·赞佩里尼的故事之后，我想，你会明白我所说的这种勇气是什么。

第二次世界大战是一个普通人被召唤去做不平凡事情的时代，但年轻的赞佩里尼所作所为却和"不凡"差了十万八千里，除非你指的是他"不凡"的闯祸能力。他少时是个倔强且不守规矩的孩子，八岁那年就开始抽烟喝酒，后来更是成了一个贼骨头、坏坯子。在加利福尼亚州托兰斯，没有一个警察不知道路易斯·赞佩里尼的大名。

总而言之，赞佩里尼看上去远非那种能成大事的小伙子。

没想到，到了十四五岁，他一下子就浪子回头了。他先是成为一名长跑冠军，甚至获得了参加1936年柏林奥运会的资格，他在5000米长跑中取得了第八名的好成绩。虽然没有获得奖牌，却是美国选手中的最好成绩。他的优异表现引起了阿道夫·希特勒的兴趣，他提出要见见赞佩里尼。

"啊！"希特勒在和赞佩里尼握手时说，"你就是那个跑得相当快的男孩啊！"

对于这位元首，赞佩里尼并没有想太多。毕竟，他的成功并没能完全抹杀他内心深处的孩童纯真。有天晚上，他爬上第三帝国总理府外面15.24米高的旗杆，偷走了一面纳粹的卐字旗，这面旗帜成了这届奥运会给他的纪念品，后来他终生保存。

这是他第一次挑战希特勒。不久之后，和他的很多美国同胞一样，他第二次奋起反抗希特勒。

* * *

赞佩里尼很希望能够参加1940年的东京奥运会，可这一愿望没能实现。战争爆发了，年轻的赞佩里尼彻彻底底地改了行，他接受了美国空军的投弹手训练，然后成为一名驻扎在夏威夷的B-24机组成员。

1943年5月27日，他的人生彻底颠覆。

那天，一架美国飞机在巴尔米拉附近坠入了北太平洋，于是，赞佩里尼小组的人都被派去进行搜救。他们才离开夏威夷差不多1287米，就遭到了灭顶之灾。B-24的一个引擎出现了故障。恐慌之中，一名机组成员一不小心关掉了另外一个引擎。飞机犹如一块陨石，直接从天上掉了下来。

飞机是以自由落体的形式从千米高空坠落的，可想而知，它跌入海里时的重力有多大。在坠入大海之前，它已在空中侧翻了一半，犹如撞到坚硬岩石上爆炸开来。后来，赞佩里尼形容这一爆炸就好比用大锥子敲头。在这样的事故中能够活下来，简直是个奇迹。

失事飞机的残骸很快被惊涛骇浪吞没了，几乎与此同时，赞佩里尼也摔晕了过去。片刻之后他清醒过来，惊觉自己被困在了飞机残骸之中——正是B-24被摔得歪歪扭扭的一块机身。无论如何他得想办法出去，在钻出飞机残骸的过程中，他背部的皮肤全部被掀起来了。

赞佩里尼爬到残骸顶上一看，漫天烟雾，严重变形的飞机金属零件之间鲜血横流。十一名机组成员中，除了赞佩里尼之外，只剩下两位幸存者——

飞行员罗素·菲利普斯和炮手弗朗西斯·麦克纳马拉。

菲利普斯的情况非常糟糕，鲜血汩汩地从他的颈动脉中涌出，赞佩里尼只好拼尽全力把他拉上一艘救生艇。随后，麦克纳马拉也上来了。在经历了恐怖的恶性坠机事件之后，这三名幸存者打心眼里感谢上帝赐予他们生命和安全。

他们的的确确是活着，却并不安全。事到如今他们离大功告成还很远，事实上，他们所要面临的挑战才刚刚开始。

＊＊＊

他们的鲜血流进海水里，没过多久，他们就被鲨鱼发现了。根据赞佩里尼的记录，他很快就察觉到鲨鱼们在蹭救生艇的底部。随着救生艇状况的不断恶化，鲨鱼们开始从各个角度猛扑过来，赞佩里尼等人不得不拼命用桨击打这些鲨鱼。对于他们而言，鲨鱼固然恐怖，更恐怖的事情还在后面——他们将要面对干渴、饥饿和暴晒的种种威胁。

救生艇上只有几条巧克力棒、几听水、一个手电筒、几个钳子和鱼钩鱼线。巧克力里面含有人类生存必需的维生素和矿物质，他们每天都得吃一条。可是，第一个晚上，麦克纳马拉就吃掉了一大堆巧克力棒，导致他们后面的日子几乎没东西吃了。

他们的淡水还不够维持一周的。赶上雨天，才好不容易往水罐里接了些淡水存着。除此之外，他们只好用些下策来滋润自己的焦渴了。比如，偶尔他们会捉到几只海鸟，包括信天翁，他们会生吃鸟肉，脚也好，眼睛也好，统统都吃下去，还有就是喝掉鸟血解渴。

有那么一次，赞佩里尼扯掉了一只信天翁的脑袋，抓着它的脖子把血倒进麦克纳马拉的嘴巴里，他用力地捏这只信天翁的身子，以便每一滴温暖稠厚的鲜血都能够流进麦克纳马拉焦灼的喉咙中去。

就算偶尔能够打鱼捕鸟，食物仍短缺得厉害。由于皮下脂肪在饥饿中被严重耗损了，他们都消瘦得惊人。

他们必须想出办法来！有那么一回，赞佩里尼抓住了一条1.22米长的鲨鱼的尾巴。那条鲨鱼挣扎起来，张开血盆大口，想要攻击他们。菲利普斯见状赶紧用照明弹筒卡住鲨鱼的嘴巴令其无法合拢，更没办法咬到他们，然后，赞佩里尼抓起一对老虎钳子，夹出了鲨鱼的眼睛和脑子，终于杀死了它。

他们不敢把这一整条鲨鱼都吃掉。生吃鲨鱼肉会害他们生病，鲨鱼身上唯一能够生吃的部位就是肝脏，它富含人类身体必需的维生素。他们疯狂地剖开鲨鱼的身体，贪婪地吞噬着它温暖鲜活的肝脏。鲨鱼肝混着鲜血滑下他们的喉咙，那情形，犹如一场疯狂的盛宴。

日复一日，夜复一夜，他们仍在救生艇上漂着。无论如何，他们绝不肯放弃生命和理智，直到后来，情况变得更加糟糕。

二十七天之后，天空中忽然出现了一架轰炸机，它肯定是发现了这艘救生艇！他们很快就发现那是一架日本的轰炸机。在接下来的四十五分钟里，这架飞机在头顶上扫射，毫不留情地向他们开火，他们犹如池塘中的鸭子般任人宰割。

赞佩里尼跳进了海里，尽可能深地潜到水下去，以躲避穿透救生艇射进水中的机枪子弹。等他浮出水面，又用尽全力猛击鲨鱼的鼻子和腮部，击退了攻击他的鲨鱼。

可怜菲利普斯和麦克纳马拉都没有力气逃离救生艇，只能躺在那里等死。令人吃惊的是，日本人的子弹把救生艇打得遍体鳞伤，甚至都开始下沉了，竟然没有击中他俩！不过，在这般情景下，鲨鱼也想要试试运气，他们开始袭击救生艇。毕竟，现在这小艇已经沉下去一半了。

日本轰炸机终于消失在了地平线上。然后，赞佩里尼开始煞费苦心地修补救生艇，一个洞一个洞地补。如果这次没修好，他们肯定要被鲨鱼吃掉了。

※ ※ ※

在海上的第三十三天，麦克纳马拉离开了人世。他走的时候，已经瘦得皮包骨头了。赞佩里尼和菲利普斯为他说了几句庄严的话，然后将他的遗体送进了大海。现在，只剩他们两个人了。

在受过那么重的伤、浑身都持续溃烂之后，菲利普斯竟然奇迹般地幸存了。现在，他和赞佩里尼继续在大海上漂着，既不知道自己身处何地，也不知道前景如何，可是他们都下了决不放弃生命的决心。又过了两周多——他们觉得像过了好几个月似的漫长。在第四十七天，他们看到了陆地！此时，救生艇已经漂到了距离飞机失事地西南2000多千米的地方。多亏了他们非凡的勇气和耐力，他们成为在一艘小小救生艇上漂流最久且幸存下来的人。

如今他们终于慢慢接近马绍尔群岛！看到陆地那一刻的心情真是难以描述。但是，如果他们以为苦难终于要过去，那就大错特错了。事实正相反，他们正在接近的地方，其实是地狱。

原来，马绍尔群岛是被日本人统治的地方。赞佩里尼和菲利普斯才一上岸，就立刻被日本海军逮捕了。这两个人原本已经处于死亡的边缘了，此时又被日军绑在桅杆上狂抽，登时晕了过去。

他们目前还活着，但落到敌人的手里，很快就被送到了阴森恐怖、臭名昭著的"处决岛"上。

※ ※ ※

"处决岛"的真名叫夸贾林岛，它是马绍尔群岛的一部分，位于夏威夷西南 4000 千米的地方。对于赞佩里尼和菲利普斯而言，这可不是一个好地方。之前，此前曾有九名美国海军陆战队员来过这里，他们全体受到了严刑拷打，最终全部死在日本兵的武士刀下了。看管赞佩里尼的那个日本兵每天都例行公事般地抽打他、折磨他，在接下来的六周中，赞佩里尼几乎天天都会产生"今天就是自己的死期"的想法。事实上，他身上有些部位已经死掉了。

赞佩里尼被关在一个 1.83 米长、1.83 米高、0.76 米宽的小隔间里，隔间的一端有个洞，洞里爬满了蛆虫，权当是厕所。当他没有遭受酷刑或殴打时，囚禁他的人就让他把头埋在洞里。看守给赞佩里尼送进隔间里的饭都是猪吃剩下的，那"饭菜"被胡乱丢到地上，赞佩里尼只能极力绕开粪便，把食物捡起来吃掉。

他患上了慢性腹泻，黏液滴滴答答地从他下面滴下来，隔间里苍蝇成群，将它们的卵产在黏液里，这些苍蝇害得他十只脚趾都感染了。与此同时，看守每天都会用锋利的棍子刺穿他的身体，不停殴打他的同时还会用他做些医学实验，给他注射令他十分痛苦的不明物质。日本法西斯剥夺了赞佩里尼的全部尊严，也夺走了他的全部希望。

过了暗无天日的六周，赞佩里尼和菲利普斯被送到了一艘开往日本本土的船上。这意味着，在接下来的整整二十五个月，赞佩里尼经历了三个最残酷的日本战俘营，那里的条件惨不忍睹。对日本人而言，囚犯即等同于超级人渣，根本不配有任何尊严。

战犯们被迫睡在木板上，半夜里，硕大无比的虱子和臭虫就会出来袭击他们，对他们叮咬抓挠。光凭这一点，就足够一个正常人发疯了！后来，情况变本加厉，在位于东京湾的大森集中营，赞佩里尼遇到了"鸟"。"鸟"的真名叫渡边睦弘，是战后在麦克阿瑟将军的名单中出现频率最高的日本甲级战犯。"鸟"残酷地折磨赞佩里尼，残忍程度令人发指，根本超出了人类容忍的极限。

每次凌虐都是从一顿暴打开始。大多数时候,"鸟"赤手空拳地揍赞佩里尼,有时也用棍棒猛打。还有些时候,他选择"剑道棒",那是一种粗细适中、坚固的长棒。如果"鸟"认为赞佩里尼站得不够笔直,他就会解下裤腰带,那上面镶着一个超过一斤的大钢扣。"鸟"会用尽全力地抽打赞佩里尼的头部。每当赞佩里尼刚刚拼尽全力站起来,就又被"鸟"打倒了,而且下手越来越重。

这种残酷的折磨方式,"鸟"整整用了十天。这期间,他每天都会亲自来凌虐赞佩里尼。

"鸟"总是用尽各种方法把犯人逼入绝境,在折磨他们肉体的同时,还时常假传圣旨,说要处决他们了,这一招往往会令犯人们精神崩溃。

白天里,囚犯们需要承担超级残酷的沉重劳动。就算是病得很重也不可能偷闲一日。赶上发高烧或身体出现其他问题,他们还是得拼命劳作,直到体力不支倒下为止。这样一来,倒下的人就会挨揍,没准儿还要干更多的活儿作为惩罚。每一天,囚犯们都要徒步到3千米外的钢厂去做工。这么远的路,每天一来一回要走两次!赶上下雪或路上结冰,他们就得打赤脚去。因为"鸟"一旦发现他们把鞋子弄脏了,不仅会痛打他们,还会强迫他们把鞋子舔干净。

还有厕所的问题。厕所恶心得要命,一旦茅坑里堆满了,囚犯们就要徒手舀出粪便来,将这些粪便作为肥料去浇地。赶上下雨天,粪水横流,牢房的地板上到处都是。囚犯们踩着这样的地板肯定会弄脏鞋子,这样一来,"鸟"就会强迫他们把被粪水污染的鞋子舔干净。

"不舔就杀了你们。""鸟"这样威胁道。

*　*　*

那一天，和往常其他日子没有任何不同。赞佩里尼的一个看守命令囚犯们排队，大家都以为又要忍受新一轮的暴行了。但是，没人再来凌虐他们。

他们被告知："战争结束了。"

一开始，赞佩里尼根本不敢相信，但很快就有人要求他们给战俘营的屋顶刷漆，以便能够遮掉那上面的"战俘"二字。然后，他们又获得了去河里洗澡的好机会。

这些事，肯定都是有原因的。

确实如此。

有一架美国飞机从他们头顶掠过，机上的灯光按照莫尔斯电码的规律闪烁着，告诉他们："战争结束了。"

赞佩里尼和战俘营里那些活下来的难兄难弟们，包括菲利普斯终于等来了离开地狱的门票。

* * *

重返美国之后，赞佩里尼娶了一个年轻貌美的姑娘为妻，那是他去打仗前就爱上的人。但是，这么多年的监禁和摧残导致他体质恶化，同时留下了严重的心理阴影。

也许其他人看到的是一位战争中的大英雄荣归故里，但这不过是表面风光。直至今日这也是极寻常的情况——士兵虽然回到了家乡，可是当初苦苦求生的阴影仍徘徊不去，令他们痛苦不堪。现在我们将这种症状称为"创伤后应激障碍（PTSD）"。但是，当时的人不懂这些，毫无疑问，赞佩里尼只能自己扛着一切，默默忍受种种痛苦。

他染上了酗酒的恶习，而且夜夜惊梦，在梦里，那些他曾经历过的苦痛和加害于他的人又一次降临。

尤其是"鸟"。

"鸟"每晚都会一脸残暴地出现在他的面前，令赞佩里尼心中的恨意和复仇情绪日益高涨。

恨意也好，复仇也罢，这可都是害人的情绪，它会腐蚀、毒化我们。当然没有人会因此而责备赞佩里尼，只是，他确确实实需要有人帮他一把，让他从仇恨中清醒过来。

到了1949年，赞佩里尼的太太已濒临绝望。有一日，她带赞佩里尼去参加了一个讲座，那天的主讲人是年轻的基督徒传教士葛培理。赞佩里尼坐在那儿听着葛培理满口的"宽恕仁爱"，内心却愤怒难耐。忽然，犹如被天雷惊醒般，他猛然想起六年前，当日本轰炸机消失在远处时，他在那个孤独的救生艇上所做的祈祷。

赞佩里尼发现自己开始有了面对过去噩梦般经历的勇气，而且渐渐具有了一种新的品质，令他可以慢慢恢复生命力。

那种品质是"宽恕"。

他知道，过去所经受的折磨，他必须统统忘掉才行。那不是嘴巴上说说漂亮话，他真心原谅了那些人。每一个人，他都原谅了。

1950年，赞佩里尼去了日本。在那里，他去见了很多在日本战俘营里折磨过他的看守。他对那些人说，他并不恨他们，真心实意地不恨。对于现在的他而言，过去了就是过去了，他已经释怀了。正如赞佩里尼在其自传中所写："如果一个人能够宽恕，那过去的种种就不会再有伤害他的能力。宽恕了，就等于过去的悲剧从未发生过。还有，真正的宽恕一定要完完全全、彻彻底底才可以。"

那么，他宽恕"鸟"了吗？赞佩里尼可曾再度与当年拷打过他的那个人面对面？赞佩里尼可曾直视着那个人的眼睛，告诉那个人自己已经对曾经遭受过的侮辱释怀了？他确确实实实想要这么做，而且曾试着找了"鸟"几次，"鸟"一直拒绝见他。他没法去面对赞佩里尼的宽恕，因为他实在无力承受这份仁慈之重。

既然如此，对于赞佩里尼而言，这段旅程至此已经圆满结束。

赞佩里尼曾经用生命去面对难以想象的挑战，他所付出的勇气和耐力可称为超人的壮举。在茫茫大海上漂泊求生时需要勇气，在忍受甲级战犯及其跟班看守给他带来的剧痛、摧残和丧失人性的羞辱时也需要勇气。

在战火纷飞中，赞佩里尼所表现出来的勇气，远比在和平时期的勇气可贵得多。

宽恕比记恨更需要勇气，维护和平比挑起战争更需要勇气。但是，我们中又有多少人，能够有足够的定力和强大的精神去和那些曾经摧残过我们身心的人握手言和，就仿佛他们的暴行从未发生过？

路易斯·赞佩里尼做到了。在我看来，这是他所做过的最勇敢的事。

09

阿里斯泰尔·厄克特：生死大逃亡

ALISTAIR
UROUHART

我记得，生活是值得的，无论遇到什么，重要的是要把目光投向即将到来的幸福。

——阿里斯泰尔·厄克特

如果你去苏格兰邓迪附近的布劳蒂费里旅行，没准儿就能幸运地遇见阿里斯泰尔·厄克特。不过，你根本看不出他有何不同寻常之处。他住在老年公寓里，教其他老人使用电脑，有的时候，他会去参加下午茶歇时的舞会。

　　六十多年来，厄克特一直都向往这种生活方式——平静、安详地过日子。他在第二次世界大战中的地狱遭遇，就连他太太也一无所知。那般遭遇，肯定会击垮一个弱小的人。

　　1939年，十九岁的厄克特和另外几千人一起应召入伍，被编进了英国军队的第二戈登高地兵团，然后，他随部队来到了新加坡福康宁。

　　在战争期间，如果想要找个安逸轻松的岗位，新加坡无疑是个上选之地。那是个重要的港口城市，过去驻扎的英军在那儿都是过着仆人成群、衣来伸手、饭来张口的好日子，没有人想到这地方会受到侵犯。毕竟，新加坡是英国的殖民地，又有大海环绕保护，很少会有人想到袭击这里。固若金汤呀！然而，事实并非如此。

***

　　如果你了解历史，就会知道，当时的情况变化得出乎英国人的预料。1941年12月，日本人进军新加坡。

　　大举入侵。

　　二战中的新加坡沦陷被称为英国现代战争史上的最大灾难，相当惨烈。

被敌军俘虏之后，厄克特及其水手的士兵被送到樟宜战俘营，在这里，他们被日军团团围住、严加看守，同时也见识到了日军的种种残暴恶行。他们把中国人的头挑在枪尖上示众，在小巷子里用机枪疯狂扫射，造成了腐尸遍地、恶臭袭人的恐怖景象。

当时在樟宜，本设计只能容纳四千人的房子里却关了五万多人，厄克特在这里忍耐了整整八个月。后来，随着戈登高地兵团的一些士兵搬走，他们被塞进挤得满满当当的火车里。在随后长达一千多千米、历时五天的旅途中，那些苟延残喘的人别无选择，只能躺在自己的排泄物中，挤在钢制的车厢里。恶臭袭人，炎热逼人，这样的痛苦经历令很多人死在了路上，剩下的人苦苦挣扎着。

当他们到达丛林中一片毫无特色的空地时，才知道他们为什么要去那里：在严酷的缅甸山区丛林中开凿一条铁路。这项工作臭名昭著，成为第二次世界大战中最折磨人、最残酷的奴隶劳动之一。

正因如此，这条铁路被称为"死亡铁路"。

* * *

20世纪初，缅甸还被英国人控制着，那时英国人曾想要修一条从泰国通往缅甸的铁路。后来，他们发现这太困难了，这条路沿线不仅地势崎岖多山，而且还有多条大河需要跨越。因此，英国人放弃了这个计划。

1942年，日军从英国人手里夺取缅甸之后，急需一条铁路线来运输部队和物资。他们不能走海路，否则便有被盟军潜艇打翻船的危险。当时日本最需要的便是劳动力，这当然不成问题，因为他们有一支劳动力大军——超过三十万的战俘。厄克特就是这些悲惨战俘中的一员。

战争结束后，缅甸"死亡铁路"的故事被好莱坞改名为《桂河大桥》，搬上了荧幕。在那部电影里你会看到一个情节，英国劳工用口哨吹出英国军乐《波基上校进行曲》，以示对日本人的反抗。现实情况却大相径庭。

参与修缅甸铁路的劳工过着异常悲惨的生活，几乎每天都有人自杀。这些人被恶劣条件逼疯，他们的自杀方式竟是把自己溺死在马桶里。

如果你想知道是怎样的遭遇让他们不堪到如此地步，那就请继续读下去吧！

劳工们日日在饿死的边缘苦苦挣扎，每天只能吃到几把发霉生虫的大米，每个人的体重都减少了一半。除此之外，致命的疾病肆虐，无处不在。比如脚气病、疟疾、登革热和痢疾，每个人都病恹恹的，几乎没人能够幸免。

厄克特的腿上生出了严重溃疡，治疗这种溃疡的唯一办法就是强忍恶心到茅厕里去，让蛆虫在溃烂部位爬行。厄克特从茅厕的秽物中抓起一把蠕动的白蛆，丢到自己溃烂的腿上。蛆虫立刻开始啃噬溃疡。这情形，正如我前文所说，想要活着，就不能顾及体面。

除此之外。霍乱也在这里肆虐。霍乱病毒存在于水中，被老鼠们携带传播。这里老鼠实在太多了，劳工们根本无力驱赶或吓跑它们。厄克特因染上了霍乱而倒下，他上吐下泻，浑身抽搐、脱水瘫痪，一系列的折磨令他无力动弹，更别说起来劳作了。于是，日本人把他丢进了一个恶臭难闻的帐篷里，这种帐篷一律被称为"死亡帐篷"，大多数被丢进来的重病患者都会在几个小时之内死掉，所以这些人病体横陈在巨大的烧尸柴堆后面。可是，厄克特活下来了。

营养不良也好，瘟疫肆虐也罢，这些都不是最糟糕的事情，厄克特这帮难友还都能忍得住。可怕的是他们在缅甸铁路上所受的惨无人道的殴打、酷刑和折辱。厄克特还记得，当时他浑身溃疡，那些卫兵会反复地拼命击打他身上那些溃烂的部位。

他们还用棕榈树叶编成藤条，弄湿后捆住劳工的脚踝和手腕，再把他呈五马分尸状绑起来。那种藤条一干了就会收缩，紧紧地勒进肉里，勒到骨头上，而且还会越来越有力地撕扯受刑者的四肢。

有一天，一个丧心病狂的日本兵用步枪的枪托猛砸厄克特的嘴巴，打断了他的一颗牙齿，令牙神经暴露在外，厄克特非常痛苦。当时"死亡铁路"上没有牙医，只有几个医疗勤务兵。一直到厄克特完成了他一天的沉重工作之后（这是唯一必要条件），一个勤务兵才扳着他的脑袋，让另外一个勤务兵用钳子把这颗断牙的牙根揪了出来。

当然，这里也会处决一些犯人。

厄克特记得，曾有一个劳工试图逃跑。看守把他抓了回来，送到两个最残酷的指挥官——臼杵中尉和冈田中士面前。这两个人被英国劳工称为"黑王子"和"死亡博士"。

"死亡博士"冈田最喜欢的是把水倒进犯人的口鼻之中，看着他们的肚子越撑越大，直至极限。然后，他会用钢丝勒住犯人鼓胀的肚子，甚至还在犯人的腹部猛跳。无论他采用哪种方式，犯人都必死无疑。

"黑王子"臼杵是冈田的顶头上司。有一次臼杵举着一把锋利可怕的武士刀来到一名犯人跟前，那犯人知道会发生什么事，甚至没有求饶。其他战俘就这样眼睁睁地看着臼杵用武士刀割断了那个犯人的脖颈。厄克特双目紧闭，只可惜没法捂紧耳朵。他听见刀片在空气中划过的声音，然后是人头落地的闷响。

厄克特竭尽全力躲开看守们，但很多时候，想躲开他们简直就是做梦。一天晚上，厄克特又发了严重痢疾，只好频频往厕所跑。在从厕所回来的路上，一个韩国籍看守喊住了厄克特，想要侮辱他，厄克特断然拒绝，他却步步紧逼。情急之下，厄克特打了那个看守。然后，他便浑身是伤、血迹斑斑地站在可怕的"黑王子"面前。

"黑王子"让厄克特站在那儿不许动。刚刚的一通暴打，已经把厄克特的脚趾打断了，但每当他痛得站不稳要跌倒时，"黑王子"便会用步枪猛击他的肾脏。

太阳出来了。其他犯人在厄克特面前走过，都不敢朝他看，生怕会因为流露出任何反抗的表现而遭到暴打。

太阳在升高，灼热的高温最终让厄克特失去了意识，他晕了过去。每次晕倒，他都会被踢醒过来。鲜血从他浮肿的脸上、他的双手双脚上流了出来，太阳也烤焦了他的皮肤。虫子在他身上爬来爬去，啃咬着他，吞噬着他。

这天晚上，厄克特开始出现幻觉了。即使在这种情况下，假如他站不稳，看守们还是会狠狠地殴打他的身子。

次日清晨，"黑王子"下令将厄克特送进"黑洞"。

所谓"黑洞"，就是让人蹲在一个小小的竹笼子里，既没法站起来，也不能躺下。笼子里到处都是以前犯人的粪便，能够从这里面活着出来的实在是凤毛麟角。

厄克特在"黑洞"里蹲了整整六天。竹笼子上面覆盖着一层瓦楞铁皮，非常吸热，把黑洞变成了烤箱。因为疟疾的缘故，厄克特在里面无法控制地发抖抽搐，溃疡和肾结石给他早已残破的身体更添致命疼痛。蹲在"黑洞"里，厄克特浑身爬满虱子，痛苦不堪。

到了第六天上，厄克特的意识已经涣散了，这里的条件原本就十分恶劣，加上孤身一人，愈发令人难以忍受。他已经放弃活下去的希望。

可是，厄克特还是活下来了。

被从"黑洞"里放出来之后，一名英国陆军军医出现了，他把有限的药物用在厄克特身上，全权负责照顾厄克特恢复健康。几天之后，厄克特又回到了工作岗位上，他赤膊赤脚，继续面对种种摧残和折辱。他继续修铁路了，根本没有喘息的余地。

然而，厄克特一直苦苦支撑，顽强地活了下来。在那里，大批难友因为饥饿、疾病、酷刑、枪毙和过劳丧生，当初被送到缅甸铁路上的三十三万劳工，已经有十万人离开了人世。

＊＊

尽管经历了种种苦难，厄克特的劫数还远远没有完。

1943年年底，厄克特在缅甸铁路上服役的日子终于结束，他重返新加坡，在那里开始了给日本轮船卸货的工作。他需要搬比他还重的大包供给物资，那里随便一个什么东西都比厄克特重，他还不到44千克重！

1944年9月，他又离开了新加坡，来到了破旧的货船上工作。当时他尚不知道，这艘船所属的船队有"地狱之舟"的恶名。

这船真是名副其实。因为里面装了太多的劳工，连动一动的地方都没有。他们没办法坐下来，更不能蹲下或躺下。一旦躺倒了，就意味着你可能会被其他人踩死。船里充斥着粪便和死亡的恶臭，劳工们患着痢疾、疟疾，还有脚气病。有一天，劳工们陷入了幽闭的深深黑暗之中，地狱之舟关上了舱门，正式起航了。

船里没有水，温度又高达37℃，每一个战俘都饱受口渴的折磨。

你曾经受过口渴的折磨吗？绝对没有。至少，不是真正意义上的那种"渴"。那种口渴让人觉得舌头都肿了三倍，而且渐渐产生幻觉，渐渐让人失去全部人性。很快地，越来越多的人开始死于脱水。小小的船舱里充斥着尸体、粪便、呕吐物和汗水混合的恶臭。活着的犯人只好喝自己的尿解渴；更有甚者，他们会杀掉同伴，为了喝他们的血、吃他们的肉。

无人去转移那些死者的遗体，他们死在哪儿就一直陈尸在哪儿。渐渐地，遗体都化了脓，肿胀起来，直至腐烂。

厄克特也快死了。可是，又一次，命运给了他不一样的安排。

＊＊＊

日本舰队中一共有五十六艘这样的"地狱之舟"，美国军队的潜艇击沉了其中的十九艘，上面的盟军战俘死了两万两千人。

那个鱼雷爆炸时，厄克特的"浮动监狱"（他所乘坐的地狱之舟）已经在海上漂泊了整整六天。因为爆炸的缘故，这艘"地狱之舟"开始下沉，日本人一看势头不好，立刻端枪朝地狱之舟里的战俘胡乱扫射起来。令人惊讶的是，他们的船里开始进水，然后，厄克特发现自己被从里面冲出来了。

厄克特小时候曾当过童子军，这令他具备一些必要的生存技巧，其中之一便是：如果你在沉船附近，那么一定要竭尽全力地游开，离那艘沉船越远越好，否则沉船残骸引起的旋涡会把你也拉进深海。因此，尽管身体非常虚弱，厄克特还是拼命地往远处游去。

沉船周围的海域犹如一口巨大的、烧开的油锅，里面沸腾着。厄克特游泳穿过那里时，滚烫的机油灌进他的喉咙里，灼伤他的皮肤，但是他坚持前进。当他终于鼓起勇气回头看时，他看到的是仍在沸腾燃烧的大海和已经沉到海平面以下的"地狱之舟"，数百人葬身海底。

他还看到很多原本已经幸存下来的人面对这般恶劣情况都放弃了生存的希望，他们把自己的生命拱手交给了大海，一边喊着自己挚爱亲人的名字一边走向死亡。

厄克特忽然呕吐起来，狂呕出机油和海水。但是，当一艘小小的救生筏漂过来时，他成功地抓住并爬了上去。还没过多久，生活在这片海域里的鲨鱼就齐聚此地，开始大啖那些漂浮在海面上的尸体了。

半死不活地躺在救生筏上，厄克特熬过了整整五天的时间。

白日里，他活像正在炭炉上被烧烤的肉串般，不停地翻来覆去，为的是不让阳光长时间直射身体的某一个部位，给他造成更大的伤痛。阳光灼伤了厄克特的视网膜，他几乎失明了。他的头发早已掉光。因为干渴的缘故，舌头肿胀得没办法说话，也无法吞咽食物。他长期脱水并产生了幻觉，由于之前被机油和海水浸泡过，浑身的溃疡比过去更不乐观。他已走到了地狱门口，可是，他还是不肯对死神屈服。

读到这里，你一定认为厄克特太需要休息了，你一定希望他转运，获得喘口气的机会。

可惜，他可没这么好命。第六天，他的救生筏偶遇日本捕鲸船。捕鲸船上的船员将他抬起来，带回了日本本土。又一次，厄克特成了囚犯。而且，在这里，他见识到了世界上最可怕、也是世人从未见过的杀人武器。

关押厄克特的战俘营位于日本小镇长崎。

* * *

当时的厄克特无法预知，这场战争已经濒临收场了。他更没有预料到，他会亲眼看见、亲身经历一场恶性袭击，这次袭击事件正是战争结束的关键性因素。

1945年8月9日，厄克特正在打扫监狱的厕所，忽然听见巨大的轰隆隆的爆炸声，那声音从长崎方向传来。几秒钟之后，一阵滚烫的狂风刮来，犹如一个巨大的吹风机似的，瞬间刮倒了厄克特。

当时没人知道究竟发生了什么事，他们也根本猜不到这阵热风背后的可怕真相——那是被称为"小胖子"的原子弹！如今这枚原子弹已落在了长崎，导致那里气温高达4000℃，至少有四万人被瞬间气化，厄克特也差点遭此厄运。日本方终于意识到自己无力对抗这般强大的杀伤性武器，投降了。

也许五十年后，厄克特会忍受癌症之苦，那可能是长崎原子弹爆炸对他的辐射造成的，但在当时，他因祸得福，这次恶性原子弹爆炸事件反而救了他的命。

终于，战争结束了。

美国海军陆战队很快就来解放盟军囚犯了，厄克特终于踏上了回家的路。对一名军人而言，"回家"将会是一场最难攻克的战斗。你在战火中的所见所闻，你曾遭受过的苦难，没上过战场的人怎么会理解呢？还有，在过去的那些年月里，你曾目睹死亡的威胁，也曾亲身遭受种种痛苦折磨，如今你又怎么会心甘情愿地过上小市民的琐碎日子呢？

厄克特当然会努力让自己也融入小市民的平凡生活，因为那时，所谓的"创伤后应激障碍"还是闻所未闻的怪东西，大家都希望从战场上回来的士兵能够"重新步入生活的正轨"。这一点非常难做到，甚至比在战俘营里苦苦求生更需要勇气和韧性。

每每想到厄克特的传奇经历，我就打心眼里赞同他的观点——"无论如何，他是个幸运的家伙"。虽说他曾经历过各种非人折磨，忍受过种种无法形容的地狱般的恐惧，他还是保住了性命。凭借一种近乎残酷的本能的勇气和永不衰竭的巨大决心，他走出了地狱，最终熬到了幸运之神降临的时刻。

时至今日，这个来自苏格兰布劳迪码头的男人，仍会对那些在战争中曾与他并肩作战却最终失去生命的可怜的人鞠躬致敬。

10

南希·韦克：打不死的白鼠间谍

NANCY
WAKE

我厌恶战争和暴力,但战争一旦发生,我希望妇女们不要只是满怀豪情地送自己的男人上战场,然后留在后方编织绒线帽子。

——南希·韦克

1944年，法国刚刚从纳粹的统治中解放出来。那一天，在巴黎，有一名年轻貌美的女士参加了英国军官俱乐部里举办的晚宴。这个地方在几周以前还被称为德国军官俱乐部。

有一名服务生为这位女士服务，他用法语小声嘀咕着："这帮人的英文真烦人，还不如为德国佬服务舒心些。"

不幸的是，他并不知道那位年轻女士会讲一口流利的法语。

更不幸的是，他也不知道那位年轻女士正是大名鼎鼎的南希·韦克。在第二次世界大战中，南希·韦克是盟军间谍中最强悍、最勇敢，也是最有手段的一个。

南希尾随这名服务生去了宴会厅，把自己听到他那句话时的想法告诉他。然后，她重重地给了他一拳，打得很漂亮，服务生登时苦着脸昏倒在地板上。

后来，南希·韦克说，她可从来不是一个有暴力倾向的人。确定吗？当然！她真的不是一个崇尚暴力的人，直到战争爆发。战争改变了南希，正如它改变了其他很多人一样。但是，那些被战争改变了的人，他们的经历都远不如南希·韦克的那么跌宕起伏。

＊＊＊

南希的童年非常不快乐。在举家搬到澳大利亚之后，南希的父亲就离开了他们，那时南希才出生二十个月。妈妈对南希非常冷漠，少有温情，所以南希渐渐变成了一个叛逆的孩子。正是这份在血液里流淌的叛逆，使南希成为盟军中一个强大有力的狠角色。

南希离开家去当护士那年只有十六岁。那可真是名副其实的"流浪"。她带上姑妈寄的二百英镑就上路了。南希先去了伦敦，然后又去了欧洲各地当记者，过着充实而忙碌的生活。1937年，南希二十五岁了，她来到了维也纳。

在那里，在风景如画的维也纳广场上，她即将看到一些东西，它将永远改变她对世界的看法，也许还会改变即将到来的战争进程。

南希看到，一小队纳粹捉拿了当地的一批犹太人，把他们拴在巨大的金属轮子上，然后让这些轮子在广场上滚动，同时猛烈地鞭打他们。犹太人伤得很厉害，残破的身体上血流成河，他们绝望地惨叫着，痛得紧紧抓住彼此的手。

南希亲眼看见了这一切。她看到了纳粹们是多么残酷地折磨着那些男女老少，他们恨不能灭亡整个犹太民族！

这番惨无人道、令人作呕的情景对南希产生了非常直观的影响。她当即决定，要不惜一切代价让可恶的纳粹党日子更难过。

在后来的若干年中，她确确实实做到了。

* * *

南希是个绝代佳人，她不像个战争英雄，反倒更像是电影明星。1939年，她嫁给了一位名叫亨利·菲奥卡的法国富商，从此定居在马赛。

很可惜，后来世事突变，战争爆发了，南希的先生接到了上战场的调令。按常理来说，南希应该如普通女人一样留守在后方，等她先生回来。

可是南希没有这么做。

因为亨利捐出部分财产，为部队提供了一辆救护车，南希便选择参加了志愿救护工作。她跟随救护队来到法国北部，那里有大批的比利时难民从边境涌入。当南希亲眼看见了德国兵用轰炸机扫射从比利时南下逃难的年迈妇女和幼小孩童时，她对纳粹的憎恨又增加了百倍。

在看到一些伤痕累累的孩童和尸体之后，南希决定一定要为打败纳粹尽一份力量。

她的机会来了。

1940年，巴黎沦陷，这里是南希的第二故乡，南希为它落入纳粹手中流下眼泪。但是她深知，哭泣无济于事，她没有忘记自己的誓言。

她成了一名法国抵抗运动的先行者。由于她的阔太太身份，她可以比大多数女性更自由地在法国通行，至少最开始是这样的。这份自由给了她帮助法国南部军队传递消息、运送抗战物资的便利。

这是一份非常危险的工作。那些盖世太保（希特勒的秘密警察）会用最严酷的方式惩罚那些涉嫌帮助法国人或涉嫌反抗纳粹侵略的人。那些抵抗纳粹的英雄被盖世太保逮捕后，会受尽严刑拷打后再被处决。

盖世太保酷刑太多，包括将犯人按进盛满冰水的浴缸里，让他们溺水；给犯人浑身缠满电线后通上电，让他们被电击；还有火烧肉身、皮鞭抽打、反绑着双手把犯人高悬空中，使他们肩膀脱臼……

很快，盖世太保就对南希生出了疑心。他们开始监听她的电话、窃取她的信件。这并没有吓退南希——她才不会怕这点雕虫小技呢！

南希开始用更聪明的方式和纳粹对抗。

想要继续为法国抵抗运动效力的话，能够在全法范围内自由行走非常重要。因此，南希买了几个假身份，除此之外，南希还有比假证件更有用的东西——她坚强的心智。

为了顺利地通过德国兵的检查站和岗亭，她不惜与德国哨兵打情骂俏。她会在自行车的篮子里放几个老萝卜，如果德国哨兵问起来，她就可以说自己刚刚买菜回来。

当时的法国遍地战俘，还有很多是被击落的英军飞机上的飞行员。如果这些人不想被纳粹残酷监禁，就必须逃离这块是非之地。但是，逃离谈何容易！向北有德国军队，向东是墨索里尼的地盘，向西是大西洋，向南又被比利牛斯山脉阻挡住去路。

比利牛斯山脉是法国和西班牙的天然分界线，即使在今天也难以逾越。从1940年到1943年这三年间，南希帮助超过一千名战俘和被击落的英国飞行员翻越这条山脉，逃到西班牙去。三年的时间，南希把这条路徒步走了整整十七遍。

南希的行为让我们知道，美貌与坚强可以共存于一身。

渐渐地，南希越来越擅长做这件事了——她在纳粹的眼皮底下把盟军战俘救出去。可怜纳粹想尽办法也捉不到南希，因此他们给她起了个绰号——白鼠。他们愿意高额悬赏买南希的人头。

五百万法郎买一颗人头！

可惜，就算如此，纳粹还是捉不到南希。

南希一边想方设法躲着盖世太保，一边还在最大化地利用他们的资源。1943年，南希是盖世太保捉拿名单上的第一要犯。

这是多么危险的事！可是南希还是没被吓住。后来南希回忆说，她这一辈子，从来就不知道什么叫害怕。但是，法国抵抗运动组织和南希的先生都认为，如今法国已陷入激战，南希更是处在风口浪尖，他们纷纷劝她快点翻过比利牛斯山离开法国！虽然不情愿，但南希还是同意了。

她都没正经地和亨利告别一声，就离开家，走上了逃离的路。随便得好像是出门买点东西就回来似的，事实上，她脑子里转着无数个念头，比寻常出门买东西时的所思所想多多了。

南希已经翻过比利牛斯山六次了。这一次她自己逃离，似乎没有前几次那么危险。曾有一次，亲德的维希警方捉住了她，严刑拷打了整整四天，后来却柳暗花明。比利时反抗组织的英雄阿尔贝特·格里斯（他的化名帕特里克·奥利里更加广为人知）勇敢地走进警察局局长的办公室里，自称是维希警察的一员，而南希是他的情妇。他还出示了假证件，以证明自己"所说不假"。

令人惊讶的是，南希和奥利竟然真的搞定了这一切，南希被释放了。

南希在比利牛斯山里的最后一段时间正值3月，为了逃出去，她徒手攀爬，走了整整四十七个小时。千里冰封，南希的脚上只有短袜和帆布鞋。爬山时她只舍得穿湿鞋，还有一双干的是留着休息的时候穿的。为了不被冻伤，南希每隔一小时才休息短短的几分钟。还有几个人和南希搭伴走，其中一个年轻姑娘名叫琼，她说自己一步也走不动了。南希把琼推进一条冰冷的小溪里，简明扼要给了她两个选择：要么冻死在此地，要么就咬紧牙关继续走，琼选择了后者。虽然看似无情，南希的话却救了年轻姑娘一命。

暴风雪无情地包围着他们，肆虐了几个小时。风把碎冰刮到他们已冻木的脸上，然后再灌进他们本来就过于单薄的衣服里。爬了一半山路之后，他们的痛苦又多了一样：他们之前吃的羊肉是有问题的，他们食物中毒了。

真是祸不单行啊！但是这并没有让南希停下脚步，她凭借无与伦比的勇气和坚持不懈的信念，终于和同伴们成功地翻过无情的比利牛斯山。

他们到西班牙了，但南希的路才算走完一半。她还要从西班牙到英国去，只有回到祖国，她才能够真真正正地受到保护。

但南希并不喜欢那种安全无忧的生活。

***

所谓"特别行动执行小组",即丘吉尔水手的一支秘密军队,其任务是在被纳粹占领的欧洲大陆上执行间谍、侦察的任务,以破坏纳粹统治。这是一支绝密部队,任务高危,一旦被敌军捉到就必死无疑,这样的组织简直就是为南希这样的人量身定做的。由于南希在法国抵抗运动组织里表现出色,这个"特别行动执行小组"想要把她吸收进来。

在特别行动执行小组的法国分部里只有三十九个女人。南希和其他女人一样,都被编在"前线急救队"里做护士。她们的急救队昵称"范妮们"。

南希被送到了苏格兰的护士训练营。这份工作非常适合南希。她美则美矣,却并不柔弱,而是个酒量超好、满口粗话、坚忍无情的家伙,在以男性成员为主的特别行动执行小组里站稳脚跟,对南希而言并非难事。

在苏格兰,南希学会了如何使用武器弹药。她还学会了生存技能,密电码、通信、跳伞,还有安静利索地杀人。

总而言之,特种部队里所需要的一切技能,南希都学到了。

她的枪法很准,而且,伪装术堪称一流,仅凭一副伪装,她可以在全国范围内行动而不被任何人发现。仅仅几个月工夫,她就由一名勇敢的抵抗战士成长为对付敌军的致命武器。

1944年4月,南希怀着一腔打败纳粹的雄心壮志,坐军用飞机回了法国。

然而,她的降落伞落在了法国中部的一棵树上。刚进入法国就这么不顺,这似乎不太吉利。

法国抵抗组织派来与南希接头的战友看到了被挂在树枝上的南希,立刻折服于她的魅力:"真希望法国所有的树上都能结出这般美好的果实。"

"别跟我来法国人调情的这一套把戏。"南希回答他。然后,她立即投身到了工作中。

当时法国有很多农民抵抗组织，被称为"法国反纳粹游击队"，南希的任务就是找到他们，把他们组织起来，让他们的力量更加强大集中，能够更加有效地对付德国纳粹的暴力统治。后来，她竟集结到了七千多人并把他们武装起来。

南希的任务既危险又有难度。她日夜兼程，从一个民兵团走到另一个民兵团，这对她的伪装术也是个大考验，很多个晚上，由于纳粹在不断地跟踪、追捕，她都只能藏身于奥弗涅的树林里。

盟军每周会空投三四次武器弹药，这项工作也由南希负责组织，她还要不断寻找新的空投点。

南希的拼命努力，让纳粹在奥弗涅地区所需要面对的困难比在法国其他地区都大得多。正因为如此，纳粹愈发下定决心，一定要解决"南希问题"。德军加强了在奥弗涅地区的军事力量，并且给这里的军队配备更多的飞机大炮。而且，他们还包围了那些法国反纳粹游击队员，想要把他们一举歼灭。此地的德军有两万两千人，而民兵只有七千人。

从1944年4月到8月，法国反纳粹游击队和纳粹之间一直在激烈地战斗着。在这场持久战里，德军损失了一千四百人，而反纳粹游击队只损失了一百人。南希·韦克正是这场战斗的灵魂人物。

就算是大批地杀死纳粹，南希也丝毫不害怕，事实上，她很享受这种杀敌的感觉。有一次，她凭借无与伦比的胆量，带领水手对盖世太保的总部进行了袭击。他们知道，每天午餐前德军指挥官都会聚集在一起喝酒，所以，南希驾驶一辆抵抗组织的车冲进了盖世太保的总部，一路狂奔上了楼梯，撞开大门。房间里，德国人正聚在一起喝酒。

南希对着他们，丢出了几颗手榴弹。

这一次，有三十八名重要的盖世太保军官被杀。

还有一次，南希偷偷跟在一个高级纳粹军官身后，想要把他击晕。但是，这名军官一转身看到了南希，于是，南希便决定悄无声息地杀死他。趁着那名军官张开嘴巴打算喊人时，南希用胳膊猛击他的下巴，他的脖子就这样被拧断了，发出一声令人作呕的脆响。那名军官倒在地板上死掉了。就这样，南希·韦克赤手空拳地杀死了一个纳粹。

在任何人看来，这都可称得上是英勇的行为。

其实，就算是需要做出艰难的抉择，南希也不会觉得害怕。当时，她水手的一些民兵都爱上了一位年轻姑娘，没想到那姑娘却是一名德军间谍。她的真实身份暴露后，只有南希能够狠下心来枪毙她。犹豫不决，必死无疑，南希深知这个道理。

也许她最辉煌的时刻是在诺曼底登陆前夕。当时，由于德国突袭，南希水手的一名无线电操作员被迫烧掉了高度机密的密码书。但是，这些密码非常重要，如果不能进行密码沟通的话，法国反纳粹游击队员们根本无法获得食物及武器补给。

他们无计可施，只能更换密码。为此，他们必须和五百千米以外的另外一个抵抗组织——沙托鲁联系。

南希跨上了她的自行车。

这个雄心勃勃的计划真是太令人难以置信了！这不仅意味着她需要骑车横跨被纳粹占领的区域，而且还必须在三天之内赶到沙托鲁。相信我，那会儿南希可没有超轻碳纤维自行车可骑，她的车又老又破，车筐里装着用作伪装的大萝卜。

南希到了沙托鲁。她已累得站不起来，更别提走路或说话了，她唯一能做的就是痛苦地呻吟。但是，无论如何，南希完成了任务，让她的队伍克服了这次困难。这样一来，法国反抗组织就可以继续战斗了。

后来，南希回忆说，那次骑行任务的圆满完成，是她最骄傲的事情。

毫无疑问，法国抵抗组织在抗击纳粹的战斗中发挥了巨大的作用。这一组织有一个重要组成部分——法国反纳粹游击队，南希·韦克就是勇敢得令人难以置信、给民兵队发号施令的领袖。

对南希而言，法国的解放令她既高兴又心酸。走在路上，南希会忍不住陶醉在突如其来的胜利的喜悦中，观赏着纳粹兵落荒而逃的窘相。但是，她心里有一个充满悲伤的角落，南希的先生亨利在1943年她逃到西班牙之后被德国人俘虏，因为他们想要从亨利那里得知与南希有关的信息。

亨利拒绝给他们任何信息。于是，他们对他严刑拷打。

亨利还是拒绝。他们就把他折磨死了。

南希总会因亨利的死而倍感自责，但是从二战结束到南希2011年去世，她从来没有因自己当年冷血无情地抵抗德国纳粹而感到后悔过。

那时，一旦被纳粹捉住，自己的下场就会和特别行动执行小组法国分部里的另外十二个女人一样，惨遭蹂躏，然后被枪决。

南希后来回忆说："在战争爆发之前，我的天性中没有一丝暴力因子，但是战争爆发后，我却发生了天翻地覆的变化，是我的敌人让我坚强起来的。我从不可怜他们，也从没指望过他们会对我发善心。"

二战后，南希在法国抵抗组织里继续工作到1960年。她被授予了许多荣誉勋章，其中包括来自英国政府的乔治勋章，来自法国政府的骑士团勋章，这也是法国的最高荣誉勋章，以及来自美国政府的自由勋章。但是，就是勋章再多，也只能勉强见证南希的一半功绩。

我个人认为，南希在战争期间所作出的贡献，借用他们法国抵抗组织中的同志的话说："她是我见过的最有女人味的美人，但在战争中，她比五个男人还要英勇。"

11

汤米·麦克弗森：
他逮捕了两万三千个纳粹

TOMMY
MACPHERSON

能够微笑着上战场的人,我最喜欢。

——汤米·麦克弗森

11 汤米·麦克弗森：他逮捕了两万三千个纳粹

1944年6月。

一架盟军战机——哈利法克斯轰炸机低低地掠过被纳粹占领的法国上空，有两名突击队员从飞机中跳伞而出，他们一溜烟地滑出机舱，随即撑开了降落伞。

他们的目标是一片偏僻的田野，希望能在那里与他们的盟军——一小队法国抵抗战士会合。之后，他们准确着陆，但他们的到来使盟军非常吃惊："天啊！"他们听见一个人这样评论刚刚从天而降的人，"这位法国军官还带着太太啊！"

来者的确是法国士兵，名叫米歇尔，是趁纳粹占领前刚刚从家乡逃出来的。

米歇尔并没有带着自己的太太，不过也不难理解为什么会产生这样的混淆，因为第二个人是卡梅伦高地女王亲卫队的汤米·麦克弗森，他是穿着全套仪仗装备空降到被占领的法国的，包括他的苏格兰短裙。

当时，法国抵抗组织里的同志并不太拿他当回事。但是，他们都错了，因为这个人来此是为了进行足以让大多数人崩溃的个人战斗。

1944年，他到达法国，一切才刚刚开始。

* * *

汤米·麦克弗森的第一次英勇壮举发生在距离他的家乡苏格兰很远的地

方。第二次世界大战爆发初期,他曾在黎巴嫩抗击维希军队,并亲眼目睹了在克里特岛和塞浦路斯的军事行动。在那里,汤米·麦克弗森曾遭到枪击、炮击和刺伤,总之,这些都让他对战争的残酷有了最直观的认识。尚未满二十一岁,他已经是一名战斗英雄了。

1941年,麦克弗森加入一个四人小组,他们要非常秘密地潜入北非执行侦察任务。他们乘坐潜水艇去了北非,然后两人一组分别坐独木舟上了岸。一上岸,他们就开始进行侦察勘测,以保证这片沙地适合更多部队登陆。他们的侦察任务非常重要,因为后面的盟军要在他们看好的区域里攻击隆美尔。

沙滩侦察任务一完成,这四个人需要立即返回潜水艇。但是事情并不这般顺利。

进入北非,他们没遇上困难。但他们想要离开时,问题出现了——他们划着双人独木舟去往潜水艇那里,按照计划,潜水艇应该浮出水面迎接他们,但是,到了潜水艇应该在的地方,他们连个影子也没看到。那里只有德国运兵船,上面载满了德国兵。他们躲开了那艘船,待它走远,他们孤零零地漂在了海上,唯一的选择就是重返岸上。

四人任务组分成了两个两人小组。一组人上岸后直接往内陆跑,没过多久就被抓捕了。汤米所在的这组在逃跑路上稍微拖延了一会儿,当时他们经过一个德国人的营地,汤米进去偷了些食物出来。然后,他俩长途跋涉进入利比亚沙漠,途中他们还炸毁了一个敌人的通信中心。

为了不被敌军抓到,他们又往沙漠深处跑了一段。此时,他们都已经奔波得脚指甲裂开、双足感染了,但这两个人根本无暇顾及。不过,逃进沙漠深处还是有好处的,这里可以找到地方躲藏,而且如果有德国卡车靠近,可以很快听到。

不幸的是,他们没有想到另外一种可能性:骑自行车的意大利士兵悄悄包围了他俩。

他们被捕了。

汤米毫不惊慌，趁逮捕他的人不注意，他从柯尔特自动手枪上拆下弹夹，偷偷装进自己的衣裳口袋里。

之后是长时间的艰苦审讯。汤米需要面对四个审讯者和六个武装警察，他还是很镇静。后来，有个审讯者拿出了汤米的柯尔特自动手枪，有点天真地要求汤米告诉他这枪如何使用。机不可失，汤米迅速把口袋里的弹夹装回到枪里，然后一口气把那十个人都击毙了。

当时他的计划是逃出审讯室，然后偷辆意大利车逃离此地。由于之前在沙漠中的跋涉跑伤了腿，他刚要逃跑，忽然双腿一软，继而抽筋。他倒在地上，意大利人随即扑了上来。

就这样，他的第一次逃跑以失败告终，这也让他成为被严加看管的战俘。敌军把他送进了意大利的蒙塔尔博战俘营——那是一个非常残酷的地方。

这间战俘营中人满为患，吃的东西永远不够。汤米是个不抽烟的人，没法用烟来换食物，所以他只能用自己的口香糖和其他战俘换几块土豆皮来果腹，尽管如此，饥饿还是令他患上了黄疸病。

在搬去新的战俘营之前，汤米只能在这里苦苦忍耐严冬的折磨。新的战俘营在热那亚外的加维镇，那里专门关押特别危险的囚犯。在新战俘营里，汤米拼命锻炼身体，同时废寝忘食地学习意大利语。他知道，如果想要逃跑的话，有朝一日总会用得到意大利语。但是1943年，意大利退出战争，一切都随之改变。他们被转移到了新的战俘营里。

和过去一样，汤米仍不放弃寻找逃跑的机会。

当他们抵达位于奥地利边境的一所难民营附近时，汤米成功了。他采取了一种非常大胆的方法，他穿上法国兵的制服，加入一群即将要被派遣到周边田地里劳作的法国囚犯之中去，就这样，汤米跟着这些法国人走出了战俘营。

汤米和另外两名越狱者一起，不顾皑皑白雪和凛冽寒风，翻越艰险的山脉，勇敢地穿越了欧洲。但是，他们再次被抓到，这一次是被盖世太保亲手抓到了。

幸运的是，他们没有被当场击毙。盖世太保把汤米关在一间小得要命的牢房里，连站直或躺平的地方都不够。

在这里关了一阵子，他们又把汤米送去了波兰边境上的20A战俘营。

二十三岁生日那天，汤米从20A战俘营里逃了出来，他半夜摸黑前行，直往北部的波罗的海跑去。从那里，他藏在一艘脏兮兮的运煤货船里逃到了中立国瑞典，然后再从瑞典坐飞机返回了家乡苏格兰，在北非海岸被捕后到现在整整两年，汤米终于又回到了这里。

汤米会长时间享受这种安逸清闲的生活吗？当然不会。他是一名斗士，这样很好，因为英国政府已经有了更大的任务需要他去执行。

他要去参加杰德堡行动了。

***

杰德堡行动是由一小队巡逻精兵完成的高度机密行动。他们空降到法国本土，全力协助法国抵抗组织开展攻破德军占领的任务。

在法国，抵抗组织，尤其是南方的抵抗组织特别需要帮助。曾有几个勇敢的游击队员摧毁了从图卢兹到波尔多之间的铁路线，却遭到德国人残忍的报复。他们捉到二十名无辜的法国人质并把他们吊在铁路线沿线上，直到吊死为止。在亲眼看见了这些暴行之后，很多普通法国民众就不愿再为抵抗组织做事了。

杰德堡行动的目的就是要扭转这一局面。

11 汤米·麦克弗森：他逮捕了两万三千个纳粹

和以往那种在雷达帮助下进行的特别行动不同，杰德堡行动丝毫没有避人耳目，因为其目的就是要向民众证明，盟军并不畏惧德国纳粹，因为他们有在逆境中坚持战斗的勇气，就像汤米·麦克弗森那样。

为了增强他的突击技能，汤米曾受过三个月的强化训练，以锻炼他的突击能力。这使他精通爆破、破译密码和使用武器。当然，受过训练的他也更加擅长与敌人面对面作战。就这样，他被空降到了法国，就在纳粹的眼面前行事。

胆小的人绝对干不了这件事！正如俗话所说："不入虎穴，焉得虎子。"汤米知道，如果想要在战争中做一番大事，就一定要舍生忘死，不能有一点点私心杂念，毫无保留，全心投入。

时值1944年，当时的每个人都知道，德国已经很难在战争中取得胜利。

但是，德国就如同一只野兽，愈是将它逼入死角，它就会愈可怕。

执行杰德堡行动的人都是些游击队员，或者是间谍。他们并不享受战俘保护待遇。一旦被捕，他们必会遭受严刑拷打，等他们的最后一条情报都被榨干了，就会被枪毙。

毋庸置疑，1944年6月，从汤米·麦克弗森跳出哈利法克斯轰炸机的那一刻，无论他是否身着苏格兰短裙，都是敢于直入虎穴的英雄。

汤米和他的战友都是背着非常沉重的武器装备跳伞的：司登冲锋枪、迫击炮、轻机枪、手榴弹和超大量的塑性炸药。

不幸的是，加入他们行动组的八名法国抵抗组织成员却令人失望，他们中的四位还都只是孩子，而且从来没有真枪实弹地和德国人打过。

这种情况即将发生改变。

汤米很快就投入了工作。他们的第一个任务是趁天黑去炸毁一座桥，这样可以导致纳粹后勤发生混乱，给德国兵找个大麻烦。然后，再过几天，他们还有一个更大的任务要完成。

***

1944年6月6日的诺曼底登陆是二战的转折点。那一天，几万盟军士兵抵达了诺曼底海岸。

诺曼底登陆在全欧洲掀起了轩然大波，包括法国中南部都受到了影响，汤米也因此有了新任务：埋伏德国的一个坦克师——他们是要被送去诺曼底增援的。

这可不只是一个普通的德国坦克师。事实上，它的全称是党卫军第二装甲师，别名"帝国师"（绰号似乎更广为人知）。

"帝国师"非常恐怖，他们从东线战场一路打过来，渐渐地将"如何整治抵抗纳粹的民众"这项技能修炼得炉火纯青。

1944年6月，他们北上法国，一路犯下累累残暴的战争罪行。在路过的一个村庄里，他们围捕了将近两百个人，用机枪扫射他们的腿，让他们无法行走，那些人肉绽骨裂、血肉模糊，随后，他们便将汽油往这两百来人身上浇，在一片惨叫声中，早已伤痕累累的俘虏被烧死了。

还有一次，他们把近五百名妇女儿童关在一所教堂里，然后放火。如果有人胆敢逃跑，他们便用机枪扫射。这一场暴行之后，只有三名幸存者勉强活了下来。

汤米·麦克弗森和他那些毫无经验的抵抗组织战友要对付的，就是这样一支野兽军队。如果他们不幸被捕，那便只有死路一条。但是，"帝国师"的暴行必须被制止，哪怕付出代价也无所谓。为了取得战争的胜利，总有人舍生忘死、动用自己的一切胆识和智慧，只要能够阻止暴行。

汤米·麦克弗森正是那个人。只是，他几乎没有任何可以用来对付整个装甲师的资源。

幸而，汤米想出了一些简单却行之有效的好办法。

一夜之间，汤米一伙人砍倒了很多粗壮的树干，将它们堆到公路上，制造了许许多多条封锁线，成功地封锁了"帝国师"装甲师北上的道路。在这一条条的封锁线之间，他们又布下了不同的诱杀敌军的陷阱。

第一个陷阱是反坦克地雷。地雷一旦爆炸，会引发周围更多的炸药一起炸开来。第二个陷阱是挂在树上的手榴弹，一旦德军触发它们，就会发生爆炸。第三个陷阱就是汤米全副武装、挂着司登冲锋枪的同伴，他们可以对敌军进行毁灭性的扫射，然后迅速跑到周围的农田里去。

现在轮到"帝国师"束手无策、放声惨叫了。每一个封锁线之间的陷阱都起了作用，狠狠地要了这些纳粹的命。

仅凭几人之力去对付一个装甲师，这需要真正的勇气，尤其是汤米·麦克弗森，他是这场战役中冲锋在最前面的领导者！

他们的任务圆满完成了。原本"帝国师"可能只要三天便可抵达法国北方。多亏了汤米等人的浴血奋战，"帝国师"被拖了三周方到达目的地。

"帝国师"到的时候，已经太迟了。

* * *

汤米·麦克弗森继续在法国各地打游击。他曾劫持德国纳粹的补给供应车，也曾炸毁桥梁和铁路以封锁德国人前进的道路。不过，他最擅长的当数拆毁输电塔。被拆毁的输电塔一起倒塌下去，燃起熊熊烈火，犹如一场盛大的烟火表演。

在打游击战的同时，汤米还惯于开车游走在法国乡野之中。他身着苏格兰短裙，传统的苏格兰匕首藏在袜子里，甚至，他还大胆地在汽车上插了英国国旗，挂上洛林十字架。通过这种做法，他明确地告诉大众，无论怎么不择手段，德国纳粹都无法减少盟军的勇气。

纳粹军曾悬赏三十万法郎取汤米的人头，可见他对纳粹的杀伤力之大。

但这未能吓退汤米。

日复一日，他继续打着德国人根本无力抵抗的游击战。德国人气愤地称他为"炸毁大桥的苏格兰疯子"。其实，汤米·麦克弗森可不是疯子。他是个非常勇敢、绝不肯让坏人得逞的男人。

不过此时，最能够展现他勇敢的时刻尚未到来。

1944年7月末，局势开始变得明朗，纳粹想要统治欧洲的计划几乎被盟军粉碎。德国人开始撤退。

但是，军队撤退时的杀伤力，与他们进攻时几乎不相上下，仍会造成大量流血、混乱的局面。更何况，他们还随时有可能调转方向，重新攻打回来。因此，必须拦住这些正在撤退的德国纳粹军。

* * *

问题是，德军的人数实在太多。当一百多个全副武装的德军一路践踏而来时，汤米深知无法依靠武力打败他们。但是，他可以略施小计。

汤米之前就知道，如果用湿手帕对司登冲锋枪做一些处理，它发出的声音就会类似重机枪。如果塑性炸弹引爆方法得当，就会发出类似迫击炮的巨响。于是，汤米他们拼命让这些"模拟武器"表现出巨大威力。

然后，汤米扛着一面大白旗上了山，径直去见德军指挥官了。

他拉着一张扑克脸告诉德军指挥官：前面就有我们全副武装的部队，而且可以随时召集皇家空军把你们炸成碎片。你们唯一的选择就是举手投降。

德军信以为真，集体投降了。之后，汤米等到法国抵抗组织的成员到来，把这些德国兵都用卡车送去战俘营才罢休。

这一次的虚张声势奏效了，但是，他也只打败了一百多人而已。如果下一次，面对的是更加强大的敌人，他该怎么办？

比如，两万三千人。

没过多久，汤米·麦克弗森及其来自法国抵抗组织的队员就发现，他们即将面对的是两万三千个敌军，其中有一万五千多人属正规军，还有七千多人属前线作战部队，他们的战斗经验都相当丰富。一旦两军对阵，他们会把法国人打得落花流水。

德法之战似乎不可避免。

德国军队需要通过卢瓦尔河上的一座小桥。这座小桥由法国人控制，但看起来这座小桥马上就要失守了。

除非奇迹发生，德国人能被说服，当场投降。

到了让汤米再次虚张声势的时候了。

为了接近德军指挥官，汤米需要穿过大概 8 千米的路程，到处都是乱开火的德军，何况德军还有一千辆军车。因此，汤米要了一辆法国红十字会的车。现如今，如果汤米足够幸运，这辆红十字会的车可能是唯一一辆能够从撤退的德军旁经过而不受伤害的车了。

汤米又穿上了他的全套苏格兰行头，包括他的苏格兰短裙和帽子。他有充分的理由这样做。穿着正式的高地制服，他才能够说服德军指挥官相信他的谎言：就在桥那头，他有一支苏格兰高地军队，配有坦克、重型火炮和一支法国军队的分遣队。

不仅如此，他还故技重施，说自己一个电话就能让英国皇家空军来轰炸德军，转眼间就可把两万三千个活生生的德军变成遍地死尸。

德国人信以为真，上了汤米的当。多亏了这个单枪匹马出现的男人，他厚着脸皮说谎话，终于令两万三千个德军放下武器，举手投降。

原来，虚张声势也需要勇气。

总之，汤米·麦克弗森仅凭血肉之躯，却迸发出超人般的能量，他的所作所为告诉我，在第二次世界大战中，那些勇敢者为争取我们的自由付出了多么大的努力。

12

比尔·阿什：冷藏室里的英雄

在我内心深处，有一些根深蒂固的想法，令我很难抗拒逃跑的念头。

——比尔·阿什

12 比尔·阿什：冷藏室里的英雄

1942年3月，一名美国飞行员与加拿大人并肩作战，他此行的目的是去支援英军对抗德国纳粹。可是在飞过被纳粹占领的法国上空时，他遇到了麻烦。

而且是个大麻烦。

这位飞行员名叫比尔·阿什。他驾驶的喷火式战斗机，同行的还有编队的其他几位飞行员，他们远航到了比利时科米讷，突击后返回埃塞克斯的霍恩彻奇。突然无线电传来了紧急通知：

"散开编队！散开编队！"

阿什立刻做了个一百八十度的急转弯，正好看到一架德国福克沃尔夫Fw-190战斗机在他下方缓缓飞离。在当时，福克沃尔夫Fw-190战斗机是德军拥有的最具战斗力的作战飞机。但这并没有吓倒比尔·阿什，他将给这位飞行员一些颜色看看。他追上了那架福克沃尔夫Fw-190，开火，最终心满意足地看着Fw-190冒着滚滚浓烟坠了下去。

然后，他发现编队另一位成员的飞机又被一架德国梅塞施密特飞机盯上了。他只好改变飞行路线，朝那架梅塞施密特开炮。但是，就在他开火的时候，他听到了一个不祥的、来自自己枪口的重击声。

他被击中了。

喷火式战斗机的发动机开始抖动，然后，速度突然下降。他环顾四周，看到了一队梅塞施密特战机正在从不同方向朝他包抄而来。这些战斗机围成环形，犹如野猫们围住一只受伤的野兽，随时准备索命。

比尔·阿什却绝不肯让他们得手。

越是在困难的时候，越需要勇气。阿什知道根本没可能逃脱包围他们的敌人。在这种情况下，他只有一个选择。

那就是飞向那些梅塞施密特战斗机。

如果迎头向前的话，对他的攻击会减小。最关键的一点，他可以迫使敌人疲于奔命，避免与他的飞机相撞。

不幸的是，看着子弹来袭的同时，年轻的他还要做出如何活下去的决定。

是跳伞逃生，还是快速着陆？

跳伞更安全，但也会给德军足够的时间找到他。所以，他作出了更冒险的决定。他选定了一块法国村庄旁边的平地，然后以极快的速度将震颤的飞机降落。

飞机在落地的同时发生翻滚，一侧机翼从机身上掉了下来，机身也从飞行座椅后面的位置裂成了两半。

令人惊讶的是，飞行员竟然还活着。

有一件事情是可以肯定的：这里虽然远离战线，可德国的地面部队随时都会向他逼近。

比尔·阿什不仅要逃跑，而且动作要快。

当时，比尔·阿什还不知道，自己在逃跑这件事情上天赋异禀。

* * *

在德国人发现他之前，有个当地的法国农民看到了他，她还给了他几件当地人的衣服，但后面就要靠他自己了。

逃吧。

比尔·阿什不知道德国纳粹有没有狗，于是他在以为是运河的水里，蹚得越来越深，从而隐藏气味。

但他很快意识到那根本不是运河，而是一条臭气熏天的井放式下水道。

当听到有人在跟踪自己时，比尔·阿什一头钻进了水里。第二天他不得不藏进了粪堆。

味道真是浓郁。但目前为止他还没有被抓住。

比尔·阿什在法国北部走了三天，终于遇到了法国抵抗组织的成员。他们把他偷偷带到了里尔，然后又去了巴黎。有那么几周，比尔·阿什住在当地一个法国人家里，每天在首都的街道上散步，与德国纳粹擦肩而过。他希望能够一直这样隐藏下去。

这是个勇敢的想法，却并不可行。那年的6月初，纳粹兵闯进了他所住的公寓里，用枪指着他，要求检查他的证件。

他当然没有证件。就这样，比尔·阿什的第一次逃跑生涯结束了。

纳粹们用枪托狠狠地打在他脸上，然后把他押到了全巴黎，甚至可能是全世界最可怕的一座建筑里，这是盟军飞行员在整个地球上最不想去的地方。

这里是盖世太保的总部。它所在的那条街被法国抵抗组织里的人称为"恐怖之街"，一旦被送来这里，就意味着你会先受严刑拷打，然后被枪毙。到了这里，想要重获自由基本是妄想。比尔被拖进了地下室里的一间小牢房中关了几个小时，等来了一个衣着整洁、头发花白的便衣男子。比尔对他说，自己是俘虏，应该按照《日内瓦公约》中的相关规定来对待。来人听了这话，忍不住哈哈大笑起来。

"你是个间谍。"那个人说。每个人都知道盖世太保会如何对待间谍，绝对没有好下场。

盖世太保的军官宣称，只有比尔·阿什供出自下了飞机以来，每一个帮助过他的法国人的姓名和住址，才会相信他是战俘。

比尔·阿什当然知道，一旦自己把那些人的信息提供给纳粹，他们会有怎样的下场。他眼睛一眨，抱歉地说自己总是记不住名字。

德国人并没有感受到比尔对纳粹的蔑视中，隐藏的幽默之处。

负责看守比尔的几个人开始行动了。一个人抓住比尔的两只手臂，掰到了比尔背后。另一个人则猛掴他耳光，然后更用力地打他的胃部和肋间。然后，看守停了一会儿，这让比尔想他是不是突然改变了主意。然而他并没有，他只是用破布把手包上，这样就可以一直打。看守的拳头如雨点般落在比尔全身，直到比尔血流满面，把衬衫都染红了。

然后他的审讯者回来了。他拿着一张纸，是执行令。如果比尔拒绝合作，明天就会以间谍罪枪毙。

* * *

被监禁的恐惧感真是难以描述，比尔有一种完全的无力感——知道天亮后自己就要受酷刑，或者被枪毙。

听到可怕的脚步声离牢门越来越近，胃部就会痛到难以忍受。

次日清早，他们并没有枪毙比尔，而是又开始了新一轮的审问。

现在比尔已经吓得浑身发抖了。当审讯者再一次要求比尔供出那些法国人时，比尔给了他一个名字：约瑟夫先生。

盖世太保的眼里闪烁着胜利的光芒。"谁是约瑟夫先生？"他喝问道。

比尔虚弱地微微一笑："那是我的法语老师，不过他在得克萨斯。"

只可惜德国纳粹实在太缺少幽默细胞，这句话引来的毒打比之前更甚，他们反复地往比尔的肾脏部位猛打，打到最后，比尔瘫倒在地，奄奄一息。挨了打之后根本没办法走路，他们便把他拖回牢房里，任凭他浑身是血地躺着，并宣布明天一定将他枪决。

可是枪决仍没有被执行，取而代之的是长达一周的暴力殴打，盖世太保试图让他供出一些法国人。然而，无论肉身的痛苦多么剧烈，无论所遭受的羞辱多么难耐，比尔都没有向纳粹屈服。

就算是一无所获，盖世太保们也不会因此腻烦了暴力殴打。得不到需要的信息，他们只会变本加厉地折磨囚犯，然后再一枪打死。但是，比尔万万没想到，一个意想不到的机会，竟使他得救了。

一天早上，他听到自己的囚室门口有与盖世太保的审讯者争论的声音。等囚室的门打开，一个德国空军军官站在门口。他解释说比尔现在是一名德国空军俘虏，他要把比尔带去战俘营，按照对待战俘的方式对待他。

比尔被送到了法兰克福附近的卢夫特战俘过渡营，然后又从这里去了臭名昭著的卢夫特三号战俘营。这里的指挥官声称，对于比尔而言，战争已经结束了。可是，这位指挥官错了。

对于比尔·阿什而言，他的战争刚刚开始。

*＊＊

在喷火式战斗机受到梅塞施密特战机攻击的时候，标准的操作方式是直飞过去，这样敌人就需要考虑，而不是开炮。作为空军战俘，比尔当时的所作所为与此相似：他企图逃跑，这样会转移敌人对战场上其他事情的注意力。

但逃跑并不容易，而且非常危险。一旦被抓住，就很可能被盖世太保枪毙，但这些都没有使比尔动摇。从成为纳粹德国空军俘虏的那一刻起，他就已下定决心。

在卢夫特三号战俘营里，食物属于稀缺资源，可是比尔深知，如果想要成功逃走的话，他必须努力增加体重。在这里，有两种特别恶心的、根本没人肯吃的东西：腐烂的、湿乎乎的绿色奶酪，以及腌鳕鱼干——内脏已经被风干多年，吃的时候需要用水调成糊状，味道奇差，有一股湿狗毛的味儿。比尔却努力吞下这两种食物，待体重稍有增加，他便开始锻炼身体。

比尔·阿什从他所处的众多战俘营中尝试逃跑的非凡之处，不是尝试的次数。甚至也不是逃跑有多么大胆，而是他那纯粹的、顽固的坚持。他感到有义务以任何可能的方式干扰敌人。而且在这方面他确实很成功，即使他成功逃亡的时间不超过几周。

比尔第一次尝试从卢夫特三号战俘营中逃走，是在另一名被击落的喷火式战斗机飞行员帕迪·巴斯罗普的帮助下完成的。他们一起向战俘营里的"逃跑委员会"提交了第一个出逃计划。

他们打算趁其他狱友洗澡时逃跑。因为大家一洗澡，水就会流到下水道——那里有一个小的隔层。如果他们能够在那里躲上足够长的时间，看守也许就会认为他们已经跑远了，不会在战俘营内部搜捕他们。这样一来，也许他们可以真的跑掉。

这真是个好主意。不幸的是，他们忘记了战俘营里有嗅探犬。

当看守们注意到他俩不在了之后，战俘营里的德国牧羊犬及其驯犬员随即冲进洗澡间，迅速找到了这个潮湿的藏身之处。他们因此受到了惩罚：单独关禁闭几天，而且是关在冷藏室里。但是，这次失败并未影响比尔逃走的决心。

从被俘到二战结束，比尔从欧洲各地的战俘营里试图逃跑了十三次，甚至数不过来他到底在冷藏室里被关了多久。

后来，比尔又被送到了波兰的一个新战俘营里。他首先试图趁守卫不注意时溜出营地。不幸的是，看守们发现了比尔，骑着自行车就把他追回来了！看守们暴打比尔，但他们只想着使用暴力，以至于没有好好搜身。比尔腿上绑了一把小锉刀，用来磨牢房的栏杆，这次他差一点就成功逃走了，然而警卫随机地将他关到了另一间牢房，而锉刀已经变钝了……

比尔多次尝试逃跑，有一次，在地下约5.18米深的地方挖了条隧道。这条隧道的入口在恶臭的厕所里——逃跑者们认为，德国看守会嫌厕所太臭，会相对比较懒得注意此地。

每一次挖地道的时候，他们都会派一个俘虏坐在马桶上放哨，剩下的十几个人则忙着在厕所里臭气熏天的粪坑旁开挖。为了能进入隧道继续挖掘，比尔和战友们不得不忍受旁边大量的人类排泄物。不过，地道建在厕所旁也有好处：随着这条危险的、窄窄的隧道慢慢挖到战俘营边缘，他们有地方将挖出来的土藏起来。

请想象一下：在一片漆黑中，冰冷的泥土以及污物压在身上，连个转身的地方都没有——隧道的高度和宽度都只有0.61米。俘虏们用监狱里的床板支起顶部，但仍然挡不住尘土落在身上，并且隧道随时可能坍塌。

在隧道的入口端，一个俘虏会用临时风箱把外面的空气泵进来，但氧气依然十分稀薄。除此之外，还有一个理所当然会发生的问题：粪便从厕所里漫出来，他们不得不蹲在腐臭的污水上。

但他们还在挖。

战俘营里一共有三十三名俘虏通过这条隧道成功逃走了，但他们又统统被逮了回来，比如，比尔是在跑了六天之后被一群手持干草叉的德国农民发现的。然而这次的逃跑绝不是失败的。德国军队不得不动用了大量的人力物力资源来寻找这些逃亡者。况且，这也是他们个人抗敌行为中的一次大胆尝试。

正因如此，比尔鼓励大家继续这样做。

绝境重生　影响贝尔一生的探险家故事

* * *

1943年秋天，比尔发现自己在立陶宛集中营里。在这里，他又一次参与了挖隧道的工作，这次他足足挖了45.72米。通过这条隧道，比尔和另外五十名难友一起逃到了立陶宛乡下。其实无论是逃跑还是躲藏，对身体的要求都非常高，但无论是数月的隧道挖掘的体力工作，还是严重的食物短缺，以及在冷藏室里的长期损伤，都使比尔状态不佳。

后来，比尔这样描述他在未知的立陶宛乡间的经历：非常恍惚，犹如一场噩梦。当时他非常虚弱，还不得不穿过湍急的河流，然后穿着又湿又冷的衣裳睡觉，湿衣服冻坏了他的关节，令他元气大伤。

夜晚会带来可怕的、诡异的幻觉，使他从睡眠中惊醒。他感到严重的眩晕和呼吸困难。当他穿过危险的沼泽地时，不得不跟着羊蹄印前行，以免掉进去。

他并没有走很远，而是晕倒在了一处农舍外。当他醒来时，他已经被一群立陶宛农民用干草叉扎伤了。他们质问他是不是德国人或者苏联人。

如果这些立陶宛人相信比尔是德国人或苏联人，给他的待遇想必不会比盖世太保强。尽管疲惫，比尔还是告诉他们，他既不是德国人，也不是苏联人，甚至都不是英美人，他是得克萨斯人！那些农民从未听说过"得克萨斯"这一地名，便放下心来，视他为朋友，并让他在村子里住了几天。然后，他们将他送上往波罗的海去的路。比尔希望，他能够在波罗的海边偷一艘小船，然后继续逃跑。

他终于到了波罗的海，甚至还顺利找到一条船。但是，他接下来犯了大错——他找到旁边正在菜园里翻土的立陶宛农民，请他们帮自己开一下那条船。他告诉他们，自己是一名在逃的美国飞行员，身后有可恶的德国人在追他。

农民们面面相觑，然后告诉比尔一个坏消息：他们根本不是立陶宛农民。他们是德国兵，比尔正站在他们的菜园上。

下一站，比尔被送到了当地的盖世太保手中。

* * *

盖世太保全副武装地把比尔送到了纳粹的中心——柏林。在那种地方，比尔真是凶多吉少。

盖世太保当然想处死他。不同以往，考虑到之前已经杀死了数百万人，他们现在想做得更"合法"。所以他们把逃跑专家比尔·阿什送上法庭审判。幸运的是，此时轴心国越来越被动。1943年冬天，柏林一日之内就受到约两千吨弹药的轰炸，此时的纳粹已无力继续审判。因此，在另一队全副武装士兵的押运下，这位冷藏室之王如英雄凯旋般，又来到了卢夫特三号战俘营，然后被直接推进了冷藏室。

与此同时，又发生了一件奇事：比尔被继续单独囚禁，而这救了他一命。当比尔·阿什独自一人被关在冷藏室里时，卢夫特三号战俘营又拉响了囚犯出逃警报。这就是电影《大逃亡》的原型，后来好莱坞上映的剧情天马行空。（后来比尔苦笑着说，他所有的逃跑经历中，都从未发生过电影里的情形：当你需要的时候，忽然身边就出现了一辆摩托车！）

那次大逃亡一共跑了五十个人，不幸的是，他们又全部被抓回来了，而且都被执行了死刑。这一次，幸运之神降临在了威廉·阿什（比尔·阿什是威廉·阿什的缩写形式）身上，他正被独自关在冷藏室里，未能参与这次逃跑。

虽然他多次企图逃跑，而且一直受到德国空军和盖世太保的殴打——这些人随时可以无所顾忌地要了他的命，比尔还是熬过了战争，将自己的经历娓娓道来。

比尔的故事很值得一讲，因为它向我们传达了一些具有深刻寓意的东西。

在我们的日常生活中，我们都会遇到恶霸和暴君型的人，希特勒及其纳粹军团不过是这种极端的代表，有时反抗他们是很不容易的。威廉·阿什的故事提醒我们，坚持、智慧和勇气具有多么重要的价值，这些品行可以在我们的人生跌入谷底时帮我们爬上来。

比尔是一盏长明灯，他告诉我们，恶人不可能永远压迫好人，好人最终会取得胜利。虽然，其中也会有一点运气的成分。

13

怀伯尔：赌上性命去登顶

EDWARD
WHYMPER

每到夜深人静，我眼前都会浮现出与我一同攀登马特峰的同伴们。

—— 怀伯尔

13 怀伯尔：赌上性命去登顶

时间：1880 年 2 月 18 日。

地点：南美安第斯山脉中的科多帕希火山——世界上海拔最高的活火山。一个男人抓着同伴的踝关节，悬在火山口边缘。

在他脚下 365.76 米的地方，是滚烫的岩浆和大火。

这种情况下，一般人都希望能有更多的安全保障措施，而不是仅仅抓住朋友的腿。

不过，怀伯尔可不是普通人。他热爱探险，哪怕发生过悲剧。

不登山的时候，他是一名图书插画师，过着平静的生活。他文静的外表下，却隐藏着钢铁般的意志，正是这种意志使他踏上了史诗般宏大壮阔的冒险征程，从南美洲崎岖的山脉和火山区，到格陵兰岛冰封的无人之境，他的足迹遍布全球。

在他所有的探险中，最有名的无疑是他第一次登顶马特峰。这是一个关于坚持和勇气的故事，也是一场关于灾难的故事，因为荣耀往往是与危险和牺牲共存的。在登山的过程中，不仅上山时需要智慧和谨慎，下山时更要格外小心。

马特峰位于意大利和瑞士之间，与艾格尔山一起直插云霄，犹如两座高大的岩石金字塔，是阿尔卑斯山中最令人印象深刻的两座山。马特峰犹如塞壬女妖，美丽却危险，多年来，它试图夺去每一个慕名而来的登山者的生命。

这座山异常陡峭艰险，以至于连冰和雪都只能在上面形成斑块，还会时时发生雪崩，白雪和岩石一起滚滚而下。它的位置和高度决定了这里的天气多变且恶劣，上一刻还能登高望远，转眼间便已风雪迷人眼了。

在这座山，暴风雪比别处更猛烈，冰针会直扎在脸上然后爆裂。下方的冰川中，曾有大冰块被直直向上吹起，冰块的边长可达 30 厘米。

即使如此，这座山仍深深吸引着游客和登山爱好者们。游客喜欢这里，因为此处风景壮美，而登山爱好者不同，他们看中的是危险。即使现在，仍会时不时有人因攀登这座山而丧命。他们的遗体留在那冰封的峡谷中，伤痕累累，满是鲜血，永远都不会有人看到。

但对大多数登山爱好者而言，一座山愈是危险，吸引力反而愈大。马特峰犹如一个巨大的挑战，等待着被人征服。

如今，登山者们已经有了绘制详尽的地图，在一些较为困难的路段甚至安装了固定绳索。但是情况并非一直如此。在 19 世纪中叶，许多人都会去挑战马特峰，却没有一个人成功。

这是攀登阿尔卑斯山脉的黄金时代。勇敢的登山者们尝试征服阿尔卑斯山脉中最难攀登的山峰。到了 1865 年，马特峰的顶峰仍是人类所不能企及之处——这并非因为缺乏尝试。

年轻的怀伯尔第一次注意到马特峰是在 1860 年，那时他被派到阿尔卑斯山，为一套书制作阿尔卑斯山风光的插画。这是他第一次来到这里，很快，他就对登山运动着了迷。

怀伯尔的第一个登山目标是佩尔武山，在他之前，曾有一名被称为邦尼教授的登山者在这里失了手。1861 年，怀伯尔登顶了佩尔武山，这令他看清楚了一个事实：他在这项运动上颇有天赋。凭借自己的简单登山装置和孜孜不倦的登山热情，在征服了佩尔武山之后，怀伯尔又登顶了好几座阿尔卑斯山脉中的名山。

有一座山，却一直没有被他征服。

*　*　*

当时，在意大利和英国的登山者们之间，存在着激烈的竞争关系。他们不光是想要征服崇山峻岭，还一心想要打败对方。

和怀伯尔同时代的英国登山者们几乎包揽了大部分阿尔卑斯山脉中的险峰，唯独不能征服马特峰。于是，一队意大利登山者便决定通过征服这座山，来增加国家荣誉感。

让-安托万·卡雷尔是意大利队的登山者之一。从1861年到1865年，他和怀伯尔从马特峰的西南山脊进行尝试，这是当时最广为接受的登顶方式，但他们都没有成功。

早期登山者们使用的装备也值得一提。如今的登山运动员有超轻、可靠、测试过的装备，怀伯尔则没有。当时，他的装备就是几卷粗线圈（很重）、粗麻绳、一根"登山杖"（对你我而言，只是结实的棍子）、羊毛手套和钉头靴子（他不喜欢冰爪），一顶帆布帐篷（也很重），以及一个"苏联式火炉"或者简易酒精灯，既用来照明，也用来取暖。

有了这些，怀伯尔就上路了。

有一次，怀伯尔想要试着独自往上攀爬，险些丢了性命。他在一块特别危险的岩石上滑倒后，沿着四十五度的斜坡滚了下去。他撞上了一些岩石，滚出了边缘，掉进了沟里，重重地磕在了岩石和坚冰之上（当时没有现代的头盔）。他又继续往下滚了超过18.29米，直到被一块大石头拦住，他才猛地停了下来。

怀伯尔被摔得狼狈不堪，身上有超过二十多道伤口，并且伤口很深。伤得最重的部位当属他的头部，鲜血顺着伤口往下淌，使他看不清东西，然后流到他的皮肤和衣服上，最后把白雪染成猩红一片。

他用一大块硬的雪使劲儿压住脸上的伤口，否则他很快就会失血而死。

出血被控制住了，怀伯尔才得以坚持活着下了山。

回到采尔马特后，怀伯尔把用粗盐和酸葡萄酒调成的混合物涂在了自己的伤口上，痛苦可想而知。

后来，怀伯尔又一次尝试攀登马特峰。他们一行人到半山腰时，遇上了风暴。他们只得顶着狂风搭起帐篷，坚持了二十六个小时。他们与外面的恶劣天气只隔着一片帆布，最终他们不得不返回，也因此活了下来。似乎无论怀伯尔怎样尝试，都无法成功攀登。

到1865年，怀伯尔一共试着攀登了马特峰七次，都以失败告终。但是，那些登山者的意志非常坚定："跌倒七次也没有关系，爬起来开始第八次。"怀伯尔是不会被打败的。

那时，每个登山者都希望能够成为第一个登顶马特峰的人，这大大增加竞争性和保密性。在所有的登山者中，怀伯尔无疑是最痴迷的一个，他的一个对手说："那家伙似乎就是为了马特峰活着。他虎视眈眈地不肯放弃任何机会。"

怀伯尔的这般行为，也许有些人会说他是强迫症，另一些人则认为他跳出了思维定式。

马特峰的西南山脊是所有登山者的"滑铁卢"，但它真的是唯一的路吗？

当时没人想到从荷恩莉山脊上去，这条路看上去艰险陡峭，却是一条可行之路。

怀伯尔想到了。

虽说从下面看起来，这条路险峻异常，可是走近了看又是一番光景，这也是怀伯尔考虑走这条路的原因。人们认为怀伯尔疯了。然而怀伯尔并不在意，他决定试试。

另有六个人也加入了怀伯尔的登山队，其中有三个英国人：洛德·弗朗西斯·道格拉斯、查尔斯·赫德森和道格拉斯·哈多；一名法国人：米歇尔·克罗；两名向导（他们是一对父子）都叫彼得·陶格瓦尔德。1865年7月13日，他们一行人从采尔马特出发了。

到了中午，他们已经爬到了海拔3352.8米的地方，目前一切顺利。他们搭起帐篷，一直等到了第二天早上。天还没亮，他们就收拾好了行李。等能看清路时，他们便开始最后的攀爬。此时自然条件很好，新路线也很顺利。13点40分，他们成功登顶。

他们在山顶逗留了一个小时，沉醉在成功中。欢乐的时光总是易逝，此时的他们欣喜若狂。虽说此处还不算世界之巅，却也相差无几。

然后他们便往下走了。情况就是从这时急转直下的。

登上马特峰时还算容易，往下走却异常困难。

它似乎在向登山者们说：它不会被轻易征服。

* * *

也许这就是乐极生悲。他们太累了，或者只是运气太差。

在怀伯尔的指挥下，队员们用绳子将彼此连在一起。这是早期登山者通过反复尝试总结出的经典技巧。绳子可以防止队员因滑倒而坠入山谷。然而，这一安全措施的有效性取决于他们是否能够保持绳索的紧绷状态。

这种做法的缺陷是：如果绳子没被拉紧，而有人跌落下去，就会导致所有人被拽下去，犹如多米诺骨牌。

克罗领头，然后是哈多、赫德森和道格拉斯，再来是那对做向导的父子老少彼得，怀伯尔最后。在他们下山的路上，排在第二个的哈多（也是他们中经验最少的一位）突然滑倒，更致命的是，那段的绳子也一下子松下来。

哈多滑倒时撞向了领头的克罗。随着他后面的绳子一下子拉紧，赫德森和道格拉斯也被拉下了山崖。

这一切都发生在数秒之内。但在这危险的山上，时间都是按秒计算的。

绳索上方的怀伯尔和两位向导听到了下面同伴们的绝望尖叫。他们立刻紧紧抓住岩石。

可惜，幸运女神不再眷顾他们，绳索的重量超出了负荷。

掉下去的几个人太重了。

绳子变得紧绷。一两秒钟后。

绳子断了。

怀伯尔愣在那里，吓呆了。他在高处看到克罗、哈德森和道格拉斯跌落山崖。

他们张着手，想要抓住点什么来阻止坠落。

可是根本没有可抓的东西。

绳子断了，怀伯尔和剩下的两名同伴无力回天。

只能看着。

一个接一个地，怀伯尔的四名同伴相继跌出了他的视野范围。怀伯尔只能眼睁睁地看着他们跌向深渊，无能为力。

坠落的高度约1219.2米。

在坠落的过程中，幸存者能够听见下面的回声，都是些单词，那是克罗在喊。

"不！"

* * *

"不！"

此时，怀伯尔明白了：想要登顶马特峰并非不可能，但需要付出巨大的代价。

在那些一起进行大规模探险的人之间，存在着一种特殊的情谊，是日常中很难找到的，同志般的情谊。因此，在探险中失去某个同伴，是难以形容的残酷打击。它使得胜利变得苦涩，变得空洞。

怀伯尔和两名向导怀着沉痛的心情又继续下山。他们一边走，一边喊着那些跌落悬崖的人的名字。其实他们心里很清楚这都是徒劳，从那么高的地方掉下去，绝对没有生还的可能。

登山者们直到次日才到达采尔马特。他们完全没有凯旋的荣耀感。事实上，只有争议。有人说他们当时是为了保住自己故意剪断绳索，说他们不仅不对自己的同伴出手相救，还狠心地背叛他们。这些话对怀伯尔来说太残忍了，他可是个为了登顶，不顾危险的人。

这次苦涩的成功并没有浇灭怀伯尔登山和探险的激情。但是，他再也没有攀登过阿尔卑斯山脉中的任何一座山。之后的几年里，他几乎未再提及那段使他声名鹊起的登顶经历，或许是因为这件事同样让他背负了恶名。

他每晚都会梦到那些因跌落悬崖而丧命的同伴，在梦中，他看着他们离去，看着他们死亡。1911年，71岁高龄的怀伯尔离开了人世，他被安葬在沙莫尼。那里距马特峰不远。马特峰是怀伯尔取得一生中最大成就的地方，也是他梦魇般的伤心地。

时代在变，人也在变。但山不会变，至少在人的有生之年不会。马特峰至今仍是一个巨大的挑战。自从怀伯尔及其团队在一百五十年前首次登顶以来，已有超过五百名登山者在此遇难。

在我看来，怀伯尔给我们敲响了警钟：在极端条件下，我们更应保持高度警惕。一旦放松了戒备，我们就会付出惨痛的代价。或许你已经站在了人生的顶峰，但山峰并不会在意你是在攀登途中还是下山路上遭遇了不测。骄傲自满往往会让人陷入危险。记住，当你感觉最为虚弱无力的时候，恰恰是你最需要小心翼翼的时刻。

怀伯尔曾说过一句堪比真理的话:"如果你喜欢,可以去登山,不过请牢记,如果你不够谨慎,那么无论你有多么大的勇气和力量,你都不会成功。在登山时,千万别匆匆忙忙地做事情,要看一步,做一步,从一开始就要全盘考虑。"

他的话,不仅是在登山时有用,也同样适用于我们的日常生活。

14

乔治·马洛里：因为山在那里

GEORGE
MALLORY

面对战争,我知道自己必须强大,我得把身上的每一分力气都挤出来才可以。

——乔治·马洛里

尼泊尔人把珠穆朗玛峰称为"天空中的女神",而"珠穆朗玛"几个字原是从藏语中音译过来的,意思是"大地之母"。虽然被赋予女神和母亲的美名,但是这座山却更像一座大坟场。

这种说法并不奇怪,因为珠穆朗玛峰海拔极高,空气稀薄,滴水成冰,会让人肌肉酸痛、大脑疲倦,甚至渴望死亡的到来。在登顶珠穆朗玛峰的过程中,最后一段路被称为"死亡地带"。在这里,身体会进入坏死的状态,事实上,这时的人已经开始走向死亡了。

登山者要决定是继续前行,还是掉头返回,因此有这样一种说法:登顶珠穆朗玛峰的战斗,很大程度上是在登山人缺氧的大脑中展开的激烈较量。这也是为什么到山顶的路上有很多尸体,他们都是没有成功的人。

戴维·夏普的遗体躺在非常接近山顶的地方。2005年,他几乎就要成功了。即将登顶时,他停下来稍微休息了一会儿,在很短的时间里,就在他坐下来休息的地方,他被冻僵了。后面的一些登山者从他身边经过,举步维艰,更不用说带着他一起走了。

此时,夏普的四肢都已经冻僵了,但他还能轻轻呻吟。后来的登山者们把他挪到阳光下,他们只能帮他到这儿了。

直至今日,戴维·夏普仍坐在那里——一具穿着登山装的冰冷尸体。他的双手放在膝盖上。对任何前往峰顶的人来说,这都是一个可怕的里程碑。

因为这里很冷,大部分遗体都保存得很好,不过也有一些人死在海拔较低的地方,变成了骷髅。他们仍穿着衣裳,头骨露在衣服外面,带着一种骇人的微笑，而雪花则静静地堆积在他们空洞无物的眼窝里。

也有一些遗体在风和阳光的干燥下变成了木乃伊。还有一些人，由于他们脸朝下，只能根据衣裳辨认他们。例如，其中有一具遗体绰号"绿鞋"，他是一名印度的登山者，死于1996年，身上唯一的识别方式就是他鞋子的颜色。

截至目前，已有超过三百人死于攀登珠穆朗玛峰的途中。尼泊尔的法条规定，这些登山者的遗体应该被好好安葬，事实上这很难做到。不过，让他们长眠于这座山里反而更合适，因为这象征着他们对梦想不懈追求的永恒纪念。

1999年，在珠峰北面海拔高达8129米的地方，有人发现一具遗体——完全没有腐烂，冻得像石头一样，皮肤因阳光而变得雪白。这具遗体朝山顶匍匐着，仍旧有完整肌肉的手臂高举过头，指着大山之巅。当时，这具遗体已经和地面冻结在了一起。

他右腿的两块骨头折了，手肘脱臼，还有几根肋骨也骨折了。在他的颅骨上有个洞，很可能是被冰镐打的。想想看，那得流多少血啊。

在他的衣服里有一张名片，上面印着：乔治·马洛里。

发现乔治·马洛里冰冻的尸体是革命性的。不仅仅是因为马洛里尝试登顶——他比埃德蒙·希拉里早了将近三十年。这是人类历史上一次鼓舞人心的壮举，同时也是"天空中的女神"最引人入胜的谜团之一。

* * *

乔治·马洛里出身于神职人员家庭。小时候，他颇具数学天分，不仅考上了温彻斯特学院，还获得了奖学金。读书期间，一位老师向他介绍了登山运动，在跟着老师去了一次阿尔卑斯山之后，他的人生轨迹悄然发生了变化。

1905 年，乔治考上了剑桥麦格达伦学院，在那里主攻历史学。他是个才华横溢、聪明过人、风趣机智的年轻人，结识了鲁珀特·布鲁克、约翰·梅纳德·凯恩斯和利顿·斯特雷奇等人。毕业后，乔治前往切特豪斯公学担任教职，其中一位学生便是扬·罗伯特·格雷夫斯。格雷夫斯在回忆乔治时感慨道："切特豪斯公学未能充分利用老师的卓越才华。他费尽心力，试图以温和友善的方法来管理班级，然而，这里给予他的反馈却只是困惑与愤怒。"

格雷夫斯并非乔治的唯一崇拜者。利顿·斯特雷奇也这样写道："他兼具波提切利画作中的神秘气质，中国画般的精致细腻，以及一个英国男孩难以言喻的青春活力与俏皮。"

登山诗人杰弗里·温思罗普·扬根据《亚瑟王之死》的作者托马斯·马洛里爵士的灵感，给他起了"加拉哈德"（Galahad）的昵称。这足以表明，在乔治真正攀登珠穆朗玛峰之前，他早已在众人心中树立起浪漫的形象。

不过，这些诗情画意却掩盖了乔治的冒险精神。他对登山的兴趣持续不断，最终成为一名成就卓越的阿尔卑斯登山家。阿尔卑斯山绝非儿戏。马洛里征服了许多山峰，包括著名的勃朗峰。但后来，世界大战爆发了。

战争开始后他一度想要上战场。但是，他们学校的校长遵从战争部长基奇纳勋爵的指示，不允许教师离开他们的工作岗位，没有批准他的请求。所以，当他的好朋友（比如鲁珀特·布鲁克）和学生（比如扬·罗伯特·格雷夫斯）奔赴前线的时候，马洛里被迫留在戈德尔明的舒适环境中。后来，他遇见并娶了露丝·特纳，她住在查特豪斯附近。可惜，他们新婚的幸福时光被欧洲战场上发生的种种事情所破坏。

马洛里的很多朋友和熟人都死在了前线恶劣而残酷的战壕里。到了 1916 年，他再也忍受不了这种痛苦，不惜违背基奇纳勋爵的要求公然参军，奔赴西线战场。

前线的各种惨状令他仿佛进入了另一个世界。他在一封寄回家的信中写道:"只要尸体尚未腐烂,我就并不怕看到他们。但是伤员就不同了,我每看到受伤的人,就会感到痛苦。"

马洛里熬过了战争后,又返回原学校继续任教。此时他对登山的热情有增无减,他的冒险热情也愈发高涨了。因此,1921年,当英国远征科考队受到珠穆朗玛峰委员会资助,尝试登顶世界最高峰时,马洛里积极投身于这次探险活动之中。

这一次,英国远征科考队并未成功登顶。次年,马洛里又进行了一次尝试,这一次他是跟着由查尔斯·布鲁斯准将带队的科考队去的。这一次他虽未成功登顶,却创造了在无氧气补给的情况下攀登了8223米的纪录。

同年,他又进行了第三次登顶珠穆朗玛峰的尝试,却还是以失败告终。至此,马洛里已成了名人。《纽约时报》记者采访他,为什么想要登顶珠穆朗玛峰。他的回答成了后来登山界的名言。因为这六个字说出了许许多多登山探险者的心声:

"因为山在那里。"

1924年,乔治·马洛里进行了他的第四次也是最后一次登顶珠穆朗玛峰的尝试。他已经三十七岁,这很可能是最后一搏了。他答应妻子露丝,如果他能够登顶,他一定把一张她的照片留在那里。

然后,他就雄赳赳气昂昂地出发了。

***

他的开局很好。6月7日,马洛里从大本营寄来一封信:"天气很好,非常适合我们的工作。"

他们确实需要这样的好天气。

那时的登山者还没有超轻登山服和其他优良设备,因此受到很多客观条件的制约。他们只有粗花呢和棉布衣裳。现代登山者肯定不会选择穿着1924年款式的靴子来完成这项任务。但这一次，马洛里决定带上了一些比较原始的氧气补给设备。这些设备相当沉，但经验告诉马洛里，它们必不可少。

1924年的攀登探险仍和1922年一样，是由查尔斯·布鲁斯带队的，马洛里的搭档是安德鲁·欧文。在他们后面是马洛里在学校里的同事诺埃尔·奥德尔，他是个地理学家，在本次行动中负责支援。

没人清楚地知道接下来究竟发生了什么。马洛里和欧文无法联系上走在前面的伙伴了。他们再也没有回来。但是，我可以根据自己攀登珠穆朗玛峰的经验，谈谈他们可能遇到了什么。

珠穆朗玛峰的顶部非常危险。冰上的巨大裂缝会毫无预警地把人吞下去。

我曾亲身遭遇过这样的事情。如果当时我没有拴保护绳索，可能就是这座山的牺牲者之一。就算有绳子保护，我还是在两个同伴的帮助下才得以脱身。如果我是一个人遇到这样的事，生还的可能性极小。

如果在"死亡地带"出现了氧气补给耗光的现象，你马上就会精神错乱，然后昏睡，最后是死亡。另一方面，沉重的氧气瓶虽然能保证生存，可背着它也是个负担。不过，和氧气带来的好处相比，这些额外的重量就显得可以接受了，因此一定要携带氧气瓶。况且在1942年，氧气瓶可比现在沉多了。

然后是常见的冻伤。直至今日，每到冬季，我在攀登珠穆朗玛峰时留下的冻伤仍会发作。先是麻木，紧接着，大量血液涌入纤细的毛细血管，给我带来难以忍受的剧痛。

在海拔高的地方，人会失去消化食物的能力。事情开始变得越来越糟。进入死亡地带就像给身体安装了定时炸弹，如果在那里待太长时间，人一定会死亡，无论你是何方神圣。

即使有现代的天气预报，天气也难以预测。更何况在 1924 年根本没有天气预报。在珠穆朗玛峰，狂风的力量足以把一个人吹起来——遇到这样的情况只能下山。

而且，在海拔这么高的地方，人的身体会感到疼。

很疼。

每一块肌肉都在喊疼。

肺像是在燃烧。

四肢感到极度的寒冷。

你头痛欲裂，干燥的空气使得嘴和喉咙感到刺痛。

真是疯狂的折磨啊！你会发现，你愿意付出一切代价，只要可以停下来就好，就像是山本身在劝你放弃。随着空气越来越稀薄，温度越来越低，它让你感到仿佛对周围的一切都失去了兴趣，什么都不再重要了。

珠穆朗玛峰的这些恶劣条件，会让人觉得死亡也是种解脱。

你必须战胜这种想法。你必须竭尽全力去战斗。

我攀登珠穆朗玛峰时，拥有马洛里和欧文都没有的优势——合脚的鞋子，完备的登山装备。我还有联络设备，可以用来和山上的其他人联系。而且，我对"在极端天气环境中人体的反应"有比他们更深刻的认识，更别提我还有准确的天气预报，还能和家人不时联系。我觉得，那些早期的登山者的情况真的是太恶劣了。

我可以看到马洛里和欧文咬紧牙关，他们的思维被大山锁住，大山吸走了他们的生命力、能量和取胜的意志。更何况，他们都是各自行动！

历史和科学都告诉我们，尽管马洛里和欧文离山顶可能只有一步之遥，可按照他们的方式，可能永远也无法成功登顶。二十九年后，埃德蒙·希拉里和登津·诺盖终于征服了世界最高峰。

毫无疑问，马洛里和欧文在珠穆朗玛峰的险峻斜坡上遇难了。在英国，他们因勇敢的尝试而成为国家英雄，甚至为他们在圣保罗大教堂举行了一场由首相拉姆齐·麦克唐纳和国王乔治五世出席的追悼会。

但是，历史和科学真的能解释一切吗？又或者，乔治·马洛里的故事背后是否还有更多不为人知的部分？

* * *

诺埃尔·奥德尔是马洛里和欧文的协助者，就跟在他俩后面，在6月8日抵达了海拔7924米的地方。他从所站之处眺望珠穆朗玛峰，有片云刚好遮住了他的视线。后来他回忆说："积雪之下是崎岖的山脊。在一小片积雪之上，一个小黑点出现了。不久，另一个黑点也愈发清晰，它在雪面上缓缓向上移动，直至与先前的黑点汇聚一处……"

在珠穆朗玛峰的上部分，有三个明显的岩石和冰凌突出部分。它们被称为第一台阶、第二台阶和第三台阶。很多人认为奥德尔的那段话是在描述第二台阶到第三台阶之间的景象，也就是说，走在他前面的马洛里和欧文其实已经非常接近峰顶了。

在他们倒下去之前，他们真的已经离山顶只有一步之遥了？

从怀伯尔的故事中，我们已经明白了一个道理：下山和上山一样危险，一样容易丧命。

我们知道，马洛里鼓足了所有的勇气，不惜一切代价地去攀登珠穆朗玛峰。等待他的，唯有两种可能——胜利归来，或是铩羽而归。

随着马洛里的遗体被发现，我们也了解到一些其他情况。

那天下午不到一点，奥德尔就看到马洛里和欧文向顶峰走去。毫无疑问，在那个时间段，他们必须戴着护目镜，避免患上雪盲症。但是，马洛里的遗体上并没有戴着护目镜，周围也没有找到。

他的护目镜竟装在衣服口袋里！

这是否意味着他是在夜晚下山的呢？毕竟那时已不再需要护目镜。这一推测得到了许多人的赞同。

还有，马洛里曾答应他太太，如果真的能够登顶，就会在那里留下一张她的照片。这也就意味着当他离开营地时，身上会带着照片。当发现他遗体的时候，这张照片应该也还能找得到。

但他身上已经没有那张照片了。

想象一下，如果马洛里真的成功登顶了珠穆朗玛峰，那该是多么浪漫的一件事啊！

也许，他太太的照片曾一度出现在那片寂寞、寒冷又美丽的地方，直到被风吹走，或被雪掩埋。

也许那时，她的先生还活着。

这些目前都无从得知。或许将来的某一天，我们能够找到欧文的遗体以及他们所携带的相机，相机里或许保存着他们在峰顶拍摄的照片，又或许没有。

目前只有珠穆朗玛峰才知道答案。但是，这位"天空中的女神"似乎并不愿意吐露秘密。

* * *

可以确定的是，希拉里和登津是首批成功登顶又安全返回的英雄。这份荣耀将永远属于他们。而无论马洛里是否成功登顶，他在登山方面的挑战精神——与所有勇于尝试的攀登者一样——都令人肃然起敬。登顶珠穆朗玛峰，是他为自己树立的崇高目标。或许他成功了，或许未能如愿，关键是他勇敢地踏上了征途，去追寻自己的梦想。

我们每个人心中都有一座属于自己的"珠穆朗玛峰",等待我们去攀登。即便尝试攀登真正的珠峰失败了,也不必感到羞愧。攀登自己心里的那座高峰,也是如此。

这是一个讲述永不言弃,在关键时刻鼓足勇气,保持尊严前行的故事。

失败并不可怕,可怕的是缺乏尝试的勇气。

在这方面,马洛里所展现出的勇气与坚持,是任何人都无法否认的。

15

托尼·库尔茨：死亡之墙

我们必须得战胜这面"死亡之墙",否则,它会要了我们的命。

——托尼·库尔茨

艾格尔山。

"艾格尔"在德文中是"食人狂魔"的意思。对于登山者而言，它所引起的恐惧和敬畏之情，实在是难以用言语形容。如果登山人不会因此感到恐惧或敬畏，那在这场登山竞赛中，他已经输了。

这座山高达3962.4米，位于瑞士的阿尔卑斯山脉中，从登山运动兴起，它就一直吸引着意志最为坚定的登山者前来挑战。并非因其高度，而是因其苛刻至极的攀登难度，它成为少数几个在登山者圈子外也赫赫有名的山脉之一。

艾格尔山与珠穆朗玛峰、马特峰和乔戈里峰齐名，其名声之大，连小孩都知道。他们还知道，这里有世界上最可怕、最难攀登的路线之一：北壁。

德国人将艾格尔山的北面称为"北壁"。到了20世纪30年代，因其极端的危险性，德国人称之为"死亡之墙"。

在这里，我并不想给读者讲发生在1938年，一支勇敢的德澳联队终于战胜了"北壁"，成功登顶艾格尔山的故事。我要讲述的，是1937年登顶失败的故事。故事颇具警示性，它告诉我们，在极端条件下，比如，当一个人为了活命而与大自然搏斗的时候，光有勇气是远远不够的。

我还想要通过这个故事告诉读者，大山有很多种可怕的方法，能够夺走登山者的生命。

* * *

当时，托尼·库尔茨还是一个年仅二十三岁的英俊男生。1936 年 7 月，他决定和另外三名伙伴威利·安格雷尔、艾迪·赖纳和安德烈亚斯·希特斯托伊斯去尝试从"北壁"登顶艾格尔山。

他们都是体育明星，所取得的成就足以登上报纸的头版头条。

在启程的那一天，很多观众携带望远镜聚集在山脚下，目睹这场挑战极限的刺激活动。

这四个人深知，如果征服了"北壁"，他们就会成为大英雄。于是，他们出发了。有人曾听到他们对当地登山者说："既然你们自己爬不上'北壁'，就由我们代劳好了。"

这样的态度可不适合登山。如果我们不对大山心怀敬重，大自然就会教育我们，而这往往会令我们付出惨重代价。

一开始，他们两人一组往上走，不久，他们四个人便用绳索互相连在一起。之所以做出这个决定，不仅仅是为了登山，也表明大家是一个整体。若以后真取得了成就，都是四人共同的荣耀。

既然同甘，自然也要共苦。

刚上路时一切都非常顺利。他们依次走过第一冰原和第二冰原。这是"北壁"中地势比较低的部分，很多观看过艾格尔山的人都有所了解。不久，"北壁"便向他们发出了严重的警告。

那一天很暖和，这并不是好事。太阳光照在冰面上，会导致冰雪融化成水从悬崖上倾泻下来，岩石和冰块也会一起滚落。这也是"北壁"如此危险的重要原因。

一块小石子犹如子弹般砸到安格雷尔的头部一侧。他还活着，但流血得很严重。安格雷尔无奈落在了队伍后面，赖纳便留在后面照顾他。

不久后，安格雷尔包扎好了伤口，他们认为安格雷尔的伤没有严重到必须中止本次行动，可以继续前进。

虽然发生了小插曲，但是他们的第一天还是取得了很好的进展。到了夜幕降临，安营扎寨的时候，他们已经走完了"北壁"的一半路程。

第二天早上，到艾格尔山看四人小组登顶的人反而愈发多了。人们已经知道安格雷尔受伤的事情，所以他们想也许会看到四个人气馁而归。但是，库尔茨一行并未退却，而是继续前行了。

显而易见，安格雷尔已经体力不支。即使如此，到了晚上，他们抵达了第三冰原。当晚，他们便在那里过夜。

次日，观众们看着库尔茨和希特斯托伊斯走向了素有"死亡营地"之称的地带。他们的另外两名同伴安格雷尔和赖纳并没有一同前行，他们被安格雷尔的伤拖住了。

尽管库尔茨和希特斯托伊斯距离成功只有一步之遥，但他们最终还是未能如愿以偿。

或许，你会说他们一开始就怀揣着从"北壁"登顶的雄心壮志，显得有些过于自负，但不可否认的是，作为并肩作战的登山伙伴和挚友，他们始终把安格雷尔的生命安全置于成功登顶之上。与此同时，艾格尔山给了他们一个深刻的教训——为人处世需谦逊，并且在关键时刻学会迅速做出决断。当安格雷尔无法继续前行时，他们毫不犹豫地选择了放弃登顶的梦想，齐心协力确保安格雷尔安全返回山下。

现在，在距离登顶只有一步之遥的时候，他们全部选择了返回，保护安格雷尔下山。

如果你看过本书前面所讲的怀伯尔等人的故事，应该知道下山往往和上山一样危险，甚至可能更危险。帮助一个受伤且虚弱的同伴从艾格尔山陡峭的"北壁"下来将是一项艰巨的任务。

起初，他们似乎能够轻松应对挑战。第二冰原是一片辽阔且坚实的雪坡，他们很快就穿越了这片区域，围观者因此觉得没有难度。然而，当他们抵达被称为"岩石阶梯"的地段，这里是通往第一冰原的必经之路时，他们的行进速度明显放缓。到了接近第一冰原时，他们不得不在此停下，露营过夜。

那天他们才走了304米，后面还有1219米。

如果第三天他们还被困在"北壁"，还带着一名伤员，那就太可怕了。事到如今，他们身上又湿又冷，已经没力气了，可他们深知，明天他们必须带着他们受伤的同伴走过"横切"和"艰难裂缝"等地，每个人都明白，这将是他们一生中最艰难的攀登——比他们原本的登顶目标要困难得多。

这段路走得好，他们会一举成名；走不好，也许就会要了他们的命。

天亮了，下面的观众通过望远镜看着这四个人从营地中走出来。四人以合理的速度穿过第一冰原，看起来挺顺利。但在他们前往"横切"时，天气骤变。看来，艾格尔山并不想放过他们。

在"北壁"，浓雾弥漫开来，把他们团团困住。天上开始下大雪，冰块和岩石开始顺着山坡滚落。

乌云笼罩着"北壁"，岩石表面温度急剧下降，流动的水变成了硬如子弹的冰。山下的人偶尔才能看见他们的身影。

对登山者而言，条件已经恶劣到极点。他们必须拼命抵御寒冷和狂风，为了求生紧紧抓住陡峭的岩壁。残酷的现实摆在眼前：他们将很难顺利下山，更不用说带着受伤的伙伴了。

当云层散开时，围观的人终于可以看到他们了。前三名登山者正努力想要走过"横切"，而受伤的安格雷尔落在了后面。

然后乌云再次笼罩了他们。

等云雾再度散去，人们发现三名未受伤的登山者已经放弃了"横切"那条路，原因是那里被危险的冰层覆盖，根本无法通行。他们整个上午都在努力尝试，结果只是让自己的体力更加透支。无奈之下，这些被困的登山者只能另寻下山的路径。

问题是，从他们所在的位置到山脚下，除了"横切"之外，仅剩下一条可行的路。

那条路几乎是直上直下的。

* * *

俗话说："两害相权取其轻。"他们选这条路正是基于这个考虑。尽管如此，这条路确实充满了危险。

如果选择这条路，就意味着他们四个人（其中一个还带着伤势）得沿着陡峭的山体，拽着绳子一路下滑213.36米，这么长的距离，他们甚至无法一眼望到终点，这无疑是一个极其漫长且艰难的下降过程。

有些地方岩石凸起，而攀岩者不得不硬着头皮在这里固定绳索，他们被迫用绳索下降，而绳索可能无法将他们带回岩壁。如果遇到了这种情况，接下来的绳子该系在哪里以便继续下滑，就成了他们面临的一个大难题。

他们没有通信设备，更没有导航，根本无从判断路线是否可行，实际上他们就是在盲目地进行速降。与此同时，岩石和冰块如同保龄球撞击瓶子般，随时可能向他们砸来。

在暴风雪中，采用这种方式尝试下山无异于自杀。可是他们别无选择。

他们只能孤注一掷。

起初，他们顺利地推进了这个不可能完成的任务。底下的围观者听到他们四个在此起彼伏地喊"一切顺利"。待他们下降了一段距离之后，他们的声音愈发兴奋起来，好像已经胜利在望了。

在那之后的一段时间里，厚厚的云层将他们四人遮掩得严严实实，因此我们只能尽力拼凑起那些零碎的信息，来还原随后发生的悲惨事件。能够确定的是，是雪崩夺去了第一个人的生命。

雪崩带着令人畏惧的重量，无情地压在了安德烈亚斯·希特斯托伊斯身上，将他从攀岩绳索上猛然扯落。随后，希特斯托伊斯开始坠落。在那稀薄得近乎虚无的空气中，他无助地下坠，就像一具毫无生气的布偶。经过几千米的自由落体，他最终狠狠撞击在坚硬的岩石上，瞬间粉身碎骨。

希特斯托伊斯的去世无疑是对剩下的三名幸存者的沉重打击。如今他们只能相依为命了。他们只能稍后再哀悼，因为当前的首要任务是考虑如何生存下去。然而，只剩下两个人能够协助那位受伤的同伴，这无疑让情况变得更加棘手。

这种情况不会持续太久。

接下来遭遇不幸的是受伤的安格雷尔。至于具体经过，我们无从知晓，推测他可能是不慎失足滑落。原本用来救他的绳索最终勒死了他。他悬挂在半空中，变成了一具被吊死的毫无生气的尸体，让人触目惊心。

大山往往会给企图登顶的人一些残酷的教训。

而且，这样的教训还远远没有结束。

赖纳始终位于绳索的最上方，确保库尔茨和安格雷尔的安全。然而，此刻绳索下方两人（一个尚存生机，另一个已离世）的重量沉甸甸地压在他的胸部，令他感到窒息般的沉重。他无力支撑这份重量。绳索的拉力与重量不断折磨着他，直至最终，他因窒息而死。

现在，只剩下库尔茨还活着了。尽管被乌云笼罩，死神也近在咫尺，但无论如何，他还活着。

他被绳索悬吊在艾格尔山"北壁"几千米的高空，绳索的两端系着两位已经逝去的同伴。他无法向上或向下移动，也无法摆荡到岩壁上。

他只能无助地悬吊在那里，期盼着能有勇敢的人前来救他。

* * *

这里确实有山区向导，但他们的领头人不愿强迫任何人参与这次危险的救援行动。毕竟，库尔茨他们事先已经对即将面临的风险有了清晰的认识。

幸而，登山界向来是一个团结紧密的群体，向导们最终同意挺身而出，执行这次救援任务。这一举动充分展现了他们的英勇无畏，尽管他们深知这次行动有极大的危险。

向导们顶着暴风雪赶来了。他们抵达了比库尔茨所在之处低了91米的地方，在怒吼的狂风中大声呼喊着他，库尔茨也高声回应着。他向向导们讲述了自己三位同伴的遭遇，并告诉他们，从上面降下来才能实施救援。库尔茨还补充说，他在上面的岩石上留下了一些攀岩用的岩钉，向导们可以借助这些钉子下降。

但是此时已近黄昏，这样高难度的救援工作势必耗时长久。在黑暗中尝试进行救援无异于自杀。于是向导们问库尔茨："你能再坚持一个晚上吗？"

库尔茨斩钉截铁地回答："不能！"

向导们深知他们已别无选择。在黑夜中展开救援无疑是行不通的。库尔茨若想活下去，就必须设法熬过这一夜。

向导们朝他大声呼喊，告诉他明天黎明他们会返回，但在他们下降的过程中，却听到了库尔茨的声音在岩石间回响，穿透狂风：

"不！"

那真是库尔茨一生中最漫长难熬的夜晚。他痛苦地吊在绳索上，被死亡和黑夜紧紧包围。他冻伤了，而朋友们的遗体又一上一下挂在眼前，在猛烈的大风中前后摇晃。

天气异常寒冷，以至于他的靴子底部凝结了约二十厘米长的冰柱，身上的衣服也因湿透而开始滴水，随后迅速结冰。更糟糕的是，他的手套还掉了一只——这无疑是沉重的打击。库尔茨知道，他有大麻烦了。

丢了手套之后，寒冷仿佛利刃般穿透他的皮肤，生生地钻进身体里。他的手指被冻僵了，随后是手，乃至整条胳膊都失去了知觉。

与此同时，从山上飘下了粉末状的雪。

低体温症就像个无声的杀手，它在悄无声息间让人冻僵，直至无法动弹，它剥夺人的思考能力，最终消磨掉人的求生意志。然而，托尼·库尔茨绝不会向它低头。所以，当向导们次日清晨赶来时，惊讶地发现库尔茨仍然活着，尽管他的声音比昨天微弱了许多，但他依然能够向他们呼喊。

此时"北壁"的岩石上都结了一层冰，但库尔茨仍然坚持说，只有从上面下降才能实施救援。然而，向导们心里清楚，即便天气条件允许，他们也需要先请一位专业的登山者来规划下降路线。因此，四名向导决定采取从下往上的营救方案。

他们距离库尔茨已经非常近了，仅仅相隔40米左右。

由于存在遮挡物，他们无法直接看到库尔茨，但他们明白，唯一的希望在于设法获取更多的绳子以便库尔茨下降。只要他能够再下降一些距离，他们就能触到他并实施救援。

他们尝试向他投掷绳索，但绳索却仅仅飞向了空荡荡的空中，随后无力地坠落。

库尔茨别无选择了。想要活下去，他只有一条路可走。

他必须想办法让自己下降到安格雷尔悬挂的位置，并弄断那里的绳索。之后，他需要爬回到尽可能高的地方，切断自己与赖纳相连的绳索。最后，他要把两根绳索绑在一起，然后沿着这根绑在一起的绳索滑降到救援人员所在的位置。

对于一个已经精疲力竭、身患低体温症且手臂完全冻僵的人来说，这几乎是不可能完成的任务。

但"几乎是不可能"，也意味着还有一线希望。

不久后，当救援人员听到斧头砍绳子的声音时，都感到十分震惊。绳子断了，但安格雷尔的遗体并没有掉下去，因为他的部分身体已经冻在了岩石上。这一举动引发了雪崩，所幸它只是擦过向导们，并最终将冻僵的遗体从岩石上撞落。

然后，库尔茨慢慢地、痛苦地拽住上方的绳索，砍断了它。他和赖纳也永别了。

凭借着牙齿和他那只未被冻伤的手，库尔茨终于解开了绳子。此时，他已经连续工作了整整五个小时。这五个小时里，他凭借着无比的勇气和坚定的求生意志，才完成了这项艰巨的任务。

随后，库尔茨强忍着巨大的疼痛，缓慢而艰难地将刚才砍断的两条绳索重新绑在一起。以往，他几秒便能完成这样的动作。此刻，由于全身都已冻僵，他足足花了一个多小时才艰难地将绳索系好。

就在他的体力几乎耗尽之际，他又做出了一个让人钦佩不已的举动：将绳索拉到了救援向导们的身边。然后，他一点一点地开始往下朝他们滑去。

这是一项既耗时又费力、令人痛苦不堪的任务。库尔茨的身体几乎被严寒冻僵，每向前挪动几厘米都需要他付出极大的意志力。然而，他凭借着顽强的毅力与疼痛和疲惫进行着斗争，更不愿向那步步紧逼的死神低头。最终，他一点一点地，艰难地滑了下来。

他马上就要滑到向导们的身边了。

向导们已经看到他了，也能更清晰地听到他的声音。但眼下，还有一个问题尚未解决：库尔茨之前将这两条断掉的绳子打了个结。如果想要过去，库尔茨必须把绳结从身上的安全扣里穿过去。

要是他的一只手臂没有完全冻僵，或者早已疲惫不堪的身体还能激发出最后一股力量，他是可以成功做到的。向导们在风中大喊着许多鼓励的话，给他加油。

"继续啊！继续加油！"

库尔茨竭尽全力地尝试，用尽了最后的力量。他喃喃自语着，向导们听不清他在说什么。由于冻伤，他的脸已经变成了紫色，嘴唇也几乎无法张开。

他的身体几乎不能移动了。

绳结也无法移动了。

向导们看着库尔茨。他们想帮忙，却无能为力。

库尔茨的动作越来越慢，越来越吃力了。

他的左臂已经冻得僵硬，直直地伸在外面，一动也不能动，完全失去了作用。

在最后的一次尝试中，库尔茨用尽了全部力量。他身子前倾，用牙齿紧紧咬住绳结，拼尽全力想要将它穿过安全扣。

很不幸，他失败了。托尼·库尔茨知道自己即将死去。他抬起头看着向导们，又一次发出了声音。这一次不是混乱地喃喃自语。向导们清楚地听到了他说的话。

"我坚持不住了。"

托尼·库尔茨已拼尽全力，再也动不了。他的生命结束了。

* * *

托尼·库尔茨并非个例，众多探险者在征服艾格尔山北壁的征途上丧生。然而，他被选入这本书的缘由，并非因为他雄心勃勃，而是在面对恶劣的险境时，乃至生命的最后一刻，他依然顽强抵抗，坚决不肯向命运低头。

托尼·库尔茨虽然离开了人世，但他所展现的勇气与决心，对我而言，始终是敬畏与鼓舞的源泉。他用自己的行为告诉我们，什么是"真正的勇气"。

16

皮特·司谷宁：绳索之上

PETE
SCHOENING

这个团队,虽败犹荣。

—— 莱因霍尔德·梅斯纳

2006年的一天，有二十八个人参加了一场聚会。聚会的庆祝主题很特别：庆祝自己的存在。

原来，他们是一支八人登山队的后代。他们的先辈一共八人，属于同一支登山团队。五十三年前，这八位登山者曾尝试登顶世界第二高峰乔戈里峰。派对上的这二十八个人深知，当时，如果不是有人在那座可怕山峰的陡坡上展现出超乎寻常的力量，他们现在也不会存在了。

对一名登山者而言，"保护（这一术语在登山界广为使用）"是指用绳索将登山者连在一起，以便在上下山的过程中保证他们的安全。在1953年那次未能成功登顶乔戈里峰的尝试中，"保护"起到了至关重要的作用。

* * *

乔戈里峰，是位于巴基斯坦和中国交界处的世界第二高峰，但是登山界普遍认为，它是喜马拉雅山脉最难攀登的山峰。

即便到了如今，依然常有登山者在这座山丧生。据统计，平均每四个成功登顶的人中就有一个会丧命于此，而且从未有人敢于在冬季攀登。在1953年之前，这座山更是从未有人攀登过。

一支在查尔斯·休斯敦带领下的八人美国登山队下定决心，要当第一支登上乔戈里峰的团队。

你可能听过这种说法：单词"team"（团队）里没有字母"I"（我）。这正是休斯敦组建团队的原则。被选中的队员，并不仅仅因为他们有优秀的攀爬能力——事实上，许多技术更为出色的攀爬者都被淘汰了。这些被选中的人更擅长在恶劣的条件下与他人共处。

休斯敦做出了决定，在关键时刻，他希望身边有品格高尚的人。

他还不知道，这个决定将有多么重要。

他的团队成员包括来自洛斯阿拉莫斯的核研究学家，来自西雅图的滑雪教练，还有来自艾奥瓦的地质学家阿特·吉尔基，以及团队中最年轻的成员、二十七岁的化学工程师皮特·司谷宁。

司谷宁的名字将会载入登山运动的历史。

这次攀登顶峰的尝试发生在巴基斯坦和印度分治之后不久，这一时间点非常重要。因为在此之前，夏尔巴人一直在喜马拉雅探险中担任搬运工的角色。然而，随着两国的分治，夏尔巴人在巴基斯坦不再受欢迎。相反地，巴基斯坦本地的罕萨搬运工并不被认可。

团队当即决定，与其请不熟练的搬运工，不如自己轻装上阵，既不带必要的登山设备，也不带氧气罐。

但是放弃当地向导也有其优势。他们打算走阿布鲁齐路线。这条路沿途没有太多空间来搭帐篷，所以人越少越好。至少，他们当时是这样认为的。

军队里流传着一句话："不打无准备之仗。"对于休斯敦的团队来说，登山前的充分准备至关重要。他们已经做了最为周全的筹备工作。

6月20日，休斯敦的团队抵达大本营。他们需要搭建八个营地，在接下来的六周里，他们有条不紊地上山下山，规划和维护登山路线，搭建帐篷并确保重要物资已送到。直至8月2日，他们在距离山顶不到1000米的地方搭好了第八个营地，为最终的冲刺登顶做好了准备。

一切看起来都那么顺利。

天有不测风云，准备再怎么充分，也不可能万无一失。首先就是天气。

近日天气日益恶化，到了计划登顶那天，突如其来的暴风雨迅速包围了登山者们。没办法，他们只好待在有"死亡地带"恶名的地方（此处海拔8000米，在这里人体无法进行正常的新陈代谢，因此会日渐消瘦），等待坏天气结束。他们唯一能做的，就是祈祷情况能够尽快好转。

很可惜，情况并未有丝毫起色。

冰冷又稀薄的空气正无情地侵蚀着登山者们已近枯竭的体力。在那样极端的高海拔地区，人体机能正逐渐走向衰竭。每一分每一秒都变成了与死神抗争的艰难战斗，仅仅是为了维持生命而苦苦挣扎。到了第四天，一个营地在风中倒塌了。第六天，他们心情沉重，别无选择，只能准备撤退，或者死亡。

第七天，暴风雨终于停歇了。此时，他们面临着艰难的抉择：是否应该继续向顶峰进发？

大山仿佛在故意捉弄他们。

决定命运的时刻到了。

* * *

人并不适合在高海拔地区长时间停留，同样，也难以适应极端温度的环境。当身处高山，大多数人会担心出现冻伤、低体温症和高原反应。其实，在高山环境中，身体可能会以诸多难以预料的方式出现状况，而血栓性静脉炎无疑是其中最为凶险的一种。

在"死亡地带"生病绝非好事。因为在这里，不会导致恶劣后果的病根本不算病。

血栓性静脉炎是由血栓引起的严重静脉炎症，俗称"白腿"，需要立即进行医治，一旦血栓顺着血管流到心脏和肺脏里，人就会立刻死亡。在空气稀薄、血液浓稠的山区，这种病会比在平地上更加致命。当团队里的阿特·吉尔基晕倒在帐篷前时，休斯敦很快就诊断出他患上了血栓性静脉炎。

团队面临着一个选择。如果将吉尔基留在死亡地带，他生存的机会是零。可把他带回营地也几乎是不可能的。短暂的好天气已经结束，暴风雨又要来了，天气将更加恶劣。

登山队员们可能会商量说，最理智的做法应该是把吉尔基留在山上，好让其他人有机会逃生。既然吉尔基几乎没有生还的希望了，又何必再让全队人跟着冒险送命呢？

但是，休斯敦的准则是把大家团结在一起。他们是一个彼此真心相待的团队。无论发生了什么，这八个人都绝不分开。

他们根本不会花时间讨论，因为他们绝不会放弃吉尔基。他们决定挑战极限，带他平安返回营地。

他们会努力到生命的最后一刻。

***

他们无法立刻离开八号营地。因为暴风雨又来了，雪崩的风险在不断增加。他们被迫在冰冷无比的营地里又度过了煎熬的三天。对他们来说，时间已经所剩无几了。

"死亡地带"是个杀人不眨眼的恶魔，人在这里待的时间越长，生还的希望就会越小。

吉尔基的情况日益恶化。他已经出现肺栓塞的症状，这表明血块在他的肺部凝结。他开始吐血了。死神正在逼近他。

暴风雨仍丝毫没有减弱的迹象，但他们已别无选择。他们必须立刻下山，否则就会死亡。

人们常说，需求是创新之母。在危急的生存关头，这句话更是得到了淋漓尽致的体现。团队急需一副担架来搬运伤员，于是他们不得不就地取材，急中生智地制作了一个简易担架。他们巧妙地将绳索、帐篷帆布和睡袋结合在一起，制成了一个可以让吉尔基躺卧的装置，这样一来，吉尔基就可以躺着被抬下山了。他命悬一线，身体也被悬在了绳索上。

吉尔基的生命和身体，全靠朋友们的勇气和支持才得以维系。

八号营地和七号营地之间的垂直距离只有300米。听起来不远，但试想在那样的极端条件下，身处那样的高度，还要带着一个伤员行走那么遥远的路程——为了抵达七号营地，他们必须穿越一片危机四伏的冰面，最终还要面对一个高约2000米的陡峭山崖。这可不是一个能容许半点闪失的地方。

就算是在风和日丽之时，这段路也是艰险难走的，况且他们是在绝顶恶劣的天气中行走。狂风暴雪打在他们脸上，害得他们迷了眼，就连自己的冰爪落在哪儿都看不见。他们仅能依靠靴底金属鞋钉踏入冰面时传来的触感反馈，判断接下来该往哪个方向行走。他们一步一个脚印地缓缓前行，力求稳健。

他们中的四个人分成了两组，皮特·司谷宁、吉尔基和另外一个同伴一组，罗伯特·克雷格则独自攀登。他们齐心协力，想要带吉尔基穿过冰面，安全返回七号营地。

司谷宁担负着两个人的重量：一位行动自如，另外一位则是伤员。当其他同伴试着带吉尔基前行时，他必须得固定住自己，用冰镐深深地插入冰冻的岩石后，将绳子固定在镐上，然后系在自己身上，接着开始从他临时搭建的保护点向同事们放出绳索。

没多久，灾难就降临了。

在高度压实的冰面上，四人中的一人不慎跌倒，牵连了同组的队友，致使他们一同迅速向岩石悬崖滑落。在坠落过程中，两位登山者还意外地经过了另一组同伴，由于某种原因，他们竟被绳子缠绕在了一起。

绑在身上的绳索已乱作一团，那四个人尖叫着，飞快地往下滚落，仿佛正冲向无法预知的命运。

他们一路滚下来，又影响了吉尔基和他的队友，然后是远处的司谷宁。

一眨眼的工夫，他们团队中的六个成员已经到了生死关头——落入深渊。唯一有可能救他们的人是司谷宁。他刚好位于缠作一团的绳索的一头，而且是靠上的那头。

司谷宁把全身的重量都压在了手中的斧子上。他不顾身体虚弱疲惫，拼尽全力死死压住斧子。可是，他要面对的是六个人的全部体重——更不用说他们携带的所有装备——在无摩擦的斜坡上加速下滑，会像失控的火车一样产生巨大的冲击。如果冰镐在这样大的力量下，仍然能牢牢地嵌在岩石中，那将是一个奇迹。

他的队友们还在继续下落。

50米。

100米。

司谷宁咬紧牙关，静等绳子被抽紧。

绳子突然猛地抽紧，司谷宁浑身一震。绳索像金属电缆一样绷得紧紧的，力道大得要把他的身体撕开。令人惊讶的是，司谷宁竟然顶住了这股力量，拽住了承载着超过五百公斤重量的绳索。考虑到他们正在加速下滑，这股力量实际上还要更大。

司谷宁处于各种劣势中。他的手冻僵了，完全是依靠肾上腺素在行动，并且极度疲劳。

司谷宁就是所谓的"保护者"，他身为凡人，在与大山对抗时却显示出了令人惊讶的强大力量。司谷宁牢牢拉住绳索，他的伙伴们一点一点地又努力回到了自己该在的位置上，没有继续下滑。如果不是司谷宁凭借惊人耐力做出勇救同伴的壮举,团队中的另外七名同伴无疑会丧命。

后来,司谷宁说起在乔戈里峰上的经历,都会把一切归功于自己的幸运。但是,他的伙伴们知道并非如此。

英雄们往往不在意荣誉。

* * *

他们的故事尚未结束。他们继续慢慢地往下走,最终回到了七号营地。他们把吉尔基放下来固定好,然后开始搭帐篷。

就在他们搭帐篷的时候,他们听到吉尔基微弱的呼喊声。

团队中的两个人返回吉尔基的位置。但吉尔基已经不见了。就连固定的冰镐也消失了。看起来吉尔基已成了雪崩的受害者。

真的是这样吗?

这个团队的成员都是精心挑选出来的,特别具有团队精神,做事齐心协力,也很为他人着想。值得思考的是,当阿特·吉尔基躺在睡袋里,悬挂在乔戈里峰冰封的山崖上时,他的心里在想些什么。

吉尔基当然知道,他的生命岌岌可危。但他也知道,他的伙伴们为了他拼上性命,差一点就从山上滑下去了。如果不是司谷宁有超人般的神力,他们已经死了。

更何况,如果想要安全下山,他们还有很长的路要走。吉尔基病得这么重,会不会又连累了他的同伴们呢?

答案不言而喻。

如果当时在山上,吉尔基让他的同伴扔下他赶紧走吧。或者再遇到险情时,让他们赶紧自顾自逃命,他们会同意吗?

当然不会。

由于药物的作用，吉尔基一直昏昏沉沉的。即使如此，我们仍可想象出他竭尽全力地勉强自己在临时担架里坐好的情景。况且他还要伸直双臂抓住那些用于固定他的冰镐。

吉尔基拼尽全力才弄松了那些冰镐。

他的同伴听到的微弱呼喊声，就是吉尔基的最终告别。

也许，那一天在乔戈里峰上，司谷宁不是唯一一个表现出超人勇气的家伙。也许，吉尔基认为朋友们在为他冒险，他不想再拖累他们，便只有一条路可走。

他做出了致命的行动，最终在下方的冰冻岩石上被摔得粉身碎骨。

没有人知道真实情况究竟是怎样的。我们唯一能够了解到的，就是另外七名登山者继续往下走了。他们有义务活下去。

团队发现的关于阿特·吉尔基结局的唯一线索是一把破损的冰镐以及几块沾染血迹的石头，而他的遗骸直到四十年后才被寻获。

很多年之后，团队里的其他成员，包括他们的领导休斯敦，都一致认为吉尔基是为了救其他七个朋友牺牲了自己的性命。

英雄诞生于高山，也常常在山中陨落。

***

他们又花了五天的时间，终于返回了山脚下的大本营。这一路上，他们因冻伤、体温过低、悲伤过度和极度疲劳而感到身心俱疲，仿佛被重重击垮。但最终，他们做到了。

在离开大本营之前，七名幸存者搭了一个小小的石堆以纪念阿尔特·吉尔基，并向他的勇气和他为同伴所付出的生命表示感恩。如今，纪念石堆周围成了专门埋葬乔戈里峰死难者的墓地。

我认为，石堆的作用不光是纪念死去的吉尔基，也是忠诚和友谊的象征。还有，皮特·司谷宁的勇敢行为也使他成了登山界的一座丰碑，不过他和很多伟大的团队成员和英雄一样，一向非常低调。

正如后来查尔斯·休斯敦所说："我们进山时还是陌生人，可是出山时已亲如手足。"

史上最伟大的登山者之一莱因霍尔德·梅斯纳说："这个团队，虽败犹荣。"

优秀的品性往往比成功更重要。

17

乔·辛普森：
割断绳子，还是一同赴死

JOE
SIMPSON

生活会给你一手烂牌。面对这种情况，你是选择步步为营，谨慎应对，还是决定冒险，虚张声势，抑或拼尽全力，殊死一搏？

——乔·辛普森

17 乔·辛普森：割断绳子，还是一同赴死

1956年时，无论是登山者还是大作家阿诺德·伦恩爵士，都在讨论托尼·库尔茨在艾格尔山上与死神苦苦斗争的壮举。他们说："在登山运动的历史上，没有任何一个人的勇气和耐力能够超过库尔茨！"

这句话，截至1956年还是千真万确的。

等到乔·辛普森和西蒙·耶茨攀登了秘鲁的安第斯山脉，这句话就被改写了。他们的这次行动，被称作真正的现代登山运动传奇。

乔·辛普森对危险的山脉并不陌生。

1983年，辛普森曾和名叫伊恩·惠特克的同伴共同攀登了位于法国阿尔卑斯山脉的勃那提峰。这是一个高达609.6米的花岗岩擎天柱，人们可以从霞慕尼山谷中看到它，它犹如一块磁铁般吸引着寻求刺激的人们。他们登山的第一天非常顺利，因此，他们决定留在峭壁附近过夜，在那里，他们可以在攀登的前一天晚上欣赏星空，为次日的登顶做准备。

可是，事情的发展完全出乎他们的意料。

他们观星时所在的位置其实是一块岩石的顶部，它伸出山体之外，下面就是万丈深渊。这块岩石只有1.22米宽，长度却足够两个人裹着睡袋并排躺下。他们采取了最为常见的安全措施，因为那块岩架只有1.22米宽，几乎没有翻身的空间，所以他们把自己牢牢地绑在了身后坚硬岩石裂缝中的锚固点上。

正当他们准备入睡之际，那块岩石突然断裂。仅仅几秒钟，辛普森和惠特克惊恐地发现自己正急速下坠。然而，就在这一刹那，绑着他们的绳子骤

然绷紧，他们的下落也随之猛然停止。

他们还活着，却无助地悬在空中，无法自救。一旦尝试扭动身体向上爬绳子，他们的锚点很可能轻易从岩缝中脱出。他们被困住了，连着他们的只有一根脆弱的绳索。

在他们脚下，是一片漆黑、深不见底的深渊，深达609.6米。他们唯一的希望就是有人能够看到他们或者听见他们的呼救声，来救他们。他们也是这么祈祷的。

他们在黑暗且令人作呕的环境中足足悬吊了十二个小时，直到最后，一架救援直升机终于赶到并将他们救起。两名被吓得魂飞魄散的登山者被救了下来。经历了那次与死神擦肩而过的惊险，伊恩·惠特克对登山失去了热情。这种情况，谁又能责怪他呢？

可是，乔·辛普森依然拥有那种奇怪而难以解释的、驱使探险家追求更大更高挑战的强烈冲动。

他渴望进行更大规模的攀登。

下面的故事是关于恐惧和勇气的。故事中涉及了对未知的恐惧，对痛苦的恐惧，还有对死亡的恐惧。但是，它同时也是关于一个人如何拒绝屈服于这些恐惧的故事。故事的主人公名叫乔，他完成了堪称登山历史上最伟大的逃脱。

＊＊

修拉格兰德山，是名副其实的高山。

修拉格兰德山高达6096米，非常雄伟，属于安第斯山脉秘鲁境内部分的瓦伊瓦什山脉。和所有壮丽的名山大川一样，它召唤着最大胆的登山者前往朝圣。

17 乔·辛普森：割断绳子，还是一同赴死

乔·辛普森和西蒙·耶茨就是这些朝圣者中的两位。他俩给自己制定了一个高难度挑战性目标：成为最先从西壁登上修拉格兰德山的人。之前，已经有几个登山团队做过此类尝试了，无一例外，他们全都失败了。1985年6月，辛普森和耶茨成功登上了修拉格兰德山的山顶。

不过，成功是伴随着鲜血的代价的。

他们也因此成为首支由令人望而生畏的西壁登顶修拉格兰德山的队伍。

不过，本故事的重点并非登顶，而是他们如何历尽艰险下山的故事。为了从山顶返回大本营，他们两个人和大山打了一场艰苦的持久战。

请记住，这两个人此时的状态是：虽然精神振奋，身体却疲惫不堪。毕竟，他们刚刚完成了世界上最高难度的一次登顶！

自从他们离开山顶，各种困难接踵而来。虽然已经往下走了整整三个半小时，可他们并没有取得太好的进展。傍晚五点钟，他俩在一条畸形且危险的山脊上苦苦挣扎着。突然，乔感到雪突然在他脚下崩塌。他失去控制地摔向西蒙的位置，然后又猛地停了下来。

他们都已筋疲力尽，但知道自己已够幸运，因为有远比这可怕的后果。

他们需要休息，于是在冰上挖了个简陋的洞，权当是夜晚的栖身之所。

但还存在其他的问题。西蒙双手上的冻疮已十分严重了。到了早上，他的手指已经变成了黑色。他们吃掉了剩下的食物，又用炉子里仅有的一点煤气化了点雪充当饮用水。他们深知，山里的环境极其不适宜人类生存，能否顺利到达营地至关重要。

早上七点半他们就出发了。但是，他们又一次为恶劣崎岖的地形所累，行走速度很慢。此时乔走在前面，负责用冰耙开路，他和西蒙之间仅靠一条登山绳索连接着。

就在这时，乔忽然发现自己在坠落。他狠狠地砸到了陡坡底部，右腿的膝盖骨被摔得粉碎。当时他还不知膝盖被摔坏了。事实上，他的胫骨被摔断

了，直接扎进了膝盖关节的中心。

他疼得直喊，然后又一次往下摔去，一头扎到了冰面上。这一回往下摔的时候，他猛然想到了西蒙，他们绑在一起，他这一摔，肯定会把西蒙也拉下来的。

就在这时，他又猛地停了下来。

他的右腿疼得像爆炸了似的。他低头看，发现右腿的下半截脱臼了，骨头支了出来。他试着动动这条腿，只觉得腿里的骨头碎了，带来了难以想象的剧痛，血管里就像有火在灼烧。他想，腿里的骨头和肌腱大概都错位了。

除了疼痛之外，乔脑子里唯一清晰的想法是他们尚且处于5797米的高山之上。如果腿折了，他就绝对没有活着下山的希望了。但是，他希望至少有一个人能活着回去，这就意味着西蒙必须独自前行，留下乔在这里等死。乔深知，如果西蒙想要带他一起走，他俩都会死在这里。

想到这里，乔忍不住流下眼泪。

***

乔之所以能停下来不再下坠，全靠西蒙及时地用冰耙扒住了冰面。随后，西蒙一步一步地走到了正在痛苦喊叫的受伤同伴身边。

他一眼就看出乔已经没有走出大山的机会了。他的腿受了伤，怎么可能走下山呢？更何况这里的环境如此恶劣。

没有一个登山的人会因为西蒙抛弃自己受伤的同伴而指责他。这些登山者既没有对讲机也没有电话，遇到状况根本无法呼救，此时此刻，西蒙唯一能够为乔做的事情，就是赶紧下山，带着救援人员上山营救乔。因此，他必须暂时离开自己重伤的伙伴——这也正是乔希望他做的事。

不过，西蒙并没有这么想。他不仅没有扔下乔，反而带他一起下山了。

西蒙和乔知道他们必须快点走，可是他们心有余而力不足。随着夜幕的降临，天气条件也变得更加恶劣。他们制订了一个计划：西蒙会不断地在雪里挖出一个个坑洞，并将自己固定在里面，这样就可以承受住绳索的拉力，一段接一段地将受伤的乔沿着斜坡降下去。

为了能快点，他们把两根45.72米长的绳子接成了一根长绳。当长达91.44米绳子用完时，乔会保持蹲坐的姿势，等待西蒙向下爬到他身边。

真是个雄心勃勃的计划！老实说，在如此寒冷的深山里，他们的计划是必败无疑的。但是西蒙坚决不肯抛弃乔，而且，他们的计划似乎进行得很顺利。

至少目前看来，情况尚好。

天气还在继续变坏，山里的气候就是这样，越是关键时刻越糟糕。东方涌起了不祥的云，然后下起了大雪。雪沫被刺骨的寒风刮进登山者的羽绒服和护目镜里，他们什么也看不见了。

乔的手指渐渐冻僵，然后冻伤了。

他们终于下降到了一个山坳里，这里是两座山峰之间的山脊。下山的路会更加难走，只要稍微动弹一下，都会给乔的断腿带来一阵剧痛，导致他浑身颤抖、痛苦难耐。当冰雪打到他的皮肤上时，他就会对着狂风痛苦地哀号。但在这里没人能够听得见他的哀号，就连西蒙也听不见。

乔的靴子好几次被石头绊住，扭伤了那条断腿，使他痛苦地尖叫。

他的脑海彻底被痛苦占据。

乔的伤腿开始发抖，还是根本无法自控的那种可怕的颤抖。还有，他手上的冻伤在加重，头晕和恶心感也越发强烈了。

他和他的同伴西蒙之间仍只能隔着91.44米的长绳相望——遥不可及的91.44米！

但他们仍然坚持着用这根91.44米的长绳继续下降。

很快，四周就只剩下白茫茫的一片了。他们看不见上面，更可怕的是，也看不见下面。西蒙根本无法预测他会把乔降到什么地方，他们是否还应该继续往下走，还是说，他们应该停下来等一等？只是，一旦停下来，就意味着他们会双双被冻死在这里。

他们选择了继续。天完全黑下来了，他们估摸着已经往下走了914米。也许，再放下一根绳子，也许是两根，他们就能够到达冰川了。如果可以的话，他们就找个雪洞过夜，明早再继续往下走。

可是又一次事与愿违。

当西蒙将乔往下降时，乔注意到这段斜坡特别陡，忽然间他的下降速度快了很多。虽然他想要用手臂支撑一下以减缓下降速度，但并没有成功。他尖叫着，让西蒙慢点，但西蒙没有听到他的声音。

突然，他身子悬空，开始坠落。

当他坠入黑暗时，一堆雪落在了他身上。

然后，绳子猛地抽紧，他终于停下来了。他吊在绳子的一头，一圈一圈地无法控制地旋转。借着手电筒的亮光，他看到了1.83米外有一面冰墙，随着他的旋转，视野里的墙时而清晰，时而模糊。

终于，旋转停止了，他抬起头来，看清了自己的处境：他已经跌到了悬崖下约5米的地方。

他又低头往下看：黑暗中很难看清楚，不过距下面的冰层应该还有30米。冰层下隐约可见一条巨大的裂缝，它一直蜿蜒到冰川深处去，完全可以致命。

乔的手电筒一明一暗地闪了会儿，电池也耗尽了，一切归于黑暗。吊着乔的绳子撞到了积雪的崖壁上，一阵可怕的颠簸袭来，剧痛令乔猛然想起自己的腿受了伤。

吊着乔的绳子随时可能断掉，西蒙也随时可能力竭，到时他们就会一起坠入未知的深渊。

虽然乔感到疼痛，满手都是冻疮，并处于如此悲惨的境遇，但是他没有放弃。他知道，一旦自己选择了放弃，就等于对死神投了降。恐惧可以是一个强大的动力。

他唯一的出路就是顺着绑他的绳子爬上去。他想要依靠简易登山用绳结，无奈双手一点也不给力。他的手已经彻底冻僵了。他想，自己已经没可能爬上去了。

寒风刺骨，刮得乔荡来荡去，雪粒打在脸上如刀扎一般。吊着他的绳子越来越紧绷，渐渐勒进了他冰冷僵硬的身体里。

乔感到又怕又冷又累。他想，自己随时可能丧命于此。

* * *

在悬崖边缘，西蒙·耶茨被牢牢定在那里，一动也不能动。那一头，乔冻僵的身体非常沉重，上不去也下不来。在恐惧和寒冷中熬了一个小时之后，西蒙终于认清了现实，他必须做一个残忍的抉择了。

他可以选择在此地等死，和乔一起滚落深渊。或者，他也可以割断绳子，这样至少可以给自己一个逃生的机会。

他俩之间既看不见也听不见，根本没办法交流。

怎么办才好？

在西蒙的背包里，有一把可以割断绳子的小刀。

绳子绷得很紧，那把小刀又相当锋利。如果想要尽可能地减少这次灾难损失的话，西蒙只有一个选择。

他轻而易举地就割断了绳子。另一端的重量消失了。

西蒙并没有罪恶感。他已经做了必须做的事。他给自己挖了个雪洞，做好了熬过山中艰苦一夜的准备。

※ ※ ※

乔知道自己即将坠落。无论如何，这都是唯一会发生的事情。

四周似乎会永远寂静下去了。乔想，如果这就是死亡的话，他此刻一点也不害怕。

随后，他砸到了坚硬的地面上。

恐惧又一次袭上心头。乔发现自己滑进了一条很深的大裂缝。他再度尖叫起来，可身体下滑得更快，越来越深地往地狱般恐怖的大裂缝深处坠去。

这一次，他必死无疑了。

可是，突然间，他停了下来。

乔的胸口突然一阵痉挛，伴随着强烈的呕吐感。他试着吸口新鲜空气，却又一次造成伤腿的剧烈疼痛。此刻，他所处的位置能够看到远处闪烁的群星。

在一片漆黑之中，乔摸到了大裂缝一侧的冰墙，同时，他感觉到自己旁边就是一个危险的深坑。然后，他忽然想到，自己还活着，这令他开心得放声大笑起来，笑声在大裂缝里回荡。接着，他竟又找到了自己手电筒的备用电池，他换上这块电池，打开了手电筒，向他身侧的黑暗照去。这一看，他就笑不出来了。

他脚下空空，手电筒能照亮的范围只有30米左右。他只能推测大裂缝的深度。

他看到了和他一起掉落的绳子的切口端，明白发生了什么。

为了节省电池，他关掉了手电筒，在黑暗中，他忍不住痛哭起来。

乔的右腿伤得那么厉害，不可能从大裂缝里爬上去。这样一来，他只剩下两个选择：躺在这儿等死，或者用绳索下降，进而深入冰隙，直到他能找到一些东西。

他完全不知道下面有什么，未知的真相总是让人恐惧。

他后来说，当时根本不敢往下看。但是我觉得，他后来的行为已经足够勇敢了。

在岩架上蜷缩了一夜后，黎明时分，乔将冰锥旋拧到冰墙上的缝隙里，固定好绳索，然后拖着残破的身体深入黑暗的深渊。

他没有在绳索另一头打结。这就意味着，如果绳索用尽时他还没有落到地面，他就会直接滑下去摔死。

一阵恐惧袭来，这般狭小的地方让他患上了幽闭恐惧症，他冻僵了，向着未知的地方越滑越深。

最终，冒险得到了回报。

绳子把他送到了一个被白雪覆盖的地方。没过一会儿，竟有一缕阳光从大裂缝的顶端斜射进来。

简简单单的一缕阳光，在这种时刻，竟会给人极大的希望。

乔在那里向自己承诺，一定要活着走出这条大裂缝。虽然不知道什么时候才能出去，更不知道怎么做才出得去，无论如何，他一定会活下去的。

***

乔受伤的右腿已经变得僵直，并且比左腿短，根本无法走路，但是乔借助冰耙，让自己能够痛苦地跳跃。

他的进展很慢，前面有一个差不多 30 米的斜坡。如果双腿健全，他用不了十分钟就能够翻过这座坡，如今他却花了整整五个小时。他发现了大裂缝里的一个洞穴并穿了过去，再一次回到了洒满阳光的半山腰上。

虽然离逃生成功还差了很远，但是乔还是开心极了。他没带水，只能吃冰和雪。他知道，在高海拔地区，每天必须喝至少一升半水才不会脱水。他清楚没有人会来救援，唯一的选择就是爬起来，滑下山去。

他也曾想试着走路。他用睡袋把自己的伤腿裹起来，起到临时石膏的效果。可惜这样令他行动困难，稍一用力，就疼得直想呕吐。

因此，乔只能连跳带爬地在冰雪上前行。在意识到自己迷路后，他的快乐已经一点点地消退了。这里到处都是大裂缝，似乎永远也逃不出去。

但他没有跌倒。他继续前行，经过了一道又一道的大裂缝。他拖着无力且冻僵的身体，一寸一寸地穿过险境。

他努力让自己睡着，却又被噩梦惊醒。无时无刻不在的肉体上的剧痛持续折磨着他。整整三天，他连爬带跳地前进，顽强而固执地将自己逼到了忍耐力的极限。他不光是身体到了极限，精神也处于崩溃的边缘。无论如何，他仍凭借顽强的毅力、勇敢和不屈不挠的决心，爬到了山脚下。

西蒙后来也回到了安全的小营地，那里还有一个负责帮他们看守帐篷的同伴。西蒙知道自己做出了唯一能做出的决定，但这对他来说绝非易事。当然，他从没想过这辈子还能再见到乔。他甚至还隆重地烧掉了乔所有的衣服。

所以，当他看到乔朝他们爬来，一边爬还一边痛苦地抽泣着，眼睛因雪盲症和疲劳几乎看不见了。西蒙觉得自己见了鬼，甚至怀疑乔是从地狱里回来的。

事实上，在下山的过程中，乔无数次地打败了死神。他所受的伤之重，足可以令很多人死去，可他凭借自己的忍耐力和刚毅，克服了那些伤痛。

有经验的登山者一直认为，乔能够从修拉格兰德山的大裂缝里活着逃出来，这堪称登山史上最伟大的壮举。在我看来，这也是人类求生史上最伟大的壮举。

关于西蒙，也就是割断绳子的人，我还有些话想说。

当西蒙和乔一起回到英国时，西蒙听到了来自方方面面的谴责声，人们都说他差点害死自己的伙伴。这种时候，乔迅速站出来平息了这些非议。他说，西蒙所为在当时情况下是最正确的选择，换成是自己也会这样做。乔说得千真万确。西蒙·耶茨当时的决定绝非懦弱。割断绳索体现了他的勇气。甚至可以说，这个决定令他们两个人都得救了，如果当时西蒙没有这么做，很可能会造成两个人都无法幸存下来。

在极端情况下，顶住压力，保持头脑冷静，做出正确的选择，这也是有勇气的表现。乔和西蒙的故事时时提醒我，有时，即使你认为自己已经达到了忍耐力的极限，当你在进行生与死的搏斗时，还是会表现出超凡的勇气和能力。

记住这件事，将来某一天，它或许能成为你的力量源泉。

18

克里斯·穆恩：一条腿的马拉松

CHRIS
MOON

我曾这样对自己发问:"什么是真正的人生?"我的回答是,所谓真正的人生,就是要做最好的自己,发挥自己的全部潜能,百分之百地利用自己的聪明才智。

——克里斯·穆恩

克里斯·穆恩是在农场里长大的,他曾一度以为这片农场就是他度过一生的地方,但事实并非如此。

1986年,穆恩二十三岁,他决定去参军。于是,他考进了桑赫斯特皇家军事学院,毕业后,他就加入了皇家宪兵队,并在步兵部队服役。他所在的兵营驻扎在北爱尔兰,当时愿意到那里去当兵的人,通常比大多数人更勇敢。

但是这个故事与北爱尔兰无关,穆恩的生活远比去北爱尔兰当兵要波澜壮阔得多。他以后所要面对的危险,比在部队时大多了!

在当了几年兵之后,穆恩回到城市里工作了。像他这样的男人,让他规规矩矩地坐在办公桌后度过一生是不太可能的。因此他做出了一个非常勇敢的决定:到慈善机构光环信托去做志愿者。

光环信托,全名为:危险地区生命保护组织。

清除地雷,为了你和我。

**

地雷是现代社会的一大危害。

国际法现在明确禁止使用地雷,理由也非常充分:地雷埋在土里,直到被触发才能确定它的具体位置。一旦触发地雷,人就很难存活。

无论是敌方士兵,还是去上学的小朋友,都可以触发地雷。它们被埋在那里几年甚至几十年,就算战争早已结束,它们仍可以继续伤害无辜的民众。

寻找地雷并解决它们，这项工作需要巨大的勇气。

光环信托雇用退役军人，对他们进行高难度的扫雷技术培训，然后，派他们从事这项高风险的工作。

扫雷人员的工作场所非常狭窄，仅有1米左右的宽度。他们沿着地面爬行，一边探测，一边割掉地面上的植被。发现绊线时，他们会拿出金属探测器。

发现地雷时，就在可控的情况下就地引爆。

这还不是全部。

负责扫雷工作的人常常会被卷入冲突频发的热点地区。有些地区则冲突更甚。作为光环信托的成员，穆恩的第一个任务是被派去柬埔寨扫雷。

穆恩决定去柬埔寨当扫雷志愿者，谁敢说他是个没点勇气的人呢？但是，如果想要活着熬过后面的种种灾难，穆恩还需要更大的勇气。

* * *

穆恩开的车是一辆路虎，副驾上坐着他的翻译洪先生，后面坐了六名扫雷员。他们后面还跟了一辆车，司机名叫索克，车上载有二十名妇女和孩子。

这时，在穆恩前方大约250米的位置，出现了大约二十个红色高棉游击队员，他们全副武装，挎着卡拉什尼科夫冲锋枪、背着火箭筒。

如果穆恩现在掉头返回，肯定会引起一场流血冲突。所以，他唯一的选择就是停车。

红色高棉游击队员把这些俘虏拢到一处，要求他们都脱掉衣裳。穆恩别无选择地服从了。这些人先拿走了穆恩的财物，然后告诉他，洪先生和索克都会被带到森林里"面见"指挥官。

这就等于被绑架了。只是，被红色高棉游击队绑架后通常的结局就是死亡。

他们往森林里走去，一路上听到有游击队员在讨论是否把他们就地处决。但他们怕到了指挥官那里交不了差，只能继续带着他们往里走。

穆恩尽量保持冷静，他告诉自己，等到有机会与指挥官面对面的时候，他一定要好好跟他说，解释清楚自己对红色高棉没有任何威胁，他来此地的目的只是帮助柬埔寨人民扫雷。

他暗忖，这么解释一番之后，游击队应该会放了他们吧？

这一想法实在太天真了。指挥官要把他们送到红色高棉总部。

于是他们在森林里过了一夜。天微微亮时，穆恩到一条小溪边去喝了点水。忽然，他灵光一现：这会儿没人看着他，干脆就跑吧！如果他这么做被抓住后，就等于给了游击队枪毙他的理由。而且，他也间接给洪先生和索克带来了生命危险。

逃跑是需要鼓起极大勇气的。有些时候，放弃逃跑的机会更需要勇气。穆恩为了自己的伙伴们留下来了。

这一日，他们往森林里走得更深了。有消息传来，说红色高棉总部认为穆恩是苏联派来的，他们会对穆恩进行审讯。

红色高棉方派出的审讯员自称"红先生""瑾先生"和"智先生"。他们宣布，穆恩等人已经正式成了战犯。穆恩心想，这帮红色高棉的人才不会受《日内瓦公约》的约束。

穆恩想，他即将成为红色高棉的又一牺牲品了。

面对这般恐惧，有些人会直接崩溃，也有一些人，反而振作起来面对。穆恩就是这样一个不肯屈服的人，他不肯让自己成为受害者。与其吓得瑟瑟发抖，他宁可先试着和对方接近，看看能否和他们建立友好的关系。他开始阻止仇恨情绪进入自己的内心，取而代之的，是尽可能地理解他人。

这事儿很棘手，可算是一次大赌博。但是，穆恩赌赢了！

穆恩和同伴们被关了三天三夜。穆恩下定决心一定要和那些红色高棉人交涉，本来那帮人一心想杀掉他们，终于，他做到了绝大多数人做不到的伟大"壮举"。

穆恩告诉那些红色高棉人，他之所以来到柬埔寨，是为了维护他们国家的和平。他的交涉成功了，红色高棉竟释放了他们。

多亏了他的勇敢和好运，不光是他，索克和洪先生也终于重获自由。其实，被这些全副武装的红色高棉人捉住，尚且算不上穆恩全部经历中距离死亡最近的一次。

后面，更大的危险还会降临。

* * *

在遭遇了这么可怕的劫难之后，如果穆恩直接要求离开柬埔寨，恐怕没有一个人说闲话，但是他还是继续做他的工作。为了能够完成任务，他做了很充分的准备。凭借自己的勇敢，他高水准地完成了柬埔寨之行，就算是听说红色高棉在高价买他的人头，他也从未退缩过。

很多人都觉得自己愿意冒着生命危险去拯救别人，哪怕是为了那些素未谋面的人，牺牲生命在所不惜。但是，当危险来临之际，又有多少人能够真正做到这一点呢？

让我们将时间快进到莫桑比克。

1995年3月，这个东南非国家正从二十年的内战中逐渐恢复。

饥荒蔓延，更不用说对妇女和儿童的暴力行为了。

当时，无论是政府方面，还是反政府武装方面，都在地下埋了数不清的地雷，希望能借此来消灭对方。大约有十万颗地雷分布在全国各地，随时可能伤及不知情的无辜民众。

穆恩并非不知情的无辜民众，他对自己所要面临的状况知道得一清二楚，但他还是主动请缨到莫桑比克，希望将该国从地雷危机中解救出来。

于是，他来到了这个国家中的一个地区，内战时这里被打得一片狼藉，政府以"自我保护、对抗叛徒"为由，在此埋了数不清的地雷。

每一颗地雷里都装着240克的TNT烈性炸药。

它能不费吹灰之力就把人的双腿炸掉，况且，这里如此偏远，被地雷炸伤之后还能获救的机会几乎为零！每一天都有人这样失去了生命。

幸而，穆恩来了。

1995年3月7日，穆恩和他的团队清理了一片雷区中最容易的部分，他们为自己建立了安全通道。只要穆恩自己不敢做的事，他绝不会要求水手人去做。这一日，他们正沿着"安全通道"走过尘土飞扬的非洲灌木丛。

忽然，穆恩停了下来。在他脚下，出现了已经干掉的血迹，血迹滴在一个深深的脚印中，周围萦绕着许多贪婪的苍蝇。穆恩知道，这可能是几小时前，当地人踩中地雷，遭遇了不幸。

穆恩感到一阵诡异的战栗。在这里，在他们的"安全通道"上，肯定存在问题。他本能地掉头就走，一步，两步，三步。然后，他听到了震耳欲聋的爆炸声。他被炸飞到了旁边的土地上。TNT燃烧的味道传来，还混着人肉烧焦的味儿。穆恩知道，是自己被炸了。

刚开始他感觉不到疼痛，但他知道自己确确实实踩上了地雷。他看着自己的手血肉模糊。他低头看了看自己的右腿，脚没了，小腿错位，骨头都从膝盖里顶出来了，被炸破的裤子里露出淌着血、稀烂的肉。

就在这时，疼痛开始袭来了。他开始浑身发抖。

生命开始从他的肉体中流逝，速度堪比他的伤口中流出的血。但是，他还是设法抓过对讲机，开始呼叫求救。

很快，医务人员冒着生命危险赶来了，冒着生命危险，进入了本该安全的"安全通道"。不多久,直升机也赶来了。虽说救援来得非常及时,穆恩还是能够感觉到自己的生命在流逝,而且愈来愈快了。

除了祷告,他别无他计。

伤口疼痛加剧,穆恩从未体验过这般剧痛。当地的一家医院在没打麻药的情况下直接剪去了他伤口的残肉,接下来就准备手术了,就像屠夫用锋利的刀修剪一块肉一样。

穆恩躺在病床上,看到身边摆着截肢用的手术器具包,其景象正如你所想象的那般恐怖:巨大的钢锯、凿骨头用的凿子,还有磨平断骨的大锉刀。

在医生准备给穆恩做麻醉的时候,一位护士轻轻地安慰他,说疼痛会马上过去,之后,就一切都好了。

但穆恩是在农场里长大。他曾经也说过这位护士的话,那是在要杀掉病畜的时候,他对那些牲口说的。

由于麻醉剂的作用,他渐渐陷入了昏迷状态,却不知道自己是否还能够醒过来。

* * *

医务人员保住了穆恩的性命,无论如何,他已经不能和过去比了。

穆恩右手手腕以上10厘米都被截掉了,右腿膝盖以下都被截掉了。等义肢装上,他还得重新学走路。他得忍受着幻觉的和真实的疼痛,而且他清楚地知道,不管用谁的标准来看,他的生活都是一团糟。

落到这一地步,哪怕因此沮丧,谁又能因此责备他呢?但是,他并没有深陷沮丧中不能自拔。地雷炸掉了他的手脚,却并未摧毁他的精神。

每个截肢的人心里都有一座难以逾越的"喜马拉雅山",他们得能翻得过去才成。譬如那些在阿富汗战场上失去手脚的士兵，我永远都佩服他们的勇敢、刚毅。事实上，他们的每一天都是一场战斗，要为适应日常生活而战，还要和自己精神、肉体上的痛苦作战。

他们的决心坚定，耐力也超强。穆恩就是很好的例子。

穆恩曾经很认真地考虑过，是否要重返莫桑比克，继续他的扫雷事业。但是，一个现实的问题摆在眼前：他的义肢为金属材质，会干扰地雷探测器的工作。这使他相信，他应该去寻找新的使命了。

虽然一直坚持做定期治疗，但穆恩并不认为截肢会成为障碍。相反，这反而造就了更多的机会给他。现在，他便可以挑战人们对残疾人的偏见了。

你有没有跑过马拉松？就算是双腿健全的人，去跑马拉松也会感到很辛苦。可是，出院还不到一年，穆恩就开始尝试用假肢去跑马拉松。

现在试试在撒哈拉沙漠的灼热高温下，连续跑六个马拉松的距离。这就是众所周知的撒哈拉沙漠马拉松，是世界上最艰苦的跑步比赛之一。他们比赛的地方气温高达50℃，由于沙尘暴的侵袭，跑起来往往格外吃力。

能够完成这项比赛的人，其体力和耐力都远超普通人之上。

一个手脚都被截肢的人，如果想要完成这次马拉松，更是难上加难。

然而，这就是克里斯·穆恩所做的。

有趣的是，这一年参加撒哈拉沙漠马拉松的人比往年都多，对此，穆恩的解释是："大家都不能忍受被一个一条腿的家伙打败了啊！"

当你失去了很多其他东西时，保持幽默感需要很大的勇气。

迄今为止，穆恩已经参加了三十场以上的马拉松比赛，并为英国无肢退伍军人协会和红十字会等慈善机构筹集了数十万英镑。

然而，在完成这些非凡耐力壮举的过程中，他还获得了很多其他东西。比如，一种很特殊的认识：不要看事情变得多坏，而是要看事情还有多少变好的空间。就算在逆境中也要尽量看光明的一方面。

挫折真的可以使人变坚强，穆恩就是活生生的例子。

穆恩再次重返柬埔寨时，距离他上次被红色高棉逮捕已经过去十二年了。现在看来，当年的扫雷工程还是有效的，柬埔寨的乡下地方已经基本没有地雷了。在重访柬埔寨期间，穆恩遇到了曾经的红色高棉游击队员，如果历史走向稍有不同，这个人可能会毫不犹豫地杀害他。然而，穆恩面对他时，不仅有勇气直视，还与对方握手。

穆恩的这一举动，不仅体现出了他的勇气，也展示了他的良好风度。

这两者常常是相伴相随的。

19

马库斯·勒特雷尔：地狱周

永不放弃。

——美国海豹突击队队训

19 马库斯·勒特雷尔：地狱周

从十五岁开始，马库斯·勒特雷尔就梦想能够成为美国海豹突击队中的一员。

志存高远，最是难得。

海豹突击队是世界上最强悍、战斗力最强的军队之一，这也就意味着，他们只要最强壮、最优秀的新兵。

马库斯和他的双胞胎兄弟摩根都深知这一点。因此，从十几岁开始，他们就在一位住在附近的退伍军人的帮助下进行训练。他教导他们，一定要保持健壮，同时不断提升自己的耐力。这些不仅对于通过海豹突击队的训练至关重要，而且在完成训练之后的其他挑战中同样重要。

世界各地的特种部队，其训练方式各具特色。海豹突击队的训练，则是从为期二十四周的基础水下爆破训练（俗称"BUD/S"）开始。它包含了训练身体"条件反射"的阶段，其中有一周会进行高强度且剥夺睡眠的训练，被形象地称为地狱周。

在地狱周，你每周仅被允许睡眠四小时，而非每晚！其余时间就是各种极限体能训练，要在五天内完成超过321千米的长跑（相当于八次马拉松的距离）。每日训练时长超过二十小时，使得学员们持续处于饥饿、湿冷与疲惫的状态。即便每日摄入高达7000千卡的食物，体重仍会不断下降。皮肤因长期接触沙土而破损。医生日夜值守，以防有人因体力不支而倒下。

在地狱周，学员们不仅要面临体力的极限挑战，还要经受另一项更为关键的考验——心理素质，我称之为毅力。许多学员因身心双重压力难以承受，最终选择退出训练。

马库斯·勒特雷尔第一次参加基本水下爆破训练时未能通过。并非因为体力或毅力不够，而是因为他摔断了腿。他并未因此放弃自己的梦想，腿伤一好，他立刻开始了第二次训练。他就是这样一个百折不挠的家伙。

勒特雷尔这次果然通过了训练，最终成为一名海豹突击队的队员。任何特种部队的士兵都知道，取得进入部队的资格仅仅是个开始。如果有人觉得地狱周已经到了他忍耐的极限了，那就一定要再想想，看自己是否真的要加入海豹突击队。每一次的行动都可能是别人对你能力或品质的考验。一旦进入特战队，真正艰苦的工作才刚刚开始。

勒特雷尔很快就会发现，无论是进行魔鬼训练的科罗拉多，还是海豹突击队训育基地所在的圣迭戈，与荒蛮的阿富汗战场相比，根本不算什么。

* * *

谈到世界上不宜人类生存的地方，阿富汗无疑名列其中。这个国家长期遭受战争的摧残，还有干旱的沙漠和难以逾越的寒冷高山。然而，海豹突击队却针对此类环境进行了专门训练。

2005年夏天，勒特雷尔到了阿富汗。小组里还有另外三名士兵：迈克·墨菲、马修·阿克塞尔森和丹尼·迪茨。2005年6月27日夜里，作为"红翼行动"的一部分，他们乘坐MH-47直升机，用速降绳索进入兴都库什山脉——它从阿富汗中部一直绵延到巴基斯坦北部。他们的任务是对当地塔利班指挥官艾哈迈德·沙阿所在的建筑进行监视。

沙阿是一名训练有素的武装分子，也是乌萨马·本·拉登的同伙。因此，必须除掉沙阿。

勒特雷尔所在组的任务是找到沙阿，查明他的兵力，然后呼叫空袭除掉他。如果沙阿准备逃跑，他们就自己动手。

深入敌方腹地，这是特种部队的典型任务。

他们进入阿富汗的地方海拔高达3048米，空气十分稀薄。勒特雷尔和队友都进行过缺氧环境训练，一到了这里，他们就迅速步行前往目标地点。但就在一瞬间，情况开始不受控制了。

一小队牧羊人偶然发现了他们，当地人一眼便看出他们是美国的士兵。特战队队员们抓住了他们，讨论着该怎么做。只有两个选择：

一、放了他们，希望他们能对自己看到的事情保密。

二、杀了他们。

他们进行了投票，最终决定让这些牧羊人活下去。这是人性和勇气的证明。他们是在按照交战规则行事。当然，没有任何证据能表明这些牧羊人是塔利班分子。但话又说回来，塔利班的支持者也不会穿着印有组织标志的衣衫来表忠心。所以从军事的角度，正确的选择就是迅速地、悄悄地杀了这几个牧羊人。

特战队队员们深知，放牧羊人走要冒很大风险，但这就是他们的决定。之后，他们为此付出了极大的代价。

牧羊人将他们出卖给了塔利班分子吗？应该是的。因为不到一个小时后，四名特战队队员进入了一片由三面悬崖包围的危险区域。在那里，艾哈迈德·沙阿的部队占据了高地的优势，正等待着他们的到来。

* * *

有报道说，他们受到了五十名塔利班分子的伏击，有些人认为当时的塔利班分子多达两百人。然而，具体数字并不是最重要的，关键在于他们四个人面对的是一支装备精良、训练有素的民兵队伍。这些民兵有重机枪、自动步枪、82毫米口径的迫击炮和火箭推进榴弹，并且他们知道如何使用这些武器。即使塔利班分子的人数不多，当他们从高处射击时，也能迅速地消灭对手。

普通的小队可能几秒就会被消灭，但是他们可不是普通的军人，他们是海豹突击队第十队的成员。

勒特雷尔等人与塔利班交火，通过一连串精确的攻击减少了塔利班分子的人数。他们其实只能撤退。麻烦的是，他们的退路几乎是一条直上直下的陡峭的山路。当勒特雷尔和墨菲在火力下迅速撤退时，他们失控地翻滚了184米，然后直接从悬崖边跌落。勒特雷尔在空中翻转了两圈，然后猛地摔在坚硬的地面上。令人惊讶的是，从悬崖上跳下来的勒特雷尔和墨菲竟都没死！只是勒特雷尔丢失了除了步枪外的全部武器，脸上一侧的皮肤也全被撕掉了。他浑身是血和伤，伤势严重。墨菲更糟，他在跳下来时被打中，腹部血流不止。待丹尼和马修也跳下来，他们发现丹尼的右手大拇指已经没了。

他们没有时间去处理伤口。塔利班的火箭推进榴弹正在飞来。他们现在所处的地方太过于危险。他们要从另一个悬崖再次跳下。在此期间，丹尼又一次被射中，一颗AK-47的子弹射入了他的背部，从胃部穿了出来。到处都是血，血从伤口喷涌而出，丹尼也开始吐血。

他们仍坚持与塔利班分子作战。

丹尼第三次中枪，这一次子弹射中了喉咙。

他们又一次从悬崖上跳了下去。

成百上千的子弹向他们射过来，他们只有两人被击中，这真是个奇迹。不幸的是，就在这时，丹尼的脖子上又中一枪。

然后，又一枪打在了丹尼脸上。

鲜血从丹尼的头上流出来，他战死了。

方才还是四人小组，现在只剩三个人了。

19 马库斯·勒特雷尔：地狱周

他们连哀悼丹尼的时间都没有。子弹如雨点般打来。他们继续执行撤退战术，努力寻找可用来防御的地方。

墨菲的胸部中了一枪，马修的头部中了一枪。

情况真的非常糟糕。

他们唯一的出路就是呼叫援助，这意味着他们得找一块空地去寻找信号。迈克·墨菲深知这一点，因此他决定牺牲自己。他胸口淌着血，跟跟跄跄地奔到了一块发射求救信号所必需的空地上。他向基地发出了求救信号，然后背上中了致命的一枪。鲜血从他的胸腔里喷射出来。他试图撤退，可子弹不断地打过来，他的生命流逝得像子弹的速度一样快。最终，他在痛苦中尖叫着死去了。

现在只剩下两个人了。

此时，马修也已经命悬一线了。他设法在头上绑了绷带，但他的眼睛因为伤口流血已经变得漆黑。他的临终遗言是："马修，你一定要活着呀！这样你才能帮我告诉辛迪我爱她。"

一定要活着。两个小时的残酷交火夺走了勒特雷尔的三位战友，在经历了这一切之后，勒特雷尔发誓自己一定要活下去。

但塔利班分子可不希望勒特雷尔活下去！他们找到了勒特雷尔所在的具体位置，勒特雷尔忽然听到一阵不祥的嘶嘶声，那声音离他越来越近，然后在他身边爆炸，发出了巨响。

爆炸把勒特雷尔掀到了悬崖边缘外，在落地前，他就失去了知觉。

勒特雷尔醒过来的时候，发现自己倒挂在坑里，情况糟糕透顶。他的裤子被炸破了，但这不算什么。他的左腿完全失去了知觉，上面布满了火箭推进榴弹的弹片，鲜血从伤口里不断地喷涌而出。

他的鼻梁断了，肩膀和背部都骨折了。相信我，这真的很疼。每动一下，地上就留下一道血迹。他用泥巴糊住了自己的伤口，以减少出血量。事到如今，勒特雷尔已成了一个可怖的、血肉模糊的人。

此时枪声已经停下来了，这令人心头一宽。但是，山上遍布着塔利班分子，他们在搜捕勒特雷尔！

这里只有一线希望。基地已经收到了墨菲牺牲自己发出的求救信号。现在，快速应变部队已被派出，他们的营救似乎是能让勒特雷尔能活下去的唯一机会。

***

快速应变部队由一架载有八名海豹突击队队员和八名特种部队空勤人员的奇努克直升机组成。奇努克直升机由阿帕奇攻击型直升机护航。他们是执行重要任务的专业团队。奇努克战机虽然强悍，也并非无懈可击。直飞进敌方火力区，这需要极大的勇气。他们清楚自己是敌人高度关注和期待的目标，因为敌人刚刚杀害了他们的三名同伴。

奇努克直升机被一枚火箭推进榴弹击落了。当队员们准备用速降绳索降落时，一枚榴弹直接射入了正在准备降落的直升机尾部，随后油箱开始燃烧。几秒钟后，飞机便犹如地狱般恐怖了。燃烧的人从飞机上尖叫着坠落，飞机失控地朝着一座山撞了过去。

十六名成员全部牺牲。

截至目前，这是海豹突击队损失最惨重的一天。对于所有相关人员而言，这是难以置信的悲剧。现在只剩下一个人了。

那就是马库斯·勒特雷尔。

***

勒特雷尔还活着,但他伤势严重:因为失血过多,他头晕目眩;丢了水壶,他口渴难耐。更糟糕的是,他背部有三节椎骨粉碎,身上还有多处骨折,并且有弹片刺入身体,使他几乎无法行走。每迈出一步,对他而言都是难以忍受的痛苦。他不能留在这里,因为塔利班分子正在四处搜捕他,一旦被他们发现,就会惨遭杀害。就算塔利班分子没找到他,重伤和口渴也会夺去他的生命。

他必须去山顶,只有那里是能停直升机的防御性地点。而且,他还必须找点水喝。

勒特雷尔跌跌撞撞地出发了。即使地形陡峭,海拔高到空气稀薄,即使背部骨折,都没有关系。

走过草地,勒特雷尔便会去吮草上的露水;路过树木,他便会折断最细的树枝以吸出汁液。他甚至想从自己的袜子上挤出点水来喝,尽管如此,他仍饱受口渴的折磨。

仅靠群星指路,他连夜一瘸一拐地爬上山。现在,他努力不去想身上难以言喻的痛苦。

黎明到来之际,他已经渴得不行,舌头都粘在了嘴唇上,他担心一动就会撕破皮肤。天气越来越热,他的口渴更严重了。但他努力让自己忽视口渴的痛苦,也忘了骨折的疼痛,他唯一的想法就是逃跑。

以及找水。

塔利班分子在群山中搜索着勒特雷尔的身影。沙阿和他的水手对这片山区了如指掌,毕竟这是他们从小长大的地方,阿富汗的高温对他们而言不值一提,而且他们也没有受伤。

下午,勒特雷尔听到不远处有山泉的声音,他急切地往那里前进。

突然，一声枪响。

子弹无情地打中他的腿。

伴随着尖锐的枪声，疼痛撕裂了勒特雷尔的身体。

他被塔利班的一名狙击手击中了。

子弹的力量将他击倒，他滚下山去。到处都是 AK-47 的子弹，他的伤口又裂开了。

他现在只能爬行前进了。爬过群山，爬过沟壑，鲜血从他的伤口中喷涌而出，在他身后留下一条痕迹。AK-47 的子弹从他的头顶掠过。一个塔利班分子追上了他，勒特雷尔设法向他的胸部开枪。紧接着勒特雷尔意识到还有两个人在附近，他向他们的方向扔了个手榴弹，消灭了他们。就算处于劣势，他仍能机智地与敌人对抗。

他感到昏厥，但仍然在爬行，设法躲避追赶他的人。那天傍晚，终于找到了一个瀑布，但在他能到达之前，他从山上滑落了近 300 米。他只好再次手脚并用地爬回去。

最后，他来到了珍贵的水源边，海饮了一通。后来他回忆说，那是他喝过的最甘甜的水。

他抬起头，却看见三个阿富汗人正看着他。

犹如一只受伤的野兽，他准备最后一搏。

他想要对他们开枪，可是鲜血从他的前额上流下来，进入了他的双眼，他什么也看不见了。他的身上流着血，很快就染红了周围的一小片土地。他开始头晕目眩。

他仍可以和他们决一死战，但他觉得，最终战死的人应该是他。

可是，他没有死。原来，这几个人并非塔利班分子，他们只是当地山区部落里的人。他们对美国人心存好感，并愿意帮助勒特雷尔。

这里是世界上最敌对的地区。在经历了一场难以置信的追捕与逃脱后，在被一群想要置他于死地的人团团围住的情况下，勒特雷尔真的有可能找到对他友善的人吗？

*　*　*

我不知道你会怎么想，但如果我刚刚被四个阿富汗牧羊人欺骗了，我会对与任何当地人的再次交往保持警惕。

勒特雷尔曾经相信过人性，结果惨遭背叛。这一次，他该信任这三个陌生人的友善吗？他有别的选择吗？

他只能祈祷自己遇到了好人，除了相信这些陌生人之外，勒特雷尔已经别无选择。

这一次他做对了。

如果普什图人答应说要帮助你，就一定会说到做到，誓死保护你。

这些男人和女人把勒特雷尔带回了他们的村子里。即使村庄被塔利班分子包围着，他们也坚决不肯交出勒特雷尔。他们把他偷偷送出村子，让他住在附近的山洞里，这样敌人就不会发现他了。这些质朴的阿富汗村民百倍地回报了他的信任。

这些普什图人尽最大努力帮勒特雷尔疗伤，但是，勒特雷尔需要的是更专业的救治，而且，他必须马上就医。正因如此，他必须让美国人知道他的下落。最近的美国基地在山的另一边，距离有64千米，勒特雷尔无法过去。这时村庄里，一位对塔利班暴力行为不愿妥协的、坚毅的长者站了出来，他自愿前去报信。

那位长者成功地把勒特雷尔的下落告知了美国军方，然后他们就来营地救他了。自从勒特雷尔的战友们牺牲至今，已经整整六天了。

这是在沙漠里苦苦挣扎，充满了痛苦、危险、疲惫和恐惧的六天。这比地狱周更残酷。

*　*　*

马库斯·勒特雷尔以英雄的身份回到了家乡。在战场上，他的十九名战友都牺牲了，这确实令人难以释怀。幸存者往往会心怀愧疚，而这份愧疚是难以战胜的心魔。对于这种问题，不同的人有不同的解决方式，勒特雷尔的解决方式是比较积极的。

在阿富汗执行了第二次任务后（是的，他又去了一次），马库斯·勒特雷尔建立了"孤独的幸存者基金会"。该基金会旨在帮助那些受伤致残的士兵和他们的家庭，帮助他们适应艰难的新生活。这是值得为之奋斗的事业，因为这些男性和女性是为了我们的自由而战。一些人为了这份事业付出了巨大的代价，甚至是一切。

站出来，重新投入战斗，并决心帮助那些最需要帮助的人，这需要极大的勇气、热情和决心，像马库斯·勒特雷尔这样的人拥有这些品质。

20

阿伦·罗尔斯顿：一百七十二小时

ARON
RALSTON

我以前所经历过的任何痛苦,都不及这次手术的万分之一。这个可怕的手术刷新了我对疼痛的认识。

——阿伦·罗尔斯顿

2003年4月26日，地点是美国犹他州的峡谷地国家公园。

尘土飞扬、布满沙子的峡谷已经干涸了。在超过160千米的辽阔荒野上，大风呼啸。此时一名二十八岁的男子，正孤身骑着山地自行车，用尽全力蹬着脚踏板。

他身上穿着骑行服，背着沉重的登山包。在他的登山包里，装着他所需要的装备，里面有绳索、安全扣、保护器，以及一把带有两个刀片和一对钳子的多功能工具，可以让他进入北美偏远地区的深而危险的峡谷。

其实，他很少会用到，只是为了有备无患。

他有一个驼峰水袋，里面装了三升水，还有一个备用水壶里装着一升水。另外，他也有足够一天吃的食物。他要在这片犹他州沙漠里探险的时间是一整天。

阿伦暂时放下了自行车，准备晚些再回来取。他开始徒步行走，要走上几个小时才能够到达他今天的主要目标——"大落差"，这是高达19.81米的速降活动，要沿着受天气影响而风化的峡谷壁下降到底部。

首先，他要先往下走，钻进一条窄窄的沟里。这意味着他要先往下爬行一段，有的地方还需要从山壁之间的夹缝中挤过去，那里的宽度还不到46厘米。

好在，阿伦是个经验丰富的峡谷探险者，独自一人也没有问题。

阿伦现在独自一人，身处偏僻的地方，远离了人们常走的路线。他在世界上非常偏远的地方，而且他没有告诉任何朋友他所在的位置。从所有实际的目的和意图来看，他好像已经与社会的主流生活断了联系，就像是与社会脱节了。

很多人都喜欢这样做，在荒凉但壮丽的沙漠环境中，可以找到独特的宁静。

但万一出事，你急需朋友帮助，那怎么办？

阿伦·罗尔斯顿即将遇到大事。

之前我也曾写到过，真正的荒野求生是异常残酷的。如果你容易感到不适，那么，我建议您不要再读下面的故事了……

* * *

拿着登山装备，阿伦来到了裂缝的边缘。他带了绳索、保护器、安全带、多功能刀和水瓶。另外，他还在自己的头上装了一盏灯。灯是很重要的东西，有了它，他才能够在手扒住岩石前，看清楚岩石缝里是否藏着蛇蝎。任何时候你都不会希望被咬，独自一人探险的时候，更是如此。

阿伦往沟里越走越深了，一条蛇也没见着。看来开局不错。在某些地方，他采用了烟囱式攀爬法——这是一种攀岩技巧，通过将身体紧贴一面岩壁，脚抵另一面岩壁，然后缓慢地向下移动，就像在烟囱中自由攀爬一样。

他到达了一个岩架。它下面是一块巨石，牢牢地揳入两面垂直的岩壁中间。然后，在巨石之下 2.74 米的地方就是谷底了。阿伦认为，如果他能够走到那块巨石上，就能够抓住它，然后就可以到达谷底了（那段距离不长，他觉得自己可以直接从石头上滑下来）。

阿伦仍是采用了烟囱式攀爬法，在踏上石头之前，他试探性地踢了踢，确保它不会松动。

巨石纹丝不动。

于是，他直接滑下去了。

虽然巨石发生了轻微摇晃，但他感觉很安全。

阿伦小心翼翼地抓住巨石，让自己从边缘处下滑。

可是，巨石竟也因他的体重而移动。这可真是个坏消息！阿伦立刻松手并让自己下落。

他本能地伸出右臂去挡那块巨石，这是一种下意识动作——不要砸到他的头。

巨石撞到了一边岩壁上，然后又反弹回来，发出一声恐怖的巨响后，直接砸中了阿伦的右臂，将他的手臂压在对面的墙上，紧紧地卡在那里。

一片死寂。阿伦仅能听到自己的心跳声，还有因疼痛而导致的急促的呼吸声。

剧痛袭来。他觉得自己胳膊就像被闪电劈了似的，痛得他放声尖叫。

阿伦知道，就算疼痛占据了大脑，他也必须趁着血液中充满肾上腺素的时机，赶紧挪开这块巨石。

他用左手抓住那块巨石，使出吃奶的劲儿来猛拉。可是，那块石头只是稍稍被推动了一点，马上又滚回了原位，重重地碾了一下阿伦已经受伤的右臂。

又是一阵撕心裂肺的剧痛。

然后，他再度陷入那片诡异的死寂中，仿佛连时间都静止了。

* * *

阿伦满头大汗。谁处于他这种状况，都会流很多汗的。他急需喝水。事实是，他的驼峰水袋已经空空如也了。虽然背包里还有一个装了一升水的瓶子，那背包拐在他受重伤的右肩上。他不得不扭动头部穿过带子才能拿到水瓶，然后本能地大口喝了几口水。

真不该这么做，他已经消耗了剩余水量的三分之一，更何况他根本不知道自己得在这儿待多久。在如此酷热的沙漠里，又没有水，预计会在三天内死亡。这还是幸运的情况下。

他把注意力集中在自己的右胳膊上，此时已经开始麻木了，右手拇指变成了灰色。虽说他认为骨头没断，但手臂上的软组织受到了严重的损伤和挤压。更可怕的是，此时这条伤臂被彻彻底底地夹在了巨石和岩壁之间。

他努力地去想积极的一面。至少他没出血，当然，他能够看到岩石上有斑斑血迹，那只是因为他下滑的过程中划破了皮肤。受伤的右手没有大量失血。

他用能动的手拿出了多功能刀，并选择了两种尺寸中较大的那一把。也许这样他就可以撬开岩石，把自己的伤臂拿出来了。他拼尽全力用刀子去撬那巨石，只可惜，石头实在是太重了。

下午渐渐过去。他又试着把多功能刀插进岩缝里去。他只能稍微敲下来一小撮碎石粉末，而且刀子磨钝了。

他已经被困住了，但他努力不让自己太纠结于无情的事实。

而且，他还努力让自己相信事情没有看起来的那么可怕。事实是，如果没有人来营救他，他就别无选择了，只能自己砍断伤臂。

但事情肯定不会变成这样。

夜幕降临了，阿伦继续劈砍着巨石，仅有一小片岩石被他弄开了，那么小的，微不足道的一片，起不到任何作用。他的手臂仍然牢牢地被夹在那儿。

温度越来越低，阿伦只得清空了自己的背包，又一次扭动头部穿过带子。毕竟，沙漠里的夜晚很冷，背包能起到一点保暖的作用。

现在已经是深夜一点半了。他喝了一口宝贵的水。虽然感觉好了一点，可他已经筋疲力尽了。他在这里站了十二个小时，随时会双腿一软倒下去。

在野外求生时，有些情况下人必须得随机应变。因此，阿伦设法穿上了他的安全扣，用登山设备做了一个临时的抓钩。他将自制的抓钩向上投掷，它成功地卡在了上方的岩石中，这样他就可以把自己吊起来，稍微放松一下双脚。

但这坚持不了多久。安全扣阻碍了他双腿的血液循环。他又得直挺挺地站在那儿了。

这一夜过去，他身上的全部热量都流失掉了。他精疲力竭地撑到次日清晨。

日出了。阳光温暖着他的身体，令他有力气再度尝试挪开巨石。他怀疑在自己死掉之前，是否还有足够的时间挪开它。

但是，另外的选择——自断伤臂，这实在太可怕了，他连想都不愿去想。

* * *

白天温度升高了。阿伦已经不再冷得发抖，而是非常热。

他想制作一个简易杠杆，用来撬动岩石。可惜，他又失败了。

他以为听到了其他登山者的脚步声，于是大声呼救。然而那只是野生动物窜过峡谷的声音。

这很容易使人绝望。可是，阿伦不仅没有放弃，反而开始考虑起自断一臂逃生的可能性了。

对任何人来说，这都不是一件好事。

阿伦立刻意识到自己面临的问题：如果他果真能够自断一臂逃走的话，需要有止血带才能给断臂止血。他用一段带子和一个卡扣临时制作了止血带，并紧紧系在他的手肘下方。但是，这种自制止血带没办法缠得太紧，不能完全阻止血液的流动。

不管怎么说，阿伦考虑到止血问题有点过早了。他带的小刀只能够割开皮肉，之后他需要锯断骨头，他没有这样的工具。而且，就算他完成了这台可怕的手术，他还得挣扎着走出"大落差"，再徒步12.87千米，才能回到他留下卡车的地方。

这是不可能的。

这种想法令他的求生意志被点点滴滴地消磨掉了。

他会死在这里。

阿伦的背包里有台摄像机。此时，他把摄像机掏出来，录下了自己向爸爸妈妈告别的影像，他把所发生的事情告诉父母，并且再三强调他爱他们。

然后，他安静下来，专注于保持生命。

＊＊＊

第三天他开始祈祷。身边是成群的蚊子，在他身上吸血。白天过去，黑夜降临，温度再一次骤降，他被冻得浑身发抖，牙齿打战。

当他允许自己喝一小口水时，必须努力克制自己不去大口喝掉剩下的水。他试图凿开石头时，仅仅是因为这能使他感到温暖，并不是因为真的认为自己能移动那块石头。

截至第三天早上七点，他已被困在这里四十个小时了。

他又有了自断一臂的念头。

他的驼峰水袋有一段氯丁橡胶管。他用左手把这段橡胶管紧紧地系在手肘下方。他的前臂因为血液不流通变得苍白起来，这种做法可能有效地起到了止血带的作用。

他拿起那把多功能刀，掰出其中一把。他小心翼翼、轻手轻脚地在自己的前臂上划下了第一刀。

什么也没发生。刀太钝了，手臂上的皮都没被割破。他暂时放弃了截肢。

他想要解手了，就直接尿到了地上。这天下午，他又有了尿意，忽然意识到不应该浪费珍贵的水资源。因此他尿在自己的驼峰水袋里。这次的尿液比早晨的更难闻、浓度更高，但阿伦别无选择。过了几个小时，尿液分层了：上面是金色的液体，底部则是浓稠的沉淀物。

这天夜里，阿伦第一次喝了自己的尿。虽然尿液冰凉，味道十分恶心，但他想当水用完时，他应该能够忍受。因为水很快就会用完——他只剩下几口水了。

阿伦度过了艰难的一夜。到了第四天早晨，阿伦再次拿起了多功能刀。他想，如果他不能用刀划开皮肤，或许他可以直接用刀刺进肉里。

在他几乎还没意识到发生了什么之前，刀尖已经深深地刺入，然后从手臂上直直地突出来。这并不像他想象的那么痛，他能感觉到刀尖触碰到了手臂中间的骨头。

他慢慢地拔出了刀。由于止血带的缘故，他并没流多少血，但是他可以看到黄色的皮下脂肪层。他再度把刀刺入手臂，轻轻碰着里面的骨头，感到了疼痛。他确定自己无法切断骨头、神经和肌腱。这是行不通的。

他喝光了所有剩下的水。现在，他真是一无所有了。

***

第四天中午，他又开始祷告。这一次，他所祈求的已不再是上帝的指引，而是在等待死亡所需要的耐心。

＊＊＊

随着夜幕降临，由于缺少睡眠、剧痛、脱水和寒冷，他开始出现幻觉。偶尔他会清醒一下，用自己的尿液湿润一下嘴唇，之后又陷入可怕的恍惚里。

他开始产生幻觉。他想象自己和朋友们在一起，正喝着清爽可口的饮料，正在参加一次派对，身边都是他的挚爱亲朋。

只可惜这些都是虚幻。事实上，他正处于地狱般的绝境。

可怕而漫长的夜晚又一次变成了可怕而漫长的白天。下午两点，阿伦拿起摄像机记录下他最后的愿望。这天夜里，他又把自己的名字和出生年月日刻在了岩石上，并且刻上了这天的日期：4月30日。这是他自己的纪念碑，他不相信自己还能活到明早。

但到了次日清晨，他还活着。

被困在岩石中的第六天，犹如获得了神谕一般，阿伦忽然灵光一现，想出了逃生的办法。

用他的刀子是无法砍断手臂上的骨头的，但是如果他能够给右前臂施加足够的压力，也许他能自行把骨头掰断。

他立刻将自己的想法付诸实践。

阿伦蹲下，用左手用力按住巨石，然后，他慢慢地、用尽全力地，把他被巨石压住的右臂往下一压、再往左一扭。

咔嚓！

前臂骨折的声音犹如一声枪响般清脆，久久回荡在山谷里。他用那只好手摸了摸断臂处，就是这里。断掉的骨头呈锯齿状，十分锋利扎手。他感到手臂剧痛，手指上的触感再一次证明：它肯定已经断了。

前臂是由两根骨头组成的——桡骨和尺骨。现在，其中一根已经被弄断，现在便要处理另外一根了。

咔嚓！

又是一声枪响般的断骨声。

阿伦因疼痛尖叫起来，汗水顺着脸颊流下。等他再次摸上断骨处时，有一种奇特的兴奋感。现在他可以在上臂不动的情况下，随意扭动小臂了。

虽说骨头已断，但手臂上仍有静脉、肌腱和皮肉相连接。为了彻底完成这次截肢，阿伦拿出了背包里的并不锋利的刀子。

他观察了一下断骨处的皮肤，试着把那里切干净。完成了这项工作之后，他把手指伸进了刚刚挖出的血淋淋的伤口中，里面潮湿又温暖。阿伦仔细地感受自己的断骨和筋膜皮肉，这样他才能够切割得足够干净利索。然后，他下刀了。他尽量避开大动脉，这是要留到最后再切断的。目前，他需要耐心地切断那些粉红色、带血的肌腱纤维，从而切下这只无用的、坏死的手。

二十分钟后，他割断了一条动脉，鲜血立刻大量涌出。因为遇到一块特别坚硬强韧的肌腱，所以他暂停了手头上的血腥工作，重新把止血带系紧。

肌腱太坚韧了，刀子处理不了。所以他只好把多功能刀里的钳子掰出来。渐渐地，那块肌腱被他夹碎除掉了。

之后，阿伦再次用起了刀。现在他的右臂已经变成血肉模糊的一团，他只能更加集中精力地切割。他接下来要处理一条动脉和剩下的肌肉组织。

以及一条神经。

他知道，割断神经将是最疼的环节。

他刚刚只是碰了那条神经一下，就疼得尖叫。

但他还是切了过去。这是他从未体验过的一种可怕的剧痛，令人眼前发黑，像被灼烧一样。有一段时间，除了屈服于它，他什么也做不了。

事到如今，再割断一点皮肤和软骨，就大功告成了。所以他咬牙坚持了下去。

差不多一个小时后，他完成了切割。

他自由了。

*　*　*

可是，孤身一人的阿伦，无论去哪里，都还有很远的路要走。

他的右前臂被留在了岩石夹缝里，残肢被他用一个白色的购物袋简单包扎了一下。他用驼峰水袋制作了一个临时悬带，就立刻出发了。时间就是一切，他需要在失血而死前找到救援。

尽管他只有一只健全的手臂，并经受着浑身的剧痛。他还是努力下降到了"大落差"的底部。在这里，他竟找到了一池死水来补充水分。按理说，阿伦完全不了解这水的情况，就这么直接喝非常不明智。可此时他游走于死亡边缘，满心绝望，根本顾不上这些了。

水才下肚，便已肠道排出。然后他开始在沙漠中蹒跚而行。

他走了一千米，又走了一千米。

天气非常热。残肢的伤口流下鲜血，持续不断的剧痛令阿伦没有了其他的意识，但他还是坚持前行，超越了极限——他一共走了近十千米！然后，他终于看见了人影，那是一个三口之家。阿伦喊住他们，大呼救命。虽然阿伦的情况把那一家人吓坏了，但他们还是跑着去为他寻求救援了。

终于，阿伦盼来了一架直升机。机组人员见到他，吓得魂不附体，根本不敢相信眼前的恐怖景象。然后，等到阿伦被送到最近的医院里时，医生们都不可思议地盯着他。

此时，距离他被岩石压住，已经过去了整整一百二十七个小时。

按理来说，他早就应该死亡了。

***

我们可以从阿伦的一百二十七个小时困境生存中得到很多的经验教训。有些比较简单，比如，如果你要到荒山野岭去探险，你一定要让别人知道你去了哪里。

还有一些是比较深刻的。

阿伦·罗尔斯顿后来说，如果他早一些断臂求生的话，一定会失血而亡，因为当时救援直升机尚未抵达他的遇险区域。苦难过后，我们往往能够从回忆中寻找到一些好事，比如阿伦先获得了耐心，后来又获得了自救的好办法。这两样他都得到了。

阿伦还具有很多其他的优点，比如，逆境求生的本能。他可以采取任何求生手段，不惜一切代价让自己活下去。

其实，我们每个人都有这种求生本能，只不过平时深藏不露罢了，只有当我们遇到极端情况时，这种本能才会显露出来。而且，我们都比想象中的自己更加强悍和坚忍。

在经历了难以想象的痛苦与艰难之后，阿伦·罗尔斯顿意识到，人类远非仅仅是血肉之躯那般脆弱。

21

约翰·富兰克林爵士：葬身北极

富兰克林的命运无人可知。

富兰克林的命运无人能言。

富兰克林爵士与他的水手们,已永远安息在孤寂的北极。

——富兰克林夫人致悼词

21 约翰·富兰克林爵士：葬身北极

故事始于一口棺材的开启。

但这并非一口普通的棺材。

这是一口保存完好的冰棺，被埋于加拿大北极地区比奇岛的永久冻土之下。棺内是海军士官约翰·肖·托林顿的遗体，他逝世的日期是1846年1月1日。

你可能以为，过了一百多年，这具尸体应该早已腐坏，变成一具骷髅了。事实上，它被深度冷冻，变成了一具冰封木乃伊。遗体脸部的皮肤有黑色和黄色的斑点，其余部分都保存得非常好。嘴唇微微向后翻起，露出了像墓碑一样的、完整无缺的牙齿。一团卷发围绕着他冰冻的头。大体来讲，约翰·肖·托林顿的样子和他刚去世时几乎一模一样。

其实他死得很惨。

他的遗体被冻得太硬，以至于挖掘的团队不得不先用水解冻，才能做一番检查。死者托林顿非常瘦，他的肋骨突出，紧贴着他那瘦弱、蜡黄的皮肤，显然他临死时已经饿了很久。他也病得很重。解剖遗体后，人们发现他的肺部有可怕的疤痕，这是肺结核的症状。

他的大脑已经变成了稠厚的黄色，这是铅中毒的表现，会让人进入疯癫状态。

海军士官托林顿曾属于十九世纪中期共有一百二十九人的航海探险队，这支队伍是由皇家海军军官、探险家约翰·富兰克林爵士领导的。

托林顿的遗体为何保存得那么好，并非问题的关键。我们应该注意的

249

是：这是一百二十九人中仅有的几个被发现的遗体之一。

其他人遭遇了什么，仍是一个谜。

（不过，几年前我曾领导了一次途经西北航道的探险，在那里我们发现了其余人的遗体，至少我们是这样认为的。不过，这又是另外一个故事了。）

我还想说，尽管海军士官约翰·肖·托灵顿显然以一种悲惨的方式结束了生命——远离家乡、冻死、中毒、生病——但他可能还是那些人中的幸运者之一。

* * *

在1845年，最高水平的探险就是去西北航道。

西北航道是一条沿着加拿大的北部海岸，穿越北极海的航线。一个半世纪以前，通往北极的海域被冰层覆盖，但人们仍然认为这里存在一条可通航的路线。

第一个找到这条航线的人会名利双收，因为这样的航道将是全新的、更快的连接大西洋和太平洋的路线。而且，从欧洲通往亚洲的贸易路线极具盈利潜力，对英国人来说更是如此。

如今，我们有了庞大的破冰船，可以轻而易举地通过这片冰封的海域。但在当时想要探索这片海域，除了要有勇气外，你还必须足够疯狂。

这里的温度极易降至-50℃以下，加上冰冷刺骨的海浪和肆虐的巨大风暴，使得在寒冷天气下的生存挑战变得尤为严峻。人们面临着冻疮、低体温症、脱水、雪盲、肌肉萎缩等重重威胁。

这里是北极，千里冰封。暴风雪席卷冰原的事时有发生，任何一片开阔的水域都可能是漂浮的冰山构成的可怕旋涡。

简而言之，当时的北极是未知的荒蛮之地，只能乘坐原始的木船抵达。

这里没有通信设备、地图以及 GPS 导航仪，食物供应有限且质量差，是非常难熬的地方。

几十年后，有一座冰山把"泰坦尼克号"撞出了大洞，想象一下，冰山会对木制框架的"恐怖号"和"幽冥号"造成的影响。

这两艘船是约翰·富兰克林爵士委托的。在当时的英国，所有人都希望能打通神秘莫测的西北航道。

"恐怖号"和"幽冥号"，前者代表了可怕，后者则取自希腊神话中的冥界之神之名。这两个名字如同黑暗的诅咒，只是当时人们尚未意识到，这两个名字竟悄然预示了这次探险的惨败。

皇家海军倾尽所有资源，并派遣最坚定的官员全力以赴。当时看来，他们似乎是所向披靡的，大自然的力量也战胜不了他们。

神秘莫测的西北航道犹如一颗稀世珠宝，注定要由大英帝国来打通。

**

约翰·富兰克林爵士是一位航海英雄，不仅因为他年仅十八岁时便已参加了特拉法尔加海战，并且他还是一位经历了许多难以置信的、残酷的北极探险的老兵。

纵观富兰克林爵士所有的北极远征，大部分都是成功的，比如他第三次到这里时曾成功绘制出了长达 623.37 米的海岸线，记录了十分珍贵的地理信息和六百多种新植物的信息。

他也有些失败的探险。

1819 年的铜矿远征，令富兰克林明白了北极地区的环境究竟有多恶劣。

当时，富兰克林及其水手去探索加拿大的北部海岸，希望能够从当地的土著人那里获得帮助，同时依靠陆地和海洋的资源来维持生活。但当地人对他们非常不友好，而且那里的天气条件异常恶劣，想靠打猎来获得食物补给难上加难。

当时他们靠吃苔藓维生，濒临饿死，只得被迫放弃了探险。在绝望中，他们也吃靴子充饥。正因如此，富兰克林获得了"吃靴子的人"的绰号。

如果故事是真的，我们可以说是靴子救了富兰克林一命。共有二十人参加铜矿远征，却只回来了九人，另外十一人都死了。富兰克林就是九名幸存者中的一位。

富兰克林生来就有一颗冒险的心，他渴望远征的心不会因为饥饿、艰苦、同伴的遇难等挫折而动摇。

富兰克林对探险的热情丝毫不减。

当他有机会成为西北航道远征队的最后一名成员时，他立刻抓住了难得的机会。

此时他已经五十九岁了。他渴望名垂千古。

很多人都愿意与他同行，毕竟，富兰克林爵士是位大英雄！

如果能够和他一起参加这次史上最伟大、最雄心勃勃的远征，也就意味着能和他一起被写进史书。

事实确实如此，只是和他们原本的期待不太相同。

富兰克林无疑占据了所有有利因素。他有两艘当时最先进的船，"恐怖号"和"幽冥号"都有钢制的船头，帮助它们在冰中破冰前行。

尽管这两艘船都是帆船，但它们也配备了蒸汽动力系统，并配备了充足的煤炭，足以支持它们破冰航行整整十二日之久。同时，他们还带了足够三年生活的食物储备，其中包括八千听罐头。

这些装满食物的罐头，在后面的航行中发挥了重要的作用。

1845年5月，富兰克林一行人从肯特启程。到了7月末，一位捕鲸船的船长在加拿大海岸附近的巴芬岛，以及西北航道的边缘区域，目击到了他们的船队。之后,"恐怖号"和"幽冥号"便与外界失去了联系。

如今,随着卫星电话和导航技术的普及,人们很容易忘记,过去的探险活动意味着完全与文明社会隔绝。那时候,探险者可能会在很长一段时间内无法与外界沟通。而如今,即便是身处国际空间站,人们也能使用社交媒体发布推文。但在过去,一次探险可能意味着数年的与世隔绝。

因此,在那个时代,英国人对于富兰克林长达六个月没有传来消息的情况,并不会感到惊讶或担忧。

就算一年都没有他们的消息,也很正常。

甚至两年。

直到1847年,才有人开始感到担心。第一批救援队去北极寻找"恐怖号"和"幽冥号",却找不到一点他们的踪迹。越来越多的救援队伍被派过去了,仍一无所获。

富兰克林一行人就像从人间蒸发了一样。

* * *

在接下来的一个半世纪里,许多人试图还原当时富兰克林一行人究竟经历了什么。渐渐地,一幅可怕的画面被拼凑出来:在冰冷的不毛之地,他们经历了残忍且漫长的死亡。导致他们死亡的原因,竟然似乎是被他们小心保存的八千听罐头。

这些罐头是由一个无耻的供应商提供的廉价货,铅含量严重超标。从第一个罐头被打开吃掉开始,水手们就不可避免地逐渐中毒。

铅中毒是一种严重的问题,它会导致剧烈的头痛、呕吐和腹泻,让人产生幻觉,变得狂躁和失眠。它还会使人抑郁,无法做出清醒的决定。

总而言之,那种罐头不能支持探险队穿越北冰洋,无法让他们度过北极漫长、寒冷、黑暗的寒冬。

虽然出现了这些症状，但探险者们并未返航，反而朝着冰封的西北航线越走越远了。这时，他们仍然坚信，为了最终的胜利，现在所受的苦都是值得的。

我们现在知道他们曾在比奇岛上过冬，那里是个荒凉的、由岩石和坚冰组成的条件十分恶劣的岛屿，属于加拿大境内的北极地区。一百五十年后，人们在比奇岛上找到了托林顿的遗体。他和另外两个人在出发后的第一个冬天就去世了，而且，正如我们上文提到的，铅中毒和肺结核是夺走他生命的元凶。

熬过严冬的幸存者，个个身心俱疲，状态极差。

但他们仍不想回头，决心勇往直前。

在漫长的冬天快要结束的时候，富兰克林一行人从比奇岛启程。他们花了几个月的时间，想要离开由冰冻的小岛组成的迷宫，但他们还是失败了。

截至1846年9月，他们的船只被牢牢地冻在了北极的冰中。

这时，载着一百二十九名船员的"恐怖号"和"幽冥号"已经完全被冰封住，无法起航了。

在这样的情况下，水手们都做了什么？他们如何度日？似乎，除了会慢慢毒疯他们的铅超标罐头，他们没有其他食物可吃。而且，这种与世隔绝的境遇，更使情况糟糕百倍。他们迷路了，被困在了一片无边无际的冰洋里，这是远离文明世界的地方。

他们都知道，短时间内不会有人来救他们的。

时间一天一天地过去了，一周一周地过去了，一个月一个月地过去了。

想象一下，除了冰和暴风雪之外，四周什么也看不见。几乎可以肯定的是，如果情况没有好转，这两艘船很快就会成为他们的葬身之地。

他们不得不一直看着同伴们的病情恶化，然后死去。

在1847年5月，有几个船员曾冒险下船，建造了一个小小的石堆标记。富兰克林在此亲手写下了一行短短的、却充满勇气的文字：

"一切安好。"

事实远非如此。不到一个月后，约翰·富兰克林，这位英国的探险英雄就去世了。

同时，剩下的人也在陆续死去。他们一个接一个地，被饥饿和寒冷残忍地夺去了性命。

他们在孤寂与绝望中煎熬了数月，却依旧未能逃离这片冰洋。无论是逃出生天还是获得救援，希望都几乎为零。

将近一年后，也就是1848年4月，富兰克林探险队中的两名成员在石堆标记处刻下了第二段文字。这段文字依旧保持着冷静客观，没有流露出孤独、恐惧的情绪，也未提及冰封船上的任何死亡事件。它仅仅简洁地通报了一个事实：又有十五名队员不幸遇难。因此，他们做出了放弃船只、登陆上岸的决定，计划徒步穿越冰雪覆盖的大地，前往加拿大海岸。

即使他们处于由铅中毒导致的妄想状态中，也没有人真正相信自己能够在这次争取自由的行动中幸存。

* * *

我们只能想象当时的情景：他们试图穿越冰面，寻找安全的地方。

他们面临着中毒的威胁，忍受着饥饿与严寒的煎熬，心中满是惊恐，身体日渐虚弱。

他们日夜遭受着北极严酷天气的折磨。

他们还患有坏血病，表现为牙龈出血，全身出现流脓的伤口。结核病也侵入了他们的肺部，感染蔓延至全身。

他们已经如同行尸走肉。

富兰克林的妻子——简夫人决心要弄清楚丈夫的遭遇。她拒绝相信一百二十九个人就这样消失了。为了给搜查机构支付费用（她甚至请了利奥波德·麦克林托克船长的队伍前往搜寻），她几乎倾家荡产。

麦克林托克船长从加拿大北部住在冰封荒原的因纽特人那里，收集了很多有用的信息。因纽特人告诉他，他们曾见过两艘被移动的冰块压碎的船只，以及白人在冰上蹒跚而行，最终倒下死去的情景。因纽特人还拿出一些纽扣、小刀和珠宝，这些都曾经是富兰克林一行人所穿戴过的物品。

直到今天，那里为数不多的因纽特人原住民仍然讲述着他们祖先传下来的故事——一群衣衫褴褛的人试图往南走，眼神充满了疯狂。我并不怀疑它的真实性。毫无疑问，铅中毒会让他们发疯，更何况他们还经历着可怕的孤独和彻底的绝望。

麦克林托克船长还找到了一艘被冰冻住的捕鲸船，里面装满了书和巧克力，而这些东西正是从"恐怖号"或"幽冥号"中拿出来的。

而且，这艘捕鲸船里还有两具水手的骷髅。

令人费解的是，船头竟指向而非远离母船沉没的位置。这些人是想划船求生，还是决意返回与战友共赴黄泉？

＊＊＊

富兰克林爵士开辟西北航线的探险之行是大规模、长线搜救工作的开端。自打富兰克林一行人和船消失了，很多人反而对他们着了迷，激发出巨大的寻找和探险的热情。

他们彻彻底底地从世界上消失了，很可能船已经被呼啸奔腾的浮冰撞碎了。那些开始还满怀希望后来却活活被冰封住的水手们，说不定已被北冰洋吞噬到冰冷的深渊里去了。从现在已经找到的极少数的几具尸体中，我们发现了惊天大秘密：他们的骨头上有刀子划过的痕迹。这说明在最后那段绝望的日子里，富兰克林一行人曾经上演过人吃人大战。为了能够给自己多争取到一些时间（虽然即使多了这点时间终究会陷入绝望），他们曾经试图杀害并吃掉自己的同伴。

面对如此可怕的重重困难，比如饥饿、身心双方面的痛苦和中毒导致的疯癫。想要活下去的话，富兰克林这帮绝望的人身上定然发生很多故事，因为并不是所有充满了勇气和力量的故事都会有个大团圆结局。事实上，对比那些英雄气概和勇敢精神，忍饥挨饿的过程更能够表现出真正的勇气。

在此，我们向那些勇敢的灵魂致敬。

22

斯科特船长：真是可怕的地方

CAPTAIN
SCOTT

如果我们能够活下来,那么我会把关于我们一行人如何凭借韧劲、耐力和勇气远赴南极探险的故事讲出来,用它来鼓舞全英国的同胞。如果我们没能活下来,就让我留下的日记和我们的遗体来讲述这个故事吧……

——摘自斯科特船长的日记

22 斯科特船长：真是可怕的地方

1912 年 11 月 12 日。

一支南极搜救队在距离人类文明几百千米之外的地方找到了一顶搭在冰上的帐篷，帐篷里有三个人，都在睡袋里，看起来就像睡着了。

事实上，他们已经去世了整整八个月。

搜救队员对他们进行了进一步的检查，发现他们的皮肤看起来黄黄的，上面满是冻伤的痕迹。

其中两具遗体的面容十分平静安详，第三具遗体在他们中间，看起来像是在痛苦中挣扎，仿佛在与死神搏斗。

他们分别是亨利·鲍尔斯中尉、爱德华·威尔逊博士和罗伯特·福尔肯·斯科特船长。

南极圈的斯科特。

斯科特船长远征南极的故事犹如史诗般波澜壮阔，它以谦卑而深沉的方式提醒我们：尽管一群勇士展现了非凡的勇气，与极端恶劣的自然环境进行了殊死搏斗，但最终仍未能摆脱失败的命运。

这一行人，即使早已知道这次探险可能会败给大自然，或者败给其他探险队，可是他们仍选择了坚定信念、坚持到底。

* * *

在讲斯科特船长的故事之前，我先介绍一下南极的情况，那可能是地球上自然条件最艰苦、最恶劣的地方。

那片大陆地域广阔、无边无际，相当于五十个英国或者两个澳大利亚的面积。

这里99%的地方都被冰雪覆盖，有些地方的冰层有近5千米的厚度。

南极圈里的气温平均在-32℃，这里比地球上任何地方都寒冷。从学术的角度，南极洲被分类为沙漠地带。尽管这里没有骆驼，但南极洲的降水量非常少。因此，南极洲被归类为沙漠。

而且，此处的环境比寻常的沙漠更危险。在每年的特定时段，白天竟然会持续整整二十四小时。人就像在沙漠一样，会很快脱水。冰雪残酷地反射着太阳光，灼伤人的皮肤和眼睛。同时，这片地区的大部分海拔都超过了3048米，让人感到疲惫。

还有暴风雪。你从未见过那样的情景——剧烈的大风吹得白雪在空中翻卷，这些风足以将人类像尘土一样卷入空中。

即使到了今天，南极大部分地区都没有人类的足迹。如果说有什么地方既充满野性，同时又极其严酷，那应该就是南极。当你初次踏上南极的土地时，你会发现，没有任何准备能够让你完全应对那里的景象。那里是如此美丽、壮观和寒冷。在震撼中，你甚至会忘记呼吸。

南极大陆被南大洋环绕着。南大洋的海风比世界上任何地方都更为剧烈，海浪像山一样高，以至于难以用牛顿力学的概念来想象。

南极大陆还是世界上唯一一块既没有长期居民，也没有原住民的土地。这充分证明了此处不宜人类长期居住。一个人在南极圈里活下去几乎是不可能的，因为这里无法狩猎，也没有可供采集的食物。

一些最勇敢的探险家曾努力尝试过登陆南极，库克船长在1772年—1774年的太平洋航行中也尝试过，他勇敢地面对重重考验，但最终只是环绕了南极洲，没有登陆。

22　斯科特船长：真是可怕的地方

每当库克船长想要接近冰封的陆地时，他的船都会被致命的坚冰和大雾所包围。如果风和海浪增强——正如经常发生的那样，他的命运将会非常悲惨——船只将会撞向环绕着陆地的，高达152米的垂直冰壁。

他未能到达南极点内1609千米的地方，他说，那几乎是不可能靠近的地方。

"不可能"，这可不是伟大的探险家能够轻易接受的说法！有一点是肯定的：任何想要登陆南极大陆的男性和女性，都需要与大自然进行一场最残酷的搏斗。

1912年，斯科特船长和劳伦斯·科茨船长、鲍尔斯、威尔逊和士官埃德加·埃文斯四名同伴，尝试进行了挑战。历史表明，大自然又一次获胜了。

有时，就算一件事失败了，也丝毫不影响它的伟大和勇敢。斯科特船长和他的同伴们所做的事情被认为是历史上最伟大、最勇敢的冒险之一。

* * *

罗伯特·斯科特是天生的冒险家。他出生于非常富裕的家庭，父亲和母亲的家族都有航海的传统。他渴望探索世界。第一次出海时年仅十三岁，在英国皇家海军军舰上服役了两年，担任海军少尉。随着成长，他逐步晋升。后来，他抓住时机，参加了1901年至1904年的国家级南极科考任务。

这为他将来的声名播下了良好的种子，不过几年时间，他就成为全球闻名的探险家——"南极圈的斯科特"。这份荣耀是他冒着生命危险换来的。

虽然遇到了重重困难，但这次科考之旅最终圆满成功。他们的船曾在南大洋中被冻住，但这并没有阻挡住科考队员们的脚步。最终他们踏上了南极大陆，这是皇家海军历史上具有里程碑意义的时刻。

科考队还带了狗，希望它们能带大家尽可能地接近南极点。可惜，科考队员们并不擅长照顾这些狗，导致它们迅速衰弱了下来。队员们别无他法，只能忍痛宰杀了最虚弱的，将还带着余温的肉分给其他狗食用，期盼它们能因此多存活几日并维持正常的工作状态。

除上述困难外，科考队员们还要面对冻疮、坏血病和雪盲症的困扰。这些艰难险阻，足以让人对早期南极探险的辛苦有所体会。探险队一共在无情的冰面上坚持了整整九十三天。在返程路上，所有的狗都死了，还有一个人因坏血病而昏倒。

虽然遇到了这么多困难，他们却取得了很好的成绩：他们比前人走得更远。因此，斯科特对于探险的兴趣并没有因为遇到的困难而减退。

斯科特和他的同伴们第二次去南极时，他们走到了南极的冰层上。这一次探险历时五十九天。在返回"发现号"的途中，他们遇到了冰面崩塌的情况，斯科特和另外两名同伴掉进了深裂缝里，差点丧命。奇迹般地，他们竟然挣扎着爬了出去，活了下来。

即使这样，斯科特的热情也不会受到打击。为了能够收获最好的结果，他随时做好了迎接最坏情况的准备。无论如何他要征服南极，哪怕在过程中付出生命的代价也在所不惜。

不久之后，他就实现了征服南极的梦想，也为此献出了生命。

斯科特船长已经对南极深深着迷。还有一件重要的事情：在第二次探险中，探险者们发现，徒步行走比狗拉雪橇的行进速度更快。十年后，当斯科特再一次去南极的时候，他仍把这个发现牢记于心。

* * *

特拉诺瓦科考队是根据一艘船来命名的，这艘船即将载着斯科特一行人去南极。科考队员们此行的目标只有一个：成为第一支到达南极点的队伍。

然而，他们知道并非只有他们有这个想法。挪威的探险家罗阿尔·阿蒙森也有相同的目标。这是一场比谁先到南极点的竞赛，就这么简单。

两支队伍采取了不同的战术。阿蒙森选择用狗拉着队员们和补给，从而在冰封的南极行进。他购买了一百只狗，在途中，他可能会射杀一些狗，用它们的肉作为其他狗和人的食物。

斯科特对这种做法特别反感。将虚弱的狗喂给它的同伴们吃掉，还有狗在冰面上死去的记忆，在他脑海里挥之不去。而且，他觉得太依靠狗的力量也不光彩，像是用投机取巧的方式去赢得比赛。

按照斯科特的计划，他决定使用一些马。他想使用马和狗帮助他们搭建营地。等到冲刺阶段，狗会被送回去，马则会被射杀，最后那段路他们将背着装备，徒步前行。

这是个勇敢的、充满英雄主义的决定，却直接导致了他们这一行人命丧南极。总之，当时斯科特坚信，这样最有可能成功。

"特拉诺瓦号"才一南下，就遇到了种种问题，首先是被困在海冰里整整二十天，等船只破冰而出时，天气开始恶化。

这时，马匹们就已经显露出不安的迹象，等到船上的人动手把船上的物资卸下来，前往第一个补给站时，竟死掉了六匹马——也许是冻死的，也许是因为它们走得太慢，大大拖慢了探险队员们的行进速度，所以这些马被枪杀了。

这样看来，斯科特决定依靠马而不是狗的做法，是错误的。

1911年11月1日，斯科特的五人探险队进入对南极点的最后冲刺阶段。当时条件异常恶劣，他们不是被暴风雪迷了眼，就是被强烈的阳光刺得睁不开眼。地形让人很难走过去，更何况他们和阿蒙森的队伍不同，他们没有用狗拉车，全靠自己拖着沉重的雪橇徒步前行。

这么做确实很英雄，而且是考验自己体力和耐力极限的超级壮举，但这也意味着他们会落后，而且越走就越虚弱。

尽管如此，他们仍与极寒苦苦抗争着，并且努力克服着自身的极度疲劳感。

这里的空气不仅非常冰冷，而且潮湿，像能冻进骨头缝里。周围的景象不断打击着斯科特一行人的士气。不管往哪个方向看，都是一片冰冻的荒原，没有温暖，没有庇护所，也没有额外的补给。这一切都是致命的打击，快把他们逼疯了。

但他们还是忍耐着。1月17日，他们真的抵达了南极点，这太令人难以置信了。这个惊人的成就，完全是他们用勇敢、忍耐和热血换来的。

只是，新的问题又来了。

斯科特在他的日记里这样写道："我们确确实实是到达了南极点。情况却和预期的十分不同。"

他们在这里看到了一个插着黑色旗帜的小帐篷，这令他们满心痛苦。原来他们已经输掉了这场比赛！阿蒙森的队伍到达南极点的时间，比他们整整提前了四周。

对疲惫不堪的斯科特一行人来说，这是个多么令人沮丧的事实。

斯科特船长1月17日的日记告诉我们，当时他们受了多么大的打击：

"我们度过了可怕的一天。除了满心失望，我们还要忍受四五级的大风和-30℃的寒冷，大家的手脚都冻僵了。这真是可怕的地方！"

无论如何，成功到达南极点也算是了不起的收获，他们却因落后而失去了庆祝的理由。他们勉强吞下"极地高脂肪浓汤"（就是把猪油、燕麦、牛肉、植物蛋白、盐和糖混合在一起弄成的恶心的糊糊），然后就拖着疲惫的身躯开始为漫漫回程做准备了。

如果说没有第一个到达南极点对于斯科特是个巨大的打击，那么他接下来的遭遇将使任何关于荣耀或比赛的想法都化为乌有。

22 斯科特船长：真是可怕的地方

"南极圈的斯科特"正在朝地狱走去。

***

斯科特从南极点返回的故事已成为传奇。人们有时会忘了他在生命最后几周的恐怖遭遇。斯科特是一位骄傲的人，在他去世数月后，人们在雪地里发现了他完好无损的日记。通过这些日记，我们可以感受到斯科特在记录不断恶化的状况时，仍然保持着坚强不屈的态度。

他试图掩饰自己的情感，但最终还是流露出一丝情绪。

在得知阿蒙森的队伍已经率先到达南极点时，斯科特一行人在情绪低落的情况下，不得不拖着装备在冰面上徒步1287千米返回基地。那可是1287千米。

他们面前是长达几个月的旅程，他们要拖着疲惫不堪的身体，怀着满心的失望，走过最艰险无情的南极荒野，与极寒和狂风搏斗，通过布满大裂缝的危险冰川。即使回到"特拉诺瓦号"，那份荣耀也已与他们擦肩而过。而且，他们的食物越来越少了。

这样看来，他们能活到现在，已经是个奇迹了。

在往回走的路上，他们感到疲倦。随着他们越来越累，他们开始摔倒。斯科特摔坏了他的肩膀，威尔逊的腿肌肉拉伤了，埃文斯的指甲脱落了。这听起来不是大事，可是他们需要用肩膀来背行李、用腿来走路、用手指来处理事情时，这些小问题在极端恶劣的环境下，统统成了会致命的大事。

这些隐患把这次回程变成了危险的死亡之旅。

2月17日是他们离开南极点整整一个月的日子。用斯科特的话来说，这是"非常糟糕的一天"，因为这天的条件格外糟糕。

当时刚刚下了雪，雪塞住了他们的雪橇，使得拉动变得更困难了。天阴沉沉的，能见度很差。他们的同伴埃德加·埃文斯的状况不佳，他掉到了队伍最后。当一行人停下来搭帐篷时，他们看到埃文斯落后很远，于是返回去帮助他。

他们发现，埃文斯已经处于发疯的边缘了。

埃文斯跪在地上，看起来他试图撕掉自己的衣服。他的双手裸露在冰冷的空气中，满是冻伤。埃文斯眼睛里闪烁着狂野的光芒，讲话语速很慢且含糊不清。有人猜测埃文斯在摔倒时伤到了大脑。

大家想要扶埃文斯站起来，可他才走了几步就又跪倒在冰面上。

很显然，他已经没办法再往前走了。于是，伙伴们拿来了雪橇，拖着已经意识模糊的埃文斯返回营地。他们尽可能让他舒服点，但已经无济于事了。

当天午夜过后，埃德加·埃文斯去世了。斯科特在日记里反映了其他人的心声："在经历了过去一周的痛苦与焦虑后，这样的离世或许是最好的解脱。"

现在，只剩下四名幸存者继续前行了。天气愈发恶劣，他们的雪盲症、冻伤、饥饿和疲劳也在加剧。情况日益变差，他们承受着更多的痛苦，更多的饥饿，更冷和更多的疲劳。斯科特深知，同伴们的希望正在一点点消逝。

威尔逊身上带了可致命剂量的药剂，斯科特要求他交出来，因为他发现大家出现了自杀的念头。斯科特不允许大家有这种消极放弃生命的想法。

不管情况变得多坏，他们都必须坚持下去！

他们做到了。凭借着非凡的勇气，他们日复一日地忍受着巨大的痛苦，最终克服了重重困难。

然而，就在埃文斯离世仅仅一个月后，不幸再次降临。

奥茨队长倒下了。因为身受重伤和冻伤，无法继续前行。奥茨上尉请求队友们将他留在睡袋中等死，但他们狠不下心来这么做，最终还是帮助他又撑了一天。

晚上他们搭帐篷的时候，发现奥茨进入弥留状态了。

奥茨也深知死神将近。他知道，如果自己没有拖后腿，也许其他伙伴还能有一线希望。如果以奥茨现在强撑的速度缓慢前行，大家都会饿死。

奥茨熬过了那一夜，但醒来时，外面又是一场大暴雪。这对他来说太难了。他转向伙伴们，说出了可能是历史上最著名的遗言："我出去一会儿，或许过一阵子才能回来。"

他蹒跚着走出了帐篷，走进了白茫茫的天地，然后消失了。

* * *

现在只剩下斯科特、威尔逊和鲍尔斯了。

在斯科特的日记里，他这样形容奥茨："他忍受了几周的剧痛，却没有一句怨言……直到最后一刻，他也绝对不肯放弃希望。"

其他队员也同样如此。他们知道自己活下去的希望微乎其微，躺在睡袋里等死反而是件简单的事。

但他们没有这样做，不管这片环境恶劣的荒原给他们多大的挑战，他们都会应战，直到死亡。

斯科特这样写道："我们都希望能怀揣勇敢搏斗到最后一刻，很显然，这一刻马上就要到来了……"

就在奥茨去世的次日，斯科特的右脚因冻疮彻底坏了，此时食物也所剩无几。他们一个个瘦得如骷髅、如鬼魂，但仍挣扎着坚持前行，强忍痛苦，慢慢地穿过暴风雪区。他们已经耗尽了所有力气。

此时，他们已经接近提前预设的补给站——臭名昭著的"一吨"补给站了，距离只有17千米。

但在那种情况下，17千米就像1000千米一样远。

暴雪更大了。

3月22日，天气异常恶劣，他们三个人根本无法出帐篷。虽然斯科特知道死亡已近，却仍拒绝低头，决心自己选择死亡的方式："遇到这种天气也是很自然的事，我们即将带着装备向补给站前进，或者不带装备。我们会死在路上。"

但他们那天没有出发。他们无法出发。猛烈的暴风雪毫不停歇，狂风呼号，把他们牢牢地困在了帐篷里。风暴持续肆虐着。

又过去了整整一周。对于他们临终前躺在帐篷里挨饿受冻的痛苦，我们只能想象。他们顽强地抵抗着死亡，却也知道死神在步步紧逼。

斯科特临终时情况怎样？我们永远也无法得知，只能从他的最后一段日记里找到蛛丝马迹：

"我们一定要坚持到最后一刻，但是我们现在越来越虚弱。生命走到尽头的日子已经近在眼前了。很遗憾，我已经无力再写更多。请照顾好我们的家人。"

这是人性的体现，在他生命中的最后一篇日记里，他心心念念全是他远在英国的亲人。

大雪掩埋了斯科特的遗体。残酷的南极战胜了他们，但他们表现出了巨大的勇气和人性。

* * *

当斯科特奄奄一息地躺在帐篷里时，他不光只写了日记，还曾写信给几位至爱亲朋。其中有一封信很与众不同，因为那是一封"写给民众的公开信"：

"我们深知自己此行冒了巨大的风险，虽然我们失败了，但我们也没有抱怨的理由……如果我们能够活下来，那么我会把关于我们一行人如何凭借韧劲、耐力和勇气远赴南极探险的故事讲出来，用它来鼓舞全英国的同胞。如果我们没能活下来，就让我留下的日记和我们的遗体来讲述这个故事吧……"

虽然，斯科特没能活下来，可他坚持到最后一刻的故事激发了人们的想象，同时也赢得了英国人民的尊重。"南极圈的斯科特"将名垂千古。

正如童军运动的创始人罗伯特·贝登·鲍威尔所言："英国会走下坡路吗？不会！因为英国人有足够的勇气和精神力量，这一点从斯科特和奥茨身上看得清清楚楚。"

在我们的生活中，需要榜样给予我们力量，让我们更优秀、更强大。真正触动我的，并非斯科特的成功或失败，而是他在生命最后数周里所展现出的勇气，那是一种难以企及的勇气与尊严。

23

罗阿尔·阿蒙森：
最伟大的南极探险家

ROALD
AMUNDSEN

胜利只给有准备的人——这就是人们常说的"幸运"。未能及时采取必要的预防措施，则一定会失败——这就是人们常说的"倒霉"。

——罗阿尔·阿蒙森

23 罗阿尔·阿蒙森：最伟大的南极探险家

阿蒙森海、阿蒙森冰川、阿蒙森湾、阿蒙森盆地、阿蒙森平原以及阿蒙森山。

在世界上，有许多地方都是用这个人的名字来命名的，这无疑证明了他所做出的贡献。甚至，在月球上都有一个陨石坑以他的名字命名！

他到底有多了不起？为什么"阿蒙森"这个名字屡屡被用来命名地球上最恶劣艰险的地方，甚至更远的地方？

你已经读过了约翰·富兰克林爵士勇辟西北航道的故事，也读了"南极圈的斯科特"想要首先抵达南极点的著名尝试。

无论是富兰克林爵士还是斯科特船长，他们最终都失败了。他们虽败犹荣，显示出了巨大的勇气。就算失败，他们也会青史留名，让世人知道他们曾参加过世上最艰难困苦的探险。即使如此，失败也还是失败。

有这样一个人，他不仅成功地完成了两位男士未能实现的探险壮举，还平安归来。他打通了西北航道，并成为第一个抵达南极点的探险者。

他的成就，用一个词来形容，那就是"成功"。他的成功与他人的失败形成鲜明对比，正如阴阳对立一样清晰可见。

让我向您介绍一下阿蒙森吧——罗阿尔·阿蒙森。不论用什么标准来评判，他都是有史以来最伟大、最有能力的探险家。

绝境重生　影响贝尔一生的探险家故事

＊＊＊

罗阿尔·阿蒙森是挪威人。在本书的其他章节中，您可能已经阅读了关于扬·巴斯路德和托尔·海尔达尔的传奇故事。您会发现，挪威一直是众多坚韧不拔、非凡卓越人物的诞生地。阿蒙森亦是其中的杰出代表。他被誉为"最后的维京人"，这个称号对他而言，无疑非常珍贵。

他出生于航海世家，从小就深知探险将成为他一生的事业。他年轻时，就在挪威严寒的冬季开着窗户睡觉，以期更好地适应自己钟爱的探险生活。

幼年时，阿蒙森便立下宏愿：成为第一个踏上北极点的人。

1899年，他作为贝尔吉卡探险队的一员，首次前往南极洲。这不是一次载入史册的探险，但它本可以载入史册。在阿蒙森一行人抵达南极大陆之前，充分领教了南大洋那里可怕的风暴和广阔的冰洋。冰冷的、波涛汹涌的海浪足以吞没船只，他们的一名船员被卷到海里淹死了。

最终，他们抵达了南极洲。

贝尔吉卡探险队是第一支在南极冰面上度过整个冬天的探险队。因为他们别无选择：船只被海冰困住，被迫随着冰块到处漂流。在南极，冬季的天空终日被黑暗笼罩。

船员们并未做好在此与世隔绝几个月的准备。由于供给有限，也担心船只会被海冰给撞碎，船员们感到恐惧。船身很快就被冻住了，桅杆和索具上结了厚厚一层霜。随着船只开始受到挤压，活着返航的可能性愈发渺茫。

对年纪轻轻的阿蒙森而言，这是对心性和决心的巨大考验。

因为孤独和恐惧，船上的很多人都精神崩溃了。有人竟跳下船去，站在冰冻的海面上，声称自己要走回贝尔吉卡的家。还有人因心脏病发作去世。许多人病得很重，以至于开始写遗嘱。

坏血病——航海者的诅咒——开始在船员间肆虐。先是船长得上了坏血病，因此阿蒙森和船上的医生弗雷德里克·库克接管了指挥权。至关重要的是，库克坚持要捕猎海豹，并将它们的冻肉储存在船上。没有人知道是什么引起了坏血病，但库克坚信这些海豹肉会对治疗坏血病有效，所以他给所有的人喂食了数口海豹的脂肪。渐渐地，坏血病的症状减轻了。

但是，他们的劫难远未结束。

冬去春来，极夜逐渐消退。然而，足有两米厚的冰仍牢牢地冻在他们的船上。如果他们无法将船驶到开阔海域，很可能会再被困一个冬天，那他们必死无疑。

你有过把汽车从雪里挖出来的经历吗？那么，想象一下把一艘船从南极的坚冰里挖出来。这就是阿蒙森一行人所做的事。除了金属工具之外，他们还用炸药去炸开坚冰。他们开始了为期九个月的、漫长而艰难的归途。

很明显，南极是个不欢迎人类的地方。除非，你有着钢铁般的意志。

但是，通过证明人类能够在如此严酷和敌对的环境中生存过冬，这次探险为斯科特、莫森以及当然还有阿蒙森自己的伟大南极探险奠定了基础。

而且，这段经历也将阿蒙森锻炼成了一位出色的领袖和冰雪环境中探险的专家。

这是他伟大事业的第一步。

* * *

西北航道是大西洋和太平洋之间、横穿北极的航线，多少年来探险家们都在寻找它，数百人为它付出了生命的代价，也有很多人认为这条航道根本就不存在。

然而，在每一位伟大先驱的灵魂深处，都坚信一切皆有可能。他们百折不挠，无论受过怎样的打击，都绝不言败。

1903 年，阿蒙森出发去寻找西北航道，同行的只有六个人。他们驾驶着一艘名叫"约阿号"的小渔船。在北极附近辽阔无垠的冰海中，"约阿号"显得异常渺小。然而，这是个明智的选择，因为他们为了找到西北航道，需要经过一片水很浅的海域，稍大些的船就可能会搁浅。

"约阿号"装有一个小型的舷外马达，即使如此，这次旅程仍花费了三年的时间。每到冬天，海面就会结冰，他们不得不等到冰层彻底融化后才能继续前行。阿蒙森始终照着自己的计划坚持着。他紧贴海岸线行进，并相信最终耐心会给他带来胜利。

阿蒙森做对了。在这次探险中他所发挥出的神勇，不仅仅局限于成功地开辟了航线。完成任务后，当船只在阿拉斯加的太平洋海岸起锚时，他急切地想要向挪威发送消息，告知人们他已经完成了这一惊人的壮举。问题是，离他们最近的电报站也有 805 千米。

阿蒙森不会被这点小事难住。他带上滑雪板，穿越冰面往电报站赶去了。发好电报后，他又返回了"约阿号"。

正如我所说，他非常强悍。

他也非常聪明。在北极探险期间，他花了很多时间去向当地的原住民学习。他注意到，原住民们用小狗来拉雪橇，以及如何利用动物取暖。如果你想在极端环境中生存下去，最好仔细观察那些已经这样生活了数百年的人。

阿蒙森正是这样做的。他是个不打无准备之仗的人，这将对他未来的探险活动大有帮助。

* * *

现在，阿蒙森已经完成了探险计划中的"开辟西北航道"一项，但他还有两大挑战：北极和南极。阿蒙森希望自己是第一个到达的人，这是他自幼的梦想。他决定先往北极走。

去北极点需要进行周密的准备工作，而且大笔的探险资金也必不可少。这次探险很考验胆量，尤其是按照阿蒙森的计划执行的话。他决心乘船进入北极圈，船在被冻结在浮冰中后，随冰漂向北极。但是冰可以完全吞噬一艘船，以至于什么都不剩下。阿蒙森给出了他的解决方案：使用一艘圆底的船，就算浮冰聚拢来，也只会把它架起来，没办法把它压碎。

这样真的可以吗？谁也不知道。阿蒙森却愿意试一试。

然而，他从未得到机会。周密的准备需要时间，在他犹豫的时候，一个毁灭性的消息传来了：分别以弗雷德里克·库克（阿蒙森在贝尔吉卡探险队时认识的）和罗伯特·皮尔里命名的两支竞争对手的团队——声称已经到达了北极点。

这些声称是有争议的，但这似乎对阿蒙森来说并不重要。他不是那种愿意屈居人后的人。他意识到，自童年时期便梦寐以求的成就，将不再属于他，这无疑是一个沉重的打击，但他迅速将目光转向了南极。

阿蒙森很狡猾。他知道还有其他人也想最先到达南极点，其中包括"南极圈的斯科特"，哪怕是对最亲近的人，他也从未说起过自己的计划。即使是那些即将参加探险队的同伴，也是在他们离开挪威一个月后，阿蒙森才宣布探险的真正目的地。在斯科特已经动身往南极走了八周之后，他才在最后一刻发了消息，让斯科特知道竟然还有竞争者。

1911年1月14日，阿蒙森一行人来到了南极洲的鲸鱼湾。在这里，我们再次看到了周密计划的重要性，以及他的狡猾。阿蒙森的南极营地相较于斯科特的营地，距离南极点近了整整96.56千米。在这样的比赛中，96.56千米可能造成决定性的差异。另外，鲸鱼湾也是企鹅和海豹出没之地，换而言之，它们都是潜在的食物。因此，这里是南极大陆上为数不多的他们可以依靠当地资源生存的地方。

阿蒙森事先做足了功课。

一旦驻扎下来，他便将之前学到的技能付诸实践。

他有足够用两年的补给，还有一百只狗。他曾向住在北极的人学习如何用狗拉雪橇。（这些狗还有其他用处——情况危急时，它们便能作为食物，既可以用来喂养其他犬只，也可以供探险队员们食用。）

首先，阿蒙森和他的队员们必须在南极的冰面上熬过整个冬天。从第一次探险经验中，阿蒙森知道，那是非常黑暗、孤独的经历，因此他做了充分的准备。在南极圈漫长的冬季里，他让同伴们忙着为未来的极点冲刺做各种筹备工作，忙碌的工作让他们无暇顾及寒冷、黑暗和孤独。

他们有严格的工作日程，从早上七点半开始，到下午五点结束，每周工作六天。阿蒙森带了足够建造一个大型冬季小屋所需要的材料，以供给全队人过冬。他确保食物既健康又美味——没有什么比食物不足或难以下咽更破坏团队士气。

阿蒙森带了几千册书供大家阅读，还带了乐器和留声机。这些粗犷的男人们在远离文明数千千米的地方，躲在冰天雪地的黑暗中，聆听那些沙沙作响的老唱片，这本身就令人振奋。

阿蒙森甚至还带了一个便携式桑拿，刚好够一个人使用。一旦他们享受了桑拿，男人们不得不赤身裸体跑过冰面回到他们的小屋。这在南极的严冬里，既令人振奋又兴奋！

到了那年八月，阿蒙森一行人养精蓄锐，把状态调整得非常好，准备向南极点进发。但是，南极是一片不可预测的荒蛮之地。他们准备向第一个补给站冲刺，然后继续前往南极点，天气突然恶化，将他们困在了冬季小屋里。直到九月阿蒙森才觉得已经足够安全，可以再次出发了。

刚上路时一切顺利，他们仅花了三天就走了50千米。然而，第二天早上，他们便发现气温已经骤降，低至-56.7℃。

由于天气过于寒冷，罗盘中的液体都冻住了，两名队员的脚跟也冻伤了。

还有两只雪橇犬被冻死。

继续往南走实在太危险了。大家只好返回了鲸鱼湾。但阿蒙森不是那种会轻易被失败击垮的人。

他第二次带领团队前往南极点时取得了成功。很多人都说阿蒙森在向南极点冲刺时遇到了好天气。只有没去过南极的人才会这样说。相信我，在南极，任何时候的天气条件都极其恶劣。

不过，阿蒙森的做法确实非常智慧。他展现出谨慎、深思熟虑的判断和难以置信的领导能力。他耐心地等待着天气好转。他保持冷静，控制自己的情绪，并且当时机到来时，他行动了。

他们全力以赴。

他们心志坚定，精神饱满，勇气十足，决心如铁。

阿蒙森和他的四名同伴，连同五十多只狗，直面残酷的现实。冰层中潜藏着许多巨大的裂缝，这些裂缝构成了巨大的威胁。此外，地形也越来越陡峭可怖。

11月11日，一座山脉在地平线上显现出来，阿蒙森以挪威女王的名字将其命名。但是，无论这些山是否属于皇室，他们都必须翻越过去。

他们咬紧牙关，驱使他们的狗继续前进，并设法将重达一吨的物资运到3048米之上。

在这里，他们开枪打死了二十四只狗，剥皮取肉。这是令人沮丧的工作，他们称此地为"屠宰店"。其实，这不仅是一场屠杀，他们已经对这些狗产生了感情，不愿意见到如此血腥的结局。

但这就是他们带狗来这里的理由：为了帮助和支持队员们。阿蒙森和他的团队以它们的肉为食，他们需要尽可能多的能量。

他们原计划只休息两天，却因为暴风雪一直不停歇，他们被迫滞留在"屠宰店"整整四天。他们知道，每耽搁一天，向南极点冲刺的时间就又推迟了一天。

同时，这也意味着他们又浪费了一天的粮食，甚至与死亡又接近了一步。

他们不能再犹豫了。时间已所剩无几，他们该全力投入才是，现在不走，就永远不用想走了。阿蒙森一行人走出帐篷，一头扎进了狂风暴雪的白茫茫世界中，毫不停歇地向南推进。

整整十天，他们都在刺眼的雪中强行前进，挣扎在那白茫茫的、除了白雪之外什么都看不见的混沌中。他们的每一步都充满了危险，结了冰的高地上满是掉下去足以致命的大裂缝，旋转的雾气将他们的能见度降低到了几厘米之内。

但是这里还有更多的危险等待着他们。

他们发现自己竟行走于广阔的薄冰面上，如果击打脚下的冰面，会听到空空的回音：冰层下面有一个相当大的空隙，在那下面，还有一系列致命的深裂缝。

阿蒙森将此地命名为"魔鬼的舞厅"。在他们使用雪橇穿越此地时，都感到了紧张。然后，他们继续坚持向南进发。

1911年12月14日，他们终于到达了。想要完成这项艰巨的任务，他们必须有令人难以置信的勇气、坚持下去的计划和精密细致的考虑，同时，在关键时刻，他们还要能够做出大胆且明智的决策。

他们在南极点插上了挪威国旗，然后搭好了帐篷。仅仅在几周之后，"南极圈的斯科特"一行人看到了这顶帐篷。

后来，阿蒙森回想起那一刻时，心里却是充满了惆怅。"没有人会实现一个与预期完全背道而驰的目标。北极周围的地区——魔鬼的所在地——

从小就让我着迷,现在我却在南极。还有比这更疯狂的事吗?"

但也许,毕竟这并不那么疯狂。我们的生活很少会沿着预期精确前进,然而有时某些事情似乎是命中注定的。多年来,有件事已经显而易见:罗阿尔·阿蒙森总是那种会实现非凡成就的人。

只是事情并没有按照他的预期发展。

* * *

阿蒙森并未因成为第一个到达南极点的人而骄傲自满,他对冒险的渴望仍然十分强烈。他的心又将他带回了北方,去继续探索西北航道,并且对空中旅行越来越着迷。于是他自然而然地成为飞行队中的一员,并且至关重要的是,首次飞越了北极点。

截至今日,所有之前声称通过陆地到达北极圈的主张仍然存在争议。我们至今都不知道库克有没有到达北极。但如果 —— 正如许多人所认为的 —— 他们没有到达,那么阿蒙森确实实现了他从小的心愿。

他所在的团队,是第一支抵达了北极的队伍,这一点毫无争议。

这是梦想的力量、坚持不懈的努力以及真正的勇气相结合,共同带来的必然成功的结果。

* * *

阿蒙森并非生来就是英雄。英雄从来都不是天生的。但他确实像英雄一样死去。1928年6月18日,一艘飞艇在从北极点返回时在北极坠落。阿蒙森参与了救援。

阿蒙森的飞机因北极的重重迷雾而坠落,它的残骸曾一度在挪威海边被发现。阿蒙森的遗体却永远没有找到。

举国哀悼阿蒙森。不过，对他而言，这或许是一种恰当的死亡方式，因为他毕生都在令人生畏的极限区域冒险和探索。

极地的冰冻荒原最终夺走了阿蒙森的生命。

但在那之前，他已经证明了自己配得上这样的称号：有史以来最伟大的南极探险家。

24

道格拉斯·莫森：白雪地狱

DOUGLAS
MAWSON

我们找到了一个被诅咒的国家——这里是暴风雪的发源地。

——道格拉斯·莫森

24 道格拉斯·莫森：白雪地狱

斯科特、沙克尔顿和阿蒙森。

这些名字在南极探险史上犹如神话，被世人牢牢记住。但是，还有一个人几乎被大家忘掉了，他就是道格拉斯·莫森。

这实在令人遗憾，因为莫森展现出了与其他伟大的南极探险家一样坚强的精神。

甚至可能更胜一筹。

1908年，尼姆罗德探险队的欧内斯特·沙克尔顿派了一支由他最坚忍的队员们组成的队伍去攀登埃里伯斯山，其中就包括道格拉斯·莫森。

埃里伯斯山是南极唯一一座活火山，山势非常陡峭，冰雪覆盖着倾斜角很大的山坡，足有3800米的高度，对于经验丰富的登山者来说，无疑是一个巨大的挑战。但莫森和他的同伴们并不是经验丰富的登山者。

他们也没有太多的设备，只有冰耙和几根登山绳。他们将钉子用皮革条绑在靴子上代替冰爪，用绳子将睡袋绑在背上代替背包。他们用雪橇拉着食物，无视刺骨的寒冷。天气冷到袜子都粘在了鞋上。

他们是在南极。在读过前面的故事之后，你一定认识到，那是多么严酷的环境。

想想那个情景，坚强的探险者不愿因缺乏南极探险经验而屈服，充分利用所拥有的一切。道格拉斯·莫森就是这样的人。

沙克尔顿试图成为第一个到达南极点的人，但失败了。与此同时，莫森则有一个不同的目标：成为第一个到达南磁极的人。后来，他和同伴阿利斯泰尔·麦凯共同取得了成功。

他们所走的是一条极其危险的路，他们能够获得胜利，真是难以置信。他们的必经之路犹如一座隐藏着无数危险裂缝的无尽迷宫，他们经常跌进那些大裂缝里，幸而每次都能设法自救——最常用的办法，是将双臂伸展至冰面上狭窄的裂缝上方。

他们靠吃海豹和企鹅为生。因为寒冷，嘴唇都破了，莫森发现他吃的每块饼干上都沾上了自己的血。

冻伤、雪盲、恶心和疲劳如影随形伴随着他们。

尽管条件如此恶劣，莫森仍努力保持头脑清醒，将每日进展都仔细地记录下来。正是这些笔记让我们更深入地了解了莫森。与同时代的斯科特和沙克尔顿相比，他具有更科学的思想，所以他选择了南磁极。从科学角度上讲，那是比地理意义上的南极点更有意义的地方。莫森正是被这一点吸引住了。他不为名和利，投身于各种艰难困苦中，一个月又一个月地忍受磨难，这一切都是为了科学。

也许这才是他拒绝了斯科特船长的邀请，没有去命运多舛的"特拉诺瓦号"的原因。他更愿意自己组织一次以科学研究为目的的远征——澳大利亚南极科考队。

莫森的这次探险，堪称最残酷的生存故事。

* * *

澳大利亚南极探险队的活动从1911年持续到1914年。

这支队伍由不同的探险家团队组成，分别驻扎在南极的三个不同的长期基地。计划是让这些队伍在基地中度过难以忍受的、严酷的、黑暗的南极冬季。然后，当天气变暖时，他们可以出发去探险，并收集目标的科考数据。

1912年11月12日，莫森从位于联邦湾的营地出发，到南极地区的英王乔治五世大陆去考察。他还有两名同伴：泽维尔·默茨和宁尼斯中尉。他们带了十二只狗和两个雪橇，上面装满了旅途中必备的物资。

起初一切顺利。仅用五周的时间，他们就已经翻越了483千米的路程。然而，12月14日，灾难发生了。

当时宁尼斯中尉正驾驶着一架雪橇（六只最好的狗拉着他），上面是他们的大部分补给。突然，在毫无预警的情况下，宁尼斯连同雪橇和狗一起跌进了一个未被察觉的裂缝里。

莫森和默茨赶紧跑往宁尼斯消失的地方，连续几个小时，他们往那条可怕的裂缝里呼喊，希望能找到宁尼斯，但没有得到任何回答。

只有不祥的沉寂。

他们又放下一根绳子，顺着绳子爬进大裂缝里，想要找到宁尼斯，可一无所获。

他们往下看着大裂缝里的虚无，唯一可见便是下面45.72米的地方有两具破碎的狗的尸体。之前放在雪橇上的补给已经彻底丢失了。

宁尼斯貌似不可能活着了，即使他还活着，他们也没有任何办法把他救出来。

别无选择的莫森和默茨只好离开，将宁尼斯留在此地并努力安全返回营地。现有的补给量需要扣除这些损失的部分。

经过清点，他们发现仅剩下足够维持十天的食物，狗粮、帐篷和冰镐都不见了，甚至连至关重要的防水衣物也随着宁尼斯一起消失在裂缝中。

丢失这些实在是太糟了。

莫森和默茨用雪橇和一块棉布搭了简易帐篷，里面勉强放下两个人的睡袋。

这样的保护措施对环境因素，特别是南极洲的恶劣自然条件来说，是极其有限的。

现在他们只剩下六只雪橇犬了。在返回大本营的路上，它们必会被接连杀掉，成为两名探险者和其余狗的食物。对于这个残酷事实，莫森和默茨都心知肚明。

他们杀的第一只狗叫乔治。他们用来福枪杀了它，把它坚韧且多筋的肉煮熟，狼吞虎咽地吃下去，以增强体力。用两名探险者的话来形容，那些狗肉"味道特别，是让人不愉快的味道"。

其他的狗则贪婪地吃掉了剩余的部分。

然后，他们就往回返了。从这里到大本营要走483千米，能回去的可能性非常小。据推测，他们的背包里装有氰化物药片，以便在最坏的情况下得到解脱。

如果知道接下来会发生什么，他们很可能会去服用……

* * *

莫森的身体首先出现状况。宁尼斯遇难后两天，他抱怨自己的眼睛疼得要命。莫森认为是结膜炎发作，但决定采用通常用于治疗雪盲症的方法处理：将锌和可卡因用水调开，请同伴帮他把药糊涂到眼睑下的凝胶状组织中。这虽然令人痛苦，但却是必要的。

因为突然挨饿，这些狗立刻变得虚弱，莫森二人只能自己拉雪橇了。后来，有两只狗没办法走路了，探险者们只好杀狗剥皮。莫森在笔记里写着："真是糟糕。"吃掉你所爱和依赖的狗，并不是件有趣的事情。

剩下的狗变得非常瘦弱，以至于它们能从挽具中滑脱出来。当人们扔给它们同伴的尸体时，它们把骨头和皮都吃光了，直到什么也不剩。

宁尼斯死后的第9天，莫森和默茨决定扔掉一些剩余物资以减轻负担。

来福枪和几样东西一起被扔掉了。从现在开始，他们每次杀狗都只能用刀了。狗在嚎叫，血在冰面上流淌。"令人厌恶且沮丧的行动。"莫森写道。

不久后下起了雪，能见度几乎为零。

情况越来越坏，又刮起大风来了。

时速达到80千米的大风意味着这些男人们不得不在他们狭小、拥挤、临时搭建的帐篷里做饭。这是一个大问题。炉子的热量融化了落在棉布上的雪，雪水透过布滴到他们身上。

他们的衣裳也湿透了，没办法弄干。天气越来越冷，衣物越来越湿，这种情况残酷且消磨士气。湿和冷耗尽了探险者们身上的所有力量，害得他们连觉都睡不着，甚至连喘口气的余地都没有。更糟糕的是，取暖炉的余温融化了睡袋下面的冰，把他们的睡袋和衣裳弄得又重又湿了。待炉子彻底凉下来，湿漉漉的睡袋又迅速结了冰。

他们白天继续前行，但进展非常缓慢。莫森眼看着伙伴的健康状况渐渐恶化。

默茨无法食用狗肉，在莫森吃营养丰富的狗肝时，他只能吃干巴巴的饼干碎片。现在恶果开始显露出来：莫森看到默茨腿上皮肤开始剥落，露出血淋淋的鲜肉——这是营养不良的症状。

默茨的手指也被严重冻伤了。惊恐之下，他竟咬下了自己的一截手指，而且丝毫不觉得疼。他的身体已经开始一点点死亡了。

三周过去，默茨几乎已经无力离开结了冰的睡袋。他只能吃下他们有限配给中的一点点婴儿奶粉。

莫森劝伙伴坐上雪橇，由他拉着前行，如果不这么做，就只能放弃默茨了。默茨最终勉强同意了，于是莫森拉着他上路。即便是争分夺秒，默茨的状况还在不断恶化——他得了痢疾。由于他不停地拉在自己的裤子里，莫森不得不用手帮他把那些水样稀的粪便从湿透了的裤子里掏出来。

其实，莫森自己的健康状况也越来越糟。他们的帐篷实在太潮湿，再加上马不停蹄地赶路和营养不良，他的皮肤也开始脱落，尤其是两腿之间，那里本来就有很多擦伤。这种感觉痛苦极了。因为他严重营养不良，新长出来的皮肤很差，正如他所说，是"非常差、营养不良的替代品"。

莫森脱发和脱皮的现象都非常严重，有些掉下来的头发和皮肤积聚在裤子和袜子里，竟结成了臭烘烘的一大团，需要把它们清理出来。

1月7日，默茨因为营养不良，恶臭且呈水样的排泄物，不停地弄脏了裤子。

他开始抽搐，并发出精神错乱的尖叫声。

很显然，他的大限将至。

1月8日凌晨两点钟，默茨去世了。莫森把伙伴的遗体埋在了雪地里，大声为他朗读《公祷书》，然后把他留在了可怕的南极。

从现在开始，他要把注意力全部集中在自己身上了。

截至此时，莫森已经用仅够十天吃的口粮维持了整整二十六天。他越来越虚弱，身体已经不太听使唤了。可是，他还有161千米的路要走！

他知道自己随时可能会死掉。他在日记里写道："我将尽我最大的努力，直到生命的最后一刻也不言放弃。"

* * *

整整两天，莫森寸步难行。风太大了，而且漫天大雪。

因为长时间穿着湿衣服行走，皮肤受到严重损害，无法正常愈合。鼻子和嘴唇上到处是溃疡和割伤。由于摩擦和潮湿，阴囊上的皮肤完全脱落。

待他终于再次上路，才走了几千米便因为脚痛难忍而停了下来。他脱掉鞋袜，发现脚底的皮肤已经完全剥落，袜子也被鲜血和脓水浸透了。

莫森不知道该怎么办。脚部化脓的他无法行进，他需要设法进行治疗。无奈之下他只好把羊毛脂涂在流血的地方。所谓羊毛脂，其实就是从羊毛中提取的蜡状物质。涂抹之后，他将之前剥落的皮肤重新贴回脚底以保护伤口。之后，他用绷带将脚部包扎起来，并重新穿上了袜子。双脚变成了由血淋淋的皮肤、血液和脂肪组成的三明治，然后，他咬紧牙关，忍受着可怕的疼痛，继续前行。

次日夜里，莫森发现自己忘记给手表上发条了，他必须知道精确时间才能够计算经度，现在也无法做到了。

不仅他的身体状况在恶化，雪上加霜的是，他现在还迷路了。

但他仍然坚持前行。

经过一天的艰苦跋涉后，他用狗的肌腱煮了一锅"额外的浓汤晚餐"慰劳自己。这都算一顿美餐。每一天他都得重新包扎那恶臭、流脓的双脚，那种痛苦令人难以忍耐，而且每次都要数个小时，简直是在自我折磨。

几个小时后，莫森又要上路了。

南极折磨着莫森，不过，迄今为止，它还没有发出最后一击。

1月17日中午之前，当时，莫森用绳子把雪橇绑在身后，在雪地里拖着走，忽然他感觉脚下的冰面崩塌了。他踩到了冰缝上的薄冰。

开口有1.83米宽——这意味着没有任何可以抓住的东西。

他直直地往下坠落。

在荒野求生时，活下去真的需要运气。这次莫森的运气不错。

他原本以为绑在他身上的雪橇肯定也跟着他一起落下冰崖，自由落体地掉下去。没想到雪橇却并没有掉下来，它奇迹般地被积雪卡住了。

莫森被他和雪橇之间的绳子拉着，虽然没有掉下去，却无助地悬在了半空中。他距离上面的冰面有4米的距离，往下看只有一团漆黑，深不见底。

想要活命，他唯一的办法就是拖着疲惫的身体，顺着他和雪橇之间的绳子爬上去。

您可曾试过在没有外力协助的情况下爬一根细绳？那是一项极其困难、几乎不可能做到的事情。更何况，莫森处在气温低至零下的环境。他严重营养不良，全身的皮肤脱落、肌肉几乎没有力量。况且，他还穿着一身沉重的湿衣服。

在恐惧、寒冷和孤独的折磨下，浑身发抖的莫森强忍着痛苦开始了这项貌似不可能的爬绳工作。他决不放弃求生。

莫森拉着绳子，一点一点地往上爬，慢慢地向裂缝的边缘移动。

当他离裂口只有30厘米时，忽然听到一声可怕的断裂声。接着，裂缝的边缘又发生了新的崩塌。

莫森又一次坠入了黑暗中。幸好有绳子和雪橇，他又一次吊在了那里。

莫森称此时为最绝望的时刻，也是他最艰难的战斗。他想过就此了断。他完全可以解开安全扣，让自己坠入虚空，从而结束当前所承受的所有痛苦。

他发现自己已经把手指伸向了安全扣。他几乎在期待死亡所带来的平静。

此时此刻，他不仅仅在用身体进行战斗，还在用心灵进行战斗。

但莫森拥有超乎常人的勇气。他还是不肯在绝望中屈服。他以远超常人的努力，再次，一寸一寸地，痛苦地爬上绳索。

这一次，他成功了！

他在冰隙的一侧昏迷过去，筋疲力尽。

等他醒来时，整个人已经冻木了。

"没有人能像我这样奇迹般地生还。"他后来写道。

虽然这一次莫森战胜了死亡，但死神仍不肯放过他。

他的身体还在继续恶化，满身都是化脓的疮疤，脸上生了脓包，指甲和头发纷纷脱落，胡子一团一团地从脸上掉下来。还有他的脚，之前被他裹得犹如三明治般的剥落的皮肉已经萎缩腐烂，他只得丢掉那些坏死的组织，用曾经是脚掌的、裸露且渗液的肉行走。

他得上了坏血病，关节处也疼得像火烧，鼻子和手指末端鲜血直流。

冰面犹如子弹般坚硬，如大理石般光滑。莫森必须用雪橇上载着的少得可怜的装备做个临时的冰耙协助他前行。很可惜他没有成功，他只好跪在地上，用流着血的手和膝盖，拖着身后的雪橇爬行前进。

天气丝毫没有好转的迹象，狂风呼啸，大雪纷飞，寒冷刺骨。莫森被困在了暴风雪最猛烈的中心地带，却仍坚持往前挪动。

最后，在2月8日那天，在宁尼斯因坠入冰崖遇难两个月之后，莫森返回了大本营。

大本营里的人以为莫森及其同伴已经全部遭遇不幸，当他们看到一个身影向他们走来时，立刻跑了过去。

莫森及其同伴于去年的十一月出发。因为莫森浑身是伤，大本营里的伙伴都无从辨认，这个跌跌撞撞地走向他们的人，究竟是谁。

**

在返回营地之后，莫森又在南极度过了一个漫长的、黑暗的冬季。因为他到达基地的时候，原本可以带他返回文明世界的"北极光号"已于几个小时前起航了。真是糟糕的时机。

于是，他只能给远在澳大利亚的未婚妻发了条短信，写得既简短又低调，只有莫森这样的南极探险英雄才能说出这样的话。

短信里既没有自怨自艾，也只字未提他之前一切的可怕遭遇。

"抱歉迟回，我已经赶回大本营。"

莫森就是这么一个低调、谦虚却又充满勇气的英雄。

25

欧内斯特·沙克尔顿：
我遇到的最执着、最顽固的男孩

Ernest
hackleton

诚招旅伴。这将是一次危险的旅行：薪水微薄，安全系数极低，险情不断，且要忍受长达几个月的极寒和极夜，不排除回不来的可能。一旦成功，则会名利双收。

——沙克尔顿在《泰晤士报》上发的广告

25 欧内斯特·沙克尔顿：我遇到的最执着、最顽固的男孩

毫无疑问，"南极圈的斯科特"是位勇士。与斯科特同行的人也都非常坚定。

斯科特第一次去南极时坐的船为"发现号"，当时船上还有一名年轻男子，后来也成了一名伟大的探险家，甚至是最伟大的探险家。这名年轻男子和斯科特一样，很小的时候便出海。一位船长曾说，他是"自己遇到过的最执着、最顽固的男孩"。

这位船长的话不一定是夸奖，却有值得我们记住的东西：在有些人看来不过是死脑筋和牛脾气，在另外一些人看来，就是真正的勇气。

这名年轻人跟着斯科特完成了第一次南极之旅。他们忍受着极圈内的各种恶劣条件，成为有史以来走得最南的探险队成员。这一壮举值得世人尊重。

后来，这名年轻人取得了更大的成就。他那史诗般的历险，在一次救援和逃生中达到了顶峰。这名年轻人名叫欧内斯特·沙克尔顿，他是史上最强悍、最具榜样力量的探险队领袖之一。

***

与斯科特船长一同乘坐"发现号"前往南极进行探险活动，让沙克尔顿大病一场。这并不奇怪，去过南极的这三个人都患上了冻疮、雪盲症和坏血病，但沙克尔顿病得最重。因此，待他们返回"发现号"后，沙克尔顿便被提前送回了家乡。有人说沙克尔顿曾因此与斯科特船长发生争执，但没有人

知道真相。

能够确定的是，在很多人都因那次探险的残酷而退缩时，沙克尔顿和斯科特却正对南极感到着迷。

在回到英国之后，沙克尔顿决定重新规划自己的人生。他先当了一阵子记者，后来又经商，甚至当上了议员。但他那颗渴望探险的心一直未变，这些传统职业不适合他。

沙克尔顿需要危险跌宕的生活。他知道，如果这才是他想要的人生，那么南极是个能够满足他的好去处。

1908年，他再次前往南极，此次旅行他搭乘的是自己的船只"尼姆罗德号"，并担任了探险队的领队职务。

他们尚未抵达南极，便遇到了困难：一名队员被金属钩了眼睛，流血不止，疼得狼哭鬼嚎。船上的随队医生告诉大家，必须摘除眼球。摘除手术是这样完成的：两名船上的水手按住伤者，医生仅用一点点麻药（氯仿吸入剂），就挖出了那只受伤的眼球。

那些早期的南极探险家就是在这样残酷的环境中求生的。

"尼姆罗德号"南下探险的目的是完成首次到达南极点的壮举。为了让团队里的每一个人都能够发挥作用，沙克尔顿先派了一支小分队去探测埃里伯斯山。

如果您读过本书里关于富兰克林爵士的探险故事，那您一定对"幽冥号"不陌生了。"幽冥号"是富兰克林爵士的一艘被南极坚冰毁掉的船，后来这座山就用这艘船的名字命名了。埃里伯斯原本是指希腊神话中的冥界之神，而埃里伯斯山则是一座被雪覆盖着的火山，高达3810米，从来都没有人类涉足过。它屹立于南极的冰原上，高大巍峨、令人见之生畏，叫它埃里伯斯山，还真是名副其实。

被派去勘测埃里伯斯山的小分队中，有一个男孩子就是后来大名鼎鼎的道格拉斯·莫森。这支小分队花了整整五天才成功登顶埃里伯斯山，待他们下山时，一路几乎是滑下来的。等他们回到大本营时，用其中一名队员的话说，"简直快死了"。

在他们面前，还有更为艰巨的南极之旅。他们渴望能够跟着沙克尔顿深入这未知之境。

这一次，沙克尔顿一行人没能到达南极圈，不过他们创造了人类南征的最远纪录。多年后，斯科特船长回忆起那次向南行进的折返经历，简直令人难以忍受。

他们带着一半口粮，拉着各自的雪橇就上路了。除了在南极通常会得的病（例如冻伤、坏血病、雪盲症）之外，他们还因吃了坏掉的马肉而患上了严重的肠炎。在这样的冰封荒原上，得了痢疾可真糟糕。沙克尔顿也体力不支了。不过，他尽量不让疾病拖慢自己前行的速度，健康情况恶化得越厉害，他就越努力。沙克尔顿几乎一直处在饥肠辘辘的状态下，可他还会分一些自己的口粮给那些虚弱的队友。

他就是这么一个身先士卒的人。

待沙克尔顿完成了南极之行回到英国，他获得了骑士勋章，还受到了来自民众的英雄般的欢迎。但是，沙克尔顿在探险史上的崇高地位，并不是由这一趟"尼姆罗德号"之旅所奠定的。

这一地位的确立来自五年后。沙克尔顿再次启程，远赴南极考察。这一次，他们的船是"忍耐号"。

忍耐，正是他们接下来要做的事情。

* * *

时值1914年。

这时斯科特船长已经遇难了。阿蒙森已经成为第一个抵达南极点的人。欧洲爆发了战争，但是南极依旧是最能够吸引沙克尔顿的地方。

他认为还有一个伟大南极探险尚未完成：横穿整个南极大陆，从大陆一端到另外一端去。

沙克尔顿觉得，这一任务应该属于他。

1914年8月，"忍耐号"从普利茅斯起航，他们很顺利抵达了第一站布宜诺斯艾利斯。从这里他们再度出发，直接驶向南乔治亚岛，在那里他们将为后面的南极探险做好充分的准备。

可是，他们是顶着一个坏兆头南下的——他们比预期更早地遇到了可怕的浮冰。在途经的水域里，冰水混合物厚得像混凝土，而且那段路冰雾弥漫，他们不得不在这样的水路上穿行。在船周围是直径达7.62米的洞，常有可怕的虎鲸撞破冰层，进来找食物。

1915年1月19日，"忍耐号"还是彻彻底底地被厚厚的海冰困住了。

大家在船上熬了一个月又一个月。他们的船十分坚固，却也无法与坚冰的力量抗衡。一点一点地，"忍耐号"开始破裂，巨大的橡木木材，像火柴棒一样在他们面前被扭碎了。

10月27日，"忍耐号"沉没，全体探险队员失去了回家的交通工具、失去了重返自由的船票。他们孤立无援，既没有通信设备，更没有逃生的办法。

他们一共有二十八个人，带着三艘小划艇，尽可能地从"忍耐号"上抢救出一批物资，逃到了冰面上。他们原本想凭借手里的工具，将这些东西拖过冰面，进入开阔的水路。很快，他们发现这难如登天，因为他们早已冻得僵硬，筋疲力尽。因此，沙克尔顿想出了另外一个办法：他们在这片冰面上搭帐篷并住下来，希望冰会往北漂移，把他们带到安全地带去。

后来这片冰真的慢慢地往北漂移了，但显然，他们并不安全。

首先是食物严重短缺。探险队员们靠捕杀海豹进行补给。他们还带了

25 欧内斯特·沙克尔顿：我遇到的最执着、最顽固的男孩

狗。开始，他们还用海豹肉喂狗，后来，海豹越来越少，他们不得不开枪杀狗，靠吃狗肉维生了。

后来，由于那片冰漂移得离南极越来越远，海水温度随之上升，冰也开始消融。对于探险队员而言，再住在这里是非常危险的。一次，他们中的一个人就因为这片冰的断裂而掉进海里，为了不被冻死，他只能绕着剩余的小块不停行进。

探险队员们别无选择，只得再次返回小艇上，开始划桨。

这一走就是五天五夜。直到大家浑身尽湿、气力耗尽，这才找到了一片名叫象岛的荒芜岩石之地。这是他们出发十六个月以后第一次登上陆地！一开始，他们都为自己终于上岸了而感到欣喜若狂。

他们并没有开心多久。

象岛的情况如下：人口数为零，气温处于零下，地理位置偏远，频繁遭受极端猛烈的海风侵袭，它是浩瀚而狂暴的南大洋中的一个小点，离人类文明有千里之遥。

沙克尔顿一行人虽然摆脱了被融化的冰层带进海里的危险，但他们的新家条件实在太差，简直难以置信。可是，离开陆地又很难生存，在这里还能猎到一些海豹和企鹅，既可以作为食物也可以用其脂肪炼油来做燃料，这样他们就可以生炉子取暖了。他们还收集了所有能收集到的贝类。此时，他们所有人都处于虚弱的状态，如果没有救援，他们活不了多久的。偏偏这里又是个不会有船经过的地方，离此地最近的、能够获得救援的地方是南乔治亚岛的捕鲸站。

可是，捕鲸站离他们还有 1287 千米。

但沙克尔顿不会让他的队员们死在荒岛上。

他决定孤注一掷。

* * *

　　沙克尔顿决定，带几个最强壮的船员，划一艘小艇前往那里，通过那片全球最冷最狂暴的海域。

　　这真是一个雄心勃勃到了疯狂的计划，想要成功简直就是妄想。

　　"詹姆斯·凯尔德号"是三艘小艇里最好的一艘，但它只有7米长、2米宽，远不及"忍耐号"。于是，他们先对它进行了改造加固，并用一张帆布做了临时的平台，以便能够对抗南极的海上暴风雨。此外，他们还需在船上备足淡水，因此他们携带了重达113千克的冰块，以便在旅途中融化成饮用水。

　　这一次，沙克尔顿一行人要离开大部队单独行动，他们深知小小的"詹姆斯·凯尔德号"根本没办法在残酷的南大洋上行走多久。更何况他们只带了够四周吃的食物，这已是小艇容量的极限。就这样，沙克尔顿几个人离开了象岛，不知是否还能再见。

　　很难再相见了。

　　请别误会：即使乘坐一艘巨大的远洋游轮，南大洋也不是胆小者能来的地方。你也可能遇到30多米高的大浪。它们要么用能让你的心脏停跳的力量，将你推入深海，又或者将你彻底卷进其中。在沙克尔顿的日记里，就记下了很多这样的可怕时刻：

　　"我叫醒伙伴们，告诉他们天晴了，可是过了一会儿我才发现天空中的白色并非白云，而是一道巨浪！在我二十六年的航海经历中，还从未遇到过这样波涛汹涌的大洋！我根本不知道该如何对付这般巨浪。这是海洋的一次剧烈涌动，与我们这些天遇到的不断打过来的、顶部为白色的浪完全不同。我大声喊道：'抓住！它过来了。'"

　　好不容易，沙克尔顿一行人熬过了恐怖的巨浪，活了下来。但大海还有很多的考验。

海上真冷啊，飞溅的浪花打到船体上都会结冰，渐渐将小艇冻成了一坨冰块。船上的人需要不断地往下凿冰，否则小艇被冻住会翻船的。

他们只有钻进睡袋里才能获得一丝温暖，可他们的睡袋一直湿漉漉的，还经常会结冰，以至于他们不得不扔掉了两个睡袋。

他们已经好几个月没有洗脸洗手洗澡了，皮肤又湿又冷，被湿透毛料衣裳擦伤，更何况，无情的盐水导致他们皮肤上的伤口进一步恶化。

与此同时，由于他们的手指是暴露在外的，上面不仅布满冻疮，还长了很多水疱。

他们仅靠最微薄的口粮维持生活，并不得不用无法估量的精力，去应对南大洋向他们发起的挑战。

***

尽管有这么多难以置信的艰难困苦，沙克尔顿一行人还是开着小船往南乔治亚去了。他们有卓越的航海技巧，否则是绝对走不了这么远的。最后，在经过十五天地狱般的航海之后，南乔治亚岛终于出现在怒吼的、漆黑的海面上。此时，他们离大功告成还远着呢。

当时爆发了一场冻结性风暴，他们后来才知道，当时的风力竟掀翻了一艘超重型捕鲸轮船。如果"詹姆斯·凯尔德号"当时离南乔治亚岛再近些的话，也一定会被狂风刮得撞到岩石上粉身碎骨的。

但在茫茫大海上生存，也是一场巨大的考验。船员们一起划桨，与大海搏斗了两天，才在小岛南部找到了一个有可能登陆的地方。

这样一来又有了新问题：南乔治亚岛的南部荒无人烟。捕鲸站全部都建在岛的北部。

在捕鲸站和沙克尔顿他们的登陆地之间，还有 58 千米的距离，可这段路是布满冰雪的山川，且山的高度在 1371 米以上，以前从未有人类涉足过。

沙克尔顿知道眼下他应该怎么做。

他把三个身体状态最不好的伙伴留了下来，带着另外两个登山经验非常丰富的队员就上路了。他们一起攀过大山，不成功，则成仁。这是他们最后的、决定性的努力。

在他们成功攀过这座大山整整三十年之后，才又有人胆敢来挑战这座山。后来者简直无法相信，沙克尔顿他们在没有任何登山装备、没有补给物资、只有一点登山经验的情况下成功。这正是沙克尔顿的神奇之处，对他而言，没有什么是不可能的。

想要成功攀登并翻越这些山峰，时机很重要。他们在又冷又饿、浑身带伤、体力不支的情况下做到了，实在是令人难以置信。

夜幕降临，沙克尔顿他们才坐下来休息了一小会儿。他们彼此搂抱着取暖，几乎是瞬间，沙克尔顿的两名同伴就因疲惫而睡着了。但是沙克尔顿知道自己也入睡的话，他们都会因为暴露在这里而被冻死，可能就再也醒不过来了。

所以，几分钟后他就喊醒了他们，强迫他们继续前行了。

他说他们已经睡了几个小时，现在该上路了。

他们花了足足三十六个小时与这些覆盖着厚厚冰雪的大山搏斗，最后，在几乎突破了人类极限的时候，他们终于到达了斯特伦内斯捕鲸站。

还没有结束。首先沙克尔顿需要把留在南部海边的三名同伴接过来。他安全地完成了。

之后，他们还要去营救留在象岛上的二十二名队友。

25 欧内斯特·沙克尔顿：我遇到的最执着、最顽固的男孩

* * *

那些被留在象岛的伙伴们此时正过着生不如死的艰苦生活。食物已经吃光了，他们以偶尔才能捉到的企鹅为食。企鹅不再上岸的时候，他们只能挖出以前的海豹骨头，与海藻一起煮。

他们互相说着地狱笑话：他们将不得不吃掉第一个死掉的人。大家都知道，这也许很快就要变成现实了。

为了抵御寒冷，他们只好用茶匙舀甲基化酒精喝。后来，一个伙伴的脚趾被冻伤了需要截肢，随队医生在给他做手术时，只有很少量的氯仿充当麻醉剂，而照明全靠烧着脂肪的炉子。

他们在一步步走向绝境，只能祈祷沙克尔顿没有抛弃他们。幸而，沙克尔顿奇迹般地回来了。

沙克尔顿三次想要起航回象岛营救自己的伙伴们，都因为南大洋的恶劣天气和可怕的浮冰而失败。他当然不会就此放弃。如果南乔治亚岛的船不能用，他就必须找到一艘可以用的船。于是，沙克尔顿向智利政府求助，得到了一艘名叫"耶尔卡"的军用拖船。8月30日，沙克尔顿开着这艘船启程，再次赶往象岛。

当他终于赶到留守的伙伴们身边时，惊喜地发现留下来的二十二名队友都还活着。队长为了救他们，冒着生命危险，经历了地狱般的磨难。现在，队长终于回来了。

沙克尔顿真是个一诺千金的人！

* * *

1914年，当沙克尔顿离开英国时，他深信第一次世界大战一定不会超过

半年。当然，事实并非如此，他的同胞正成千上万地死去。

不过，后来的事情犹如残酷的反讽：在回到英国后短短几个月的时间里，大量"忍耐号"的幸存者死在前线。在犹如地狱的南极，他们活下来了，却死在了战壕的泥潭里。

沙克尔顿活过了一战，但是南极始终吸引着他。1921年，他再次决定远征南极，这一次是以环游南极洲为目的。1922年，他离开英国，又一次抵达了南乔治亚岛。

这一次，沙克尔顿没能完成。他因严重的心脏病倒了下去。至今，沙克尔顿仍长眠在南极。

他安息在一座荒凉、孤独的坟墓里，四周山海环绕。这里不仅是他取得一生中最大探险成就的地方，也是探险史上最伟大的逃生奇迹之一的发生地。

拓展阅读

如果您被这本书里的故事深深打动，并想深入了解故事中所涉及的人和事，可以阅读以下图书。正是这些书给了我写作的灵感和启示，希望它们也会让您受益匪浅。

Ash, William Under the Wire (Bantam Press, 2005)

Braddon, Russell Nancy Wake: SOE's Greatest Heroine (The History Press, 2009)

Callahan, Steven Adrift: 76 Days Lost at Sea (Mariner Books, 2002)

Harrer, Heinrich The White Spider (Harper Perennial, 2005)

Heyerdahl, Thor In the Footsteps of Adam (Little, Brown, 2000)

Heyerdahl, Thor Kon-Tiki (Simon and Schuster, 2013)

Howarth, David We Die Alone (Macmillan, 1955)

King, Dean Skeletons on the Zahara (William Heinemann, 2004)

Koepcke, Juliane When I Fell from the Sky (Nicholas Brealey Publishing, 2012)

Luttrell, Marcus with Robinson, Patrick Lone Survivor (Little, Brown, 2007)

Macpherson, Sir Tommy with Bath, Richard Behind Enemy Lines: the Autobiography of Britain's Most Decorated Living War Hero (Mainstream, 2010)

Moon, Chris One Step Beyond (Macmillan, 1999)

Parrado, Nando Miracle in the Andes (Orion, 2006)

Ralston, Aron 127 Hours: Between a Rock and a Hard Place (Simon and Schuster, 2004)

Roberts, David Alone on the Ice: the Greatest Survival Story in the History of Exploration (W.W. Norton & Company, 2013)

Simpson, Joe Touching the Void (Vintage, 1997)

Urquhart, Alistair The Forgotten Highlander (Little, Brown, 2010)

Zamperini, Louis with Rensin, David Devil at my Heels: a World War II Hero's Epic Saga of Torment, Survival and Forgiveness (HarperCollins, 2009)

噢，那份我经历了种种痛苦方才获得的欢愉啊，
我怎么能够不对你敞开心扉呢？
正因为经历了风雨，所以我才能够看到彩虹，
感受到那吉祥的预兆并非空穴来风，
黎明将不再泪水涟涟。

——乔治·马西森